10
18
12, AVENUE D'ITALIE. PARIS XIIIe

Du même auteur
aux Éditions 10/18

LES ENNUIS DE SALLY WEST, n° 4077
L'APPEL DU DANGER, n° 4078
▶ PRENDS GARDE À TOI !, n° 4165

Série « Miss Silver »

LA PLUME DU CORBEAU, n° 2307
MISS SILVER ENTRE EN SCÈNE, n° 2308
MISS SILVER INTERVIENT, n° 2362
LE POINT DE NON-RETOUR, n° 2363
PLEINS FEUX, n° 2406
LES LÈVRES QUI VOIENT, n° 2407
LA ROUE DE SAINTE-CATHERINE, n° 2437
LE CHEMIN DE LA FALAISE, n° 2450
L'EMPREINTE DU PASSÉ, n° 2473
LE CHÂLE CHINOIS, n° 2494
AU DOUZIÈME COUP DE MINUIT, n° 2519
LE ROCHER DE LA TÊTE-NOIRE, n° 2534
UN ANNEAU POUR L'ÉTERNITÉ, n° 2575
LE MASQUE GRIS, n° 2597
À TRAVERS LE MUR, n° 2624
MEURTRE EN SOUS-SOL, n° 2654
L'HÉRITAGE D'ALINGTON, n° 2684
LE MYSTÈRE DE LA CLEF, n° 2709
LE TRÉSOR DES BENEVENT, n° 2754
L'AFFAIRE WILLIAM SMITH, n° 2770
COMME L'EAU QUI DORT, n° 2792
LA DAGUE D'IVOIRE, n° 2826
LE MANOIR DES DAMES, n° 2859
LE BELVÉDÈRE, n° 2878
LE MARC MAUDIT, n° 2918
LA TRACE DANS L'OMBRE, n° 2970
ANNA, OÙ ES-TU ?, n° 3184
LA COLLECTION BRADING, n° 3229
LA MORT AU FOND DU JARDIN, n° 3286
L'AFFAIRE EST CLOSE, n° 3378
UN TROUBLANT RETOUR, n° 3431
DERNIÈRE DEMEURE, n° 3511

Série « Inspecteur Lamb »

MEURTRE À CRADDOCK HOUSE, n° 3733
UN PAS DE TROP, n° 3801
COLIS À SUIVRE, n° 3876

PATRICIA WENTWORTH

PRENDS GARDE À TOI !

Traduit de l'anglais
par Anne-Marie CARRIÈRE

INÉDIT

10
18

« Grands Détectives »

dirigé par Jean-Claude Zylberstein

Sur l'auteur

Patricia Wentworth, pseudonyme de Dora Amy Elles, est née en 1878 à Mussoorie (Inde). C'est à la suite d'un concours organisé par le *Daily Mail*, en 1923, que le public découvre les romans policiers de Patricia Wentworth, déjà connue pour ses ouvrages historiques. Cinq ans plus tard, elle crée un détective hors du commun : Miss Maud Silver. Prototype du *Armchair Detective*, Miss Silver, tout comme sa cadette Miss Marple (qui ne verra le jour qu'en 1930, sous la plume d'Agatha Christie), est une délicieuse vieille dame douée d'un don d'observation hors pair. Héroïne d'une trentaine d'intrigues, Miss Silver assurera dès lors la renommée de Patricia Wentworth, décédée en 1961. L'inspecteur Lamb, qui apparaît épisodiquement dans nombre de titres de la série « Miss Silver », est aussi le héros principal de trois romans, dont *Meurtre à Craddock House*.

Titre original :
Walk with Care

ISBN 978-2-264-04621-5

I

Rosalind Denny revint à Londres par un beau jour de janvier : le soleil brillait, l'air était doux, le ciel d'azur, et une brume dorée adoucissait le paysage.

Rosalind bénissait la beauté de cette journée, elle qui revenait en étrangère dans sa propre ville. Deux ans plus tôt, elle était encore l'épouse de Gilbert Denny, sous-secrétaire au Foreign Office, fonctionnaire promis à une belle carrière diplomatique. Aujourd'hui, elle rentrait seule, veuve à présent, Gilbert ayant mis fin à sa carrière et à ses jours. Rosalind avait passé ces derniers dix-huit mois à la campagne, pour s'occuper de tante Agatha, une vieille dame impécunieuse et fort ennuyeuse, qui avait connu Gilbert petit garçon. Une vraie langue de vipère, cette tante Agatha, qui vivait seule et sans amis. Au début, habiter sous son toit ne gênait pas Rosalind ; tout lui était égal depuis que Gilbert avait quitté ce monde. Sans amis elle aussi, la jeune femme ne possédait aucune famille de ce côté-ci de l'Atlantique, excepté une lointaine cousine, elle était née et avait vécu aux États-Unis, dans une belle demeure virginienne, jusqu'à l'âge de quinze ans. Après son remariage, sa mère s'était installée en Angleterre, et la maison de son enfance avait été vendue.

Anéantie par la disparition de Gilbert, Rosalind s'était sentie incapable de faire le moindre projet. Par la suite, les nuits épuisantes passées à veiller sur une vieille femme malade et ronchon qui l'empêchait de dormir l'avaient plongée dans une sorte de torpeur salutaire. Aujourd'hui, tante Agatha étant décédée, Rosalind devait reprendre sa vie en main. Janet Fortescue avait proposé de l'héberger jusqu'à Pâques, ce qui lui laissait le temps de se retourner.

Debout à la fenêtre, Rosalind regardait les branches dénudées des arbres de la place émerger de la brume. La sonnerie du téléphone la tira de sa contemplation ; ce devait être Jeremy Ware, s'il avait reçu sa lettre.

— Allô, Mrs. Denny ?

La main de Rosalind se crispa sur le combiné, tant la voix de Jeremy lui remémorait des souvenirs précis. Davantage qu'un secrétaire, il avait été pour Gilbert comme un jeune frère. Pour la première fois depuis des mois, elle se sentit sur le point de craquer.

— Oui, c'est moi. Comment allez-vous, Jeremy ?

— Tout va bien de mon côté. J'ai reçu votre lettre ce matin. Désolé de ne pas vous avoir appelée plus tôt, mais j'avais le nez plongé dans la paperasserie. Je n'en aurai bientôt plus.

— De paperasse ?

Jeremy gloussa.

— Non, de nez.

— Oh, Jeremy, vous qui aviez un si joli nez ! plaisanta-t-elle, alors que son cœur saignait.

Elle ne pouvait se rappeler les traits carrés du jeune homme sans voir les yeux de Gilbert, le sourire de Gilbert. Elle ressentit un picotement de jalousie à la pensée que Jeremy travaillait désormais pour Bernard Mannister ; il était et resterait toujours le secrétaire particulier de son mari.

— Pouvons-nous parler, Jeremy ? Êtes-vous seul ?

— Oui. Enfin, ce qui reste de moi. Le vieux Mannister est sorti ; Deane, l'autre secrétaire, s'est fait porter pâle. Il ne reviendra que demain. Voilà pourquoi je suis débordé. Et pour couronner le tout, je n'arrive pas à mettre la main sur une maudite lettre... Oups, j'aurais dû me taire. Faites comme si je n'avais rien dit.

— C'est oublié, Jeremy. Quand pouvons-nous nous rencontrer ?

Les retrouvailles allaient être douloureuses, mais autant en finir, sortir, voir du monde, ne plus se dérober...

— Accepteriez-vous de dîner avec moi ? proposa-t-il. Nous pourrions aller en ville. Demain soir, cela vous convient ?

— Venez souper chez moi. Ensuite, si vous le souhaitez, nous pourrons sortir.

— Très volontiers, acquiesça Jeremy, compréhensif.

Rosalind reposa le combiné, et resta là, immobile. Une petite voix intérieure, claire et pénétrante, lui demandait pour quelle raison Gilbert avait brusquement gâché sa vie, sa carrière diplomatique, et décidé de la quitter. La vie conjugale était-elle si insignifiante qu'il y ait renoncé ? Le désir d'y échapper avait-il donc été si fort ? Les lignes tragiques qu'il lui avait écrites le matin de sa disparition lui revinrent en mémoire. Elle pouvait encore les voir danser devant ses yeux :

Je m'en vais ; cela vaut mieux pour toi. Tu seras libre et je ne gâcherai pas ton existence. Rosalind, tu étais tout pour moi. Je suis pris au piège et je ne vois pas d'autre échappatoire – ils sont beaucoup trop rusés. Brûle cette lettre, sinon on t'obligera à la montrer pendant l'enquête.

Rosalind sentit des larmes brûlantes lui monter aux yeux. Gilbert était mort. Assassiné. Car la mort d'un homme pris dans un piège dont il ne pouvait sortir vivant, qu'était-ce d'autre qu'un assassinat ?

II

Mr. Benbow Collingwood Horatio Smith cessa de gratter son perroquet derrière l'oreille et regarda pardessus son épaule en direction de la baie vitrée. Une pluie glaciale menaçant de tourner à la neige ruisselait sur les vitres, qui vibraient sous l'impact de violentes bourrasques. Le soleil n'était pas couché, mais la bande de ciel visible entre les hautes demeures londoniennes était déjà sombre. Les fenêtres éclairées des immeubles d'en face étaient maintenant masquées par les rideaux.

— Triste après-midi, Ananias...

Le volatile jura aussitôt, dans un espagnol parfait.

— Tout à fait d'accord, répondit Mr. Smith.

Il tira les tentures couleur tabac, puis se retourna pour jeter un coup d'œil au salon : la lueur du feu de la cheminée rendait la pièce fort plaisante.

Ananias fit claquer ses ailes gris et rose et poussa une bruyante exclamation de contrariété. Il détestait l'obscurité ; même les lueurs chaudes du crépuscule le dérangeaient. Il adorait les sons violents, les lumières crues, les couleurs vives, et avait une manière bien à lui de le faire savoir. Lorsque son maître alluma le plafonnier, il se dressa sur ses pattes, sautilla sur son perchoir et brailla à pleine gorge :

En rang, les trois joyeux amiraux,
Collingwood, Nelson et le hardi Benbow !

— Tais-toi, Ananias, dit Mr. Smith, pour la forme.

Le perroquet répéta le refrain en chuchotant, avant de déployer une aile et d'entreprendre le lissage de ses plumes. Mr. Smith s'approcha de la longue table aux pieds griffus sur laquelle étaient soigneusement entassées des piles de dossiers et de magazines. Il en saisit un au passage et le feuilleta.

BCH Smith était un homme grand et mince, un peu voûté, au regard pensif. Des lunettes cerclées d'écaille perchées très haut sur son front, des traits fins, un teint pâle et une épaisse crinière gris foncé lui conféraient un air d'extrême distinction. En l'affublant des noms de trois célèbres amiraux, ses géniteurs s'étaient sans nul doute imaginé que le jeune Smith embrasserait une brillante carrière dans la marine, suivant la trace de ses ancêtres paternels et maternels. Mais à peine entamée sa dernière année de lycée, il apparut que Benbow Collingwood Horatio – quoi que lui réservât l'existence – ne deviendrait jamais marin. Il détestait la mer, passait ses vacances le plus loin possible de la vue et du bruit de cet élément liquide et, quand parfois il était contraint de traverser la Manche, il endurait cette épreuve dans la position du gisant.

Il était entre autres l'auteur d'un célèbre ouvrage intitulé *Le Problème européen*. Publié une quinzaine d'années avant la guerre et traduit en une dizaine de langues, le livre alliait précision scientifique et hardiesse prophétique. Les meilleures plumes d'Europe et des États-Unis avaient commenté et critiqué ses théories. Smith y présageait non seulement l'arrivée de la guerre mais aussi les problèmes de l'après-guerre.

Il jouissait d'une grande fortune, gâtait son perroquet, collectionnait en amateur éclairé icônes, gravures sur bois et daguerréotypes ; il était capable de discourir sur les sujets les plus variés. On lui connaissait en outre de vagues liens avec le Foreign Office. Deux femmes, excellentes observatrices du sexe fort – sa nièce par alliance Susan Warrington Smith et sa belle-sœur Loveday Ross –, disaient de ce célibataire endurci qu'il était doux comme un agneau.

Le salon, tout en longueur, portait la marque de son bon goût et de son érudition : murs couverts de livres, fauteuils confortables, tapis persans. Dans l'âtre de la cheminée, un feu de bois brûlait en permanence, dix mois sur douze. Le perchoir d'Ananias était installé devant la fenêtre, car l'oiseau adorait regarder passer les voitures. Loveday Ross prétendait que l'endroit était trop calme pour lui et qu'un jour ou l'autre Ananias trouverait le moyen de convaincre son maître d'acheter un appartement donnant sur Piccadilly Circus. Ce jour n'était pas encore venu.

Certains des amis de Mr. Smith préféraient lui rendre visite incognito. C'était le cas du visiteur qui allait arriver d'une minute à l'autre.

Smith tournait toujours les pages du magazine quand il entendit Ananias marmonner :

— *Mumbo Jumbo, Mumbo Jumbo... zut !*

Smith regarda par-dessus son épaule et lui souffla :

— *Mumbo Jumbo, Dieu du Congo...*

Le perroquet l'écouta, tête penchée ; son œil rond et noir pétillait. Il leva une patte, étendit lentement ses ongles et les rétracta. Un très léger sifflement sortit de son bec à demi ouvert.

Quelques secondes plus tard, la porte d'entrée claqua et l'on vit apparaître le colonel Garrett, un homme trapu aux cheveux blond-roux courts et hérissés, aux petits yeux couleur d'acier poli. En entrant, il lança son chapeau et son manteau à Miller, le valet, et avança dans le salon en s'essuyant le visage avec un foulard de cotonnade rouge. Lindsay Trevor, qui avait servi sous ses ordres dans les services secrets[1], disait de lui : « Quand Garrett veut se déguiser, il n'a qu'à laisser son foulard indien et endosser un costume trois-pièces. » Garrett avait le don d'acheter des vêtements hideux : en cet après-midi de janvier, il arborait un veston de tweed moutarde, assorti d'une cravate verte décorée de fers à cheval rouge cramoisi. À côté de lui, Mr. Smith était la distinction personnifiée.

— Ah, ah ! s'exclama-t-il, du feu ! Ce que j'aime chez vous, c'est qu'il y a toujours une bonne flambée. Quel temps de chien !

Il se planta devant l'âtre et fourra le foulard dans une poche déjà bien rebondie. D'ailleurs, toutes ses poches étaient pleines.

Mr. Smith posa *The English Review*, se dirigea vers son visiteur et s'appuya au manteau de la cheminée.

— Quel temps de chien ! répéta Garrett en se frottant les mains pour les réchauffer.

Mr. Smith regarda Ananias, qui se déplaçait avec discrétion sur son perchoir en observant le visiteur d'un œil méfiant.

— Dites-moi, Garrett, êtes-vous venu me parler de la pluie et du beau temps ?

Celui-ci secoua vigoureusement la tête.

— Je croyais que vous m'ameniez quelqu'un, reprit Smith.

— Non, il va venir nous retrouver. Je devais vous voir auparavant.

À l'autre bout de la pièce, Ananias marmonnait :

— *Mumbo Jumbo, Mumbo Jumbo, Dieu du Congo...*

1. Voir *L'Appel du danger*, 10/18, n° 4078.

— Comment pouvez-vous supporter ce volatile ? grommela Garrett. Je déteste les oiseaux.

— Qui doit venir vous retrouver ici ? demanda Smith d'un ton froid.

— Je n'ai pas voulu vous le dire au téléphone. C'est Mannister.

— Mannister ? s'enquit Smith d'un ton vague. Qui est-ce ?

Garrett s'asséna une claque sur le genou et partit d'un rire bref, qui ressemblait à un aboiement.

— Grands dieux ! J'aimerais qu'il vous entende ! « Mannister ? Qui est-ce ? » fit-il, tentant d'imiter l'accent précieux de Mr. Smith, sans grand succès. Le grand Bernard Mannister, voyons. Notre champion de la paix.

— Oui… je crois avoir entendu parler de lui.

— Il faudrait surtout que vous l'entendiez parler ! Mais bon, on ne se moque pas d'un homme capable de remplir l'Albert Hall, vous ne croyez pas ?

— Je ne sais pas… je n'ai jamais essayé, dit Mr. Smith d'un ton assez sec.

Il n'avait jamais rencontré Bernard Mannister, mais comme tout un chacun, il savait par la presse que ce célèbre orateur, connu pour ses idées pacifistes pendant la guerre, œuvrait à l'amélioration des relations internationales en tant que délégué à de nombreuses conférences, député de la circonscription de South Wilston et président de la Ligue britannique pour le désarmement.

— Et que veut-il, ce Mannister ?

Ananias poussa un cri rauque et récita sur un rythme effréné :

— *Attention où tu mets les pieds, ou Mumbo Jumbo t'envoûtera !*

Il termina sur un sifflement aigu.

Garrett jeta un coup d'œil agacé par-dessus son épaule.

— Il me donne froid dans le dos, votre satané oiseau ! Et d'abord, qu'est-ce qu'il raconte ?

Mr. Smith sourit.

— Nous étudions l'œuvre de Mr. Vachel Lindsay, qu'Ananias admire énormément, en particulier *Le Congo*. Ce poème épique a supplanté ses jurons habituels. Mais revenons à votre Mannister. Que me veut-il ?

Les petits yeux gris de Garrett pétillèrent.

— Il ne vient pas vous voir ; il vient me retrouver chez vous. Nuance. Je veux que vous le rencontriez.

— Et pour quelle raison, je vous prie ?

Garrett fronça les sourcils et donna un coup de pied dans les bûches, faisant jaillir une gerbe d'étincelles rouge et or. Ananias continuait de marmotter dans son coin.

— Cet homme est un personnage public. Récemment encore, c'était une calamité publique. On le voit partout. Il remplit l'Albert Hall. On ne parle que de lui dans les gazettes. Il fait l'actualité avec un grand A. Vous ne pouvez pas le manquer, dès qu'il ouvre la bouche, il bêle des idioties.

— Et bêle-t-il beaucoup, en ce moment ?

— Vous voulez rire, mon vieux ? Il brame !

Personne n'aurait jamais osé s'adresser de la sorte à Benbow Collingwood Horatio Smith, excepté le colonel Garrett. Il disait ce qu'il voulait, que cela vous plût ou non. Il se moquait de ce que vous pensiez. Mais ces deux vieux compères s'estimaient mutuellement.

Smith hocha la tête et remonta ses lunettes sur son front.

— Et que brame-t-il ?

— Il prétend que l'on cherche à l'évincer de la vie politique, que l'on ouvre son courrier. Une lettre très importante aurait disparu. Selon lui, sa publication gâcherait la prochaine conférence pour le désarmement.

— Quelle sorte de lettre ?

Garrett écarta les bras.

— Mannister reste très vague. En lisant entre les lignes, j'en conclus qu'il reçoit à son domicile du courrier confidentiel. Mannister est un épistolier infatigable. Supposons que le Signor A lui ait parlé de la façon dont Monsieur B s'est exprimé à la Chambre, ou que Herr X lui ait raconté en détail ce qu'il pense vraiment de la ligne suivie par Mr. Y en matière de réparations financières. Eh bien, ce serait plutôt gênant pour Mannister si ces lettres paraissaient dans la presse à scandale, non ? Mannister pense que ce serait *très* gênant. Il passe la main dans ses cheveux et beugle que cela ruinerait la conférence.

— Je vois, dit Mr. Smith.

— Moi, je ne vois rien du tout. Il se peut qu'il cherche seulement à se faire de la publicité, ou qu'il soit victime d'un délire de persécution. Ou qu'il nous joue un mauvais tour. C'est un embobineur du genre exalté qui sait émouvoir les foules. Ce n'est peut-être que du pipeau. Essaie-t-il de nous rouler dans la farine ? Je suis ici pour le découvrir.

Mr. Smith ôta ses lunettes et essuya les verres avec un mouchoir en soie.

— Oui ? fit-il d'un ton vaguement interrogatif.

Garrett plongea la main dans sa poche et en sortit un petit calendrier, un carnet de timbres, un trousseau de clés, un crayon émoussé, des papiers froissés, des bouts de ficelle goudronnée, une vieille boîte d'allumettes, un couteau suisse avec tire-bouchon, pince coupante, pince à épiler et cure-pied. Il remit le tout dans sa poche, à l'exception du morceau de papier le moins chiffonné, qui s'avéra être une liste de noms qu'il tendit à son hôte. Celui-ci s'en saisit délicatement, la retourna, l'examina à bout de bras et demanda :

— De quoi s'agit-il ?

— Voyons, c'est évident, non ?

Smith chaussa ses lunettes et lut d'une voix hésitante, sourcils froncés :

— Ellinger… Reddington… Lemare… Denny… Masterson… Eh bien ?

Il regarda par-dessus ses lunettes et surprit le regard pénétrant de Garrett. Celui-ci lui arracha le papier des mains et pointa un index boudiné sur le premier nom de la liste.

— Ellinger a donné sa démission voilà trois ans. Problèmes de santé. Dépression nerveuse. Une catastrophe pour la nation. Un coup dur pour la paix internationale. On parlait de lui dans le *Times*. Exit Ellinger. Désormais il cultive ses roses.

Mr. Smith hocha légèrement la tête.

Garrett désigna le deuxième nom sur la liste.

— Reddington. Encore une dépression nerveuse. Parti aux antipodes, pour un long séjour chez sa fille, mariée à un Australien. Encore un autre adieu à la paix dans le monde. Passons au numéro trois. Lemare.

— Dépression nerveuse ? risqua Mr. Smith.

— Apparemment non ! Un fieffé butor, celui-là. Lui qui trompetait en faveur de la paix, de la Ligue des nations et d'un joyeux internationalisme, ne voilà-t-il pas qu'il se pavane parmi les prophètes de malheur. Ce qui nous amène à Denny…

Il brandit un index accusateur.

— Pouvez-vous m'expliquer pourquoi Gilbert Denny s'est noyé ? Non, bien sûr ! Personne n'en a la moindre idée. Il avait tout pour lui. Heureux en ménage…

Il fit claquer ses doigts.

— Crise de folie passagère ? Sa femme pense qu'il a été assassiné. Je ne suis pas loin d'être d'accord avec elle. Scotland Yard a conclu son enquête en disant qu'aucune des trois personnes présentes sur le voilier n'était suspecte. Denny est tombé par-dessus bord. Bon Dieu, quelle tragédie !

Ananias, qui poussait toujours la chansonnette *mezza voce*, reprit soudain *crescendo* et sur un tempo rythmé :

— *Prends garde à toi, ou Mumbo Jumbo t'envoûtera !* avant de battre des ailes en s'égosillant : *Mumbo Jumbo ! Mumbo Jumbo ! Mumbo Jumbo !*

— Ananias, attention, le gronda gentiment Mr. Smith.

Le perroquet continua à battre des ailes mais ses criaillements cessèrent. Garrett en profita pour lui tirer la langue, puis lui tourna le dos.

— Maudit volatile, grommela-t-il. Et enfin, Masterson.

Mr. Smith cilla imperceptiblement. Quelques mois plus tôt, l'affaire Masterson s'était ébruitée et le scandale n'avait pas tardé à éclater ; l'homme était tombé en disgrâce.

Garrett déchira la liste et la jeta dans le feu. Une fine flamme jaune monta dans l'âtre et bientôt les cinq noms griffonnés ne furent plus que cendres.

III

La sonnerie de la porte d'entrée retentit, carillon à peine audible depuis le salon. Ananias cessa de maugréer et fit claquer ses ailes.

— C'est lui ! s'écria Garrett en jetant un coup d'œil à sa montre. Un quart d'heure d'avance. Qu'est-ce que je vous disais ? Notre homme est mort de trouille. D'habitude, il vous fait poireauter dix minutes, si ce n'est vingt.

Il ne baissa pas la voix quand la porte s'ouvrit sur Miller, qui annonça :

— Mr. Mannister.

Bernard Mannister fit quelques pas dans la pièce, puis s'arrêta. Quiconque avait vu sa haute silhouette apparaître en public aurait reconnu cette attitude familière : il s'avançait sur l'estrade, tête haute, épaules rejetées en arrière, une main dans une poche, l'autre tendue en avant, puis ses yeux profondément enfoncés dans leurs orbites passaient l'auditoire en revue. Mais alors que devant un public il arborait un sourire complaisant, ses traits à cet instant dénotaient un certain malaise. S'il ne s'était pas agi de Bernard Mannister, on aurait pu dire qu'il était anxieux.

Les présentations de Garrett produisirent l'effet d'un galet lancé dans l'eau, dont les ricochets envoyaient des ondes négatives dans le paisible salon. Tandis que Mr. Smith serrait assez courtoisement la main de son visiteur et lui faisait signe de prendre place dans un fauteuil, la propagation des ondes se poursuivait. L'une d'elles dut atteindre Ananias, car son jacassement ravi se transforma soudain en sifflement coléreux. Mr. Smith se demanda si Mannister comprenait l'espagnol ; dans un lointain passé, le perroquet avait été la propriété d'un marin espagnol, dont il n'avait pas oublié le vocabulaire coloré.

Mannister s'assit dans le fauteuil situé à la gauche de la cheminée ; Mr. Smith prit donc celui de droite, tandis que Garrett restait debout, dos au foyer, les poings enfoncés dans ses poches passablement renflées.

Mannister, plus détendu, se pencha en avant et s'adressa à son hôte comme s'il prenait la parole devant un parterre de journalistes :

— Eh bien, dans un sens, le colonel Garrett m'a présenté, mais dans un autre sens…

Il marqua une pause emphatique. Smith demeura poliment silencieux, mais attentif. Garrett fit tinter tous les objets susceptibles de produire un son au fond de ses poches. Ananias proféra quelques insanités en espagnol.

Bernard Mannister ne laissa toutefois pas la pause s'éterniser.

— À mon avis – sauf si le colonel Garrett vous a informé de l'objet de ma visite…

Nouvelle pause. Garrett cessa de faire cliqueter le contenu de ses poches et lança sèchement :

— J'ai dit à Mr. Smith que vous nous avez contactés et que j'ai alors suggéré cette rencontre chez lui. Pour l'instant, aucune de vos allégations ne nous permet une prise en compte officielle. L'avis d'une tierce personne pourrait nous aider à clarifier certains détails. Nos services sont sclérosés, les gens qui y travaillent ont tous le même point de vue. Si vous voulez bien exposer votre problème à Mr. Smith, il pourra l'examiner d'un œil neuf.

Garrett se montrait sous un jour si policé que Mr. Smith se dit qu'il avait préparé sa tirade. De son côté, il observait Mannister avec acuité, comme il aurait scruté un tableau de maître ; il crut y déceler une ombre fugitive. S'agissait-il de doute ou d'embarras ?

— Mon problème ? releva Mannister. Le mot est bien fort. Je suis un peu troublé, mais il n'y a pas là matière à déranger Mr. Smith. Pardonnez-moi, mais je ne saisis pas très bien quelle position…

Smith se cala contre le cuir brun de son fauteuil, les mains posées sur l'accoudoir, de longues mains aux doigts fins. Son regard glissa tristement sur son interlocuteur. Garrett haussa un gros sourcil roux et lança tout de go :

— De qui parlez-vous ? de moi ? de vous ? de Mr. Smith ? de vos secrétaires ? Si nous passions aux choses sérieuses ?

Mannister, s'attendant sans doute aux gestes courtois et aux circonlocutions alambiquées d'un président de séance présentant un intervenant distingué, demeurait très droit sur son siège – position fort inconfortable dans un fauteuil bien rembourré.

— Tout à fait, colonel Garrett, déclara-t-il d'un ton compassé. Ma situation est très simple : je pense que l'on ouvre mon courrier. Vous me rétorquez que je n'apporte pas assez de preuves matérielles et que, par conséquent, vos services se désintéressent de la question. Reste à connaître la position de Mr. Smith. Dois-je comprendre qu'il possède un statut officiel ?

L'intéressé leva une main et la laissa retomber sur l'accoudoir.

— Non, non.

— Absolument pas, renchérit Garrett.

— Que dois-je en déduire ? s'enquit Mannister en haussant le ton.

Ananias poussa un cri perçant. Smith le réprimanda gentiment, avant de s'adresser à son hôte.

— Mr. Mannister, vous avez été attiré ici sous un prétexte fallacieux. Disons que je suis… l'homme de la rue. Or, selon la théorie de Garrett, l'homme de la rue peut parfois deviner des choses qui échappent aux services compétents. Bien entendu, rien ne vous oblige à évoquer devant moi un sujet qui peut être à la fois personnel et confidentiel.

Mannister se pencha en avant.

— C'est dans l'intérêt du pays que je me suis rapproché du Foreign Office. J'avoue être assez inquiet. Je compte parmi mes correspondants des personnalités politiques éminentes de tous les pays. Nous nous entretenons librement, en toute amitié et de façon informelle de sujets qui, face à l'opinion publique, requièrent – et reçoivent – une gestion particulière. Il n'est guère besoin d'être perspicace pour évaluer le préjudice que subirait notre pays si certains de ces échanges épistolaires devaient être révélés au grand jour.

— En effet, constata Smith, laconique.

— La politique mondiale, reprit Mannister dont la voix était encore montée d'un cran, se trouve dans une situation délicate, si critique que l'on ne peut prévoir l'impact d'une seule fausse note. La publication d'une telle correspondance pourrait porter un coup fatal aux fondements mêmes de notre civilisation, que dis-je, nous replonger dans le chaos.

Sa voix riche et profonde avait au moins un admirateur : Ananias, qui écoutait, tête penchée, une patte en l'air. Garrett profita d'une pause pour s'immiscer dans la conversation.

— Eh bien, nous y voilà ! Vous dites que l'on a ouvert votre courrier ; alors nous vous demandons : « Qu'est-ce qui vous fait penser ça ? »

Mannister fronça les sourcils. Il avait « l'œil de Mars qui menace et commande[1] » et un front fait pour froncer les sourcils.

— Il y a eu des fuites, dit-il avec une réserve majestueuse.

« Tu parles, Charles... » songea Garrett, qui grogna :

— Ce n'est pas assez précis.

— Cela dure depuis un certain temps, expliqua Mannister, mais comme vous l'avez souligné, je ne peux apporter aucune précision sur la façon dont les faits se sont déroulés. Les fuites peuvent avoir d'autres sources – mes correspondants ont pu se montrer indiscrets. Mais depuis quelques jours, j'ai l'intime conviction que non seulement la sécurité publique mais aussi ma réputation sont en danger ; une conspiration qui viserait à me discréditer et à m'évincer de la vie politique.

Il s'interrompit.

Ananias se mit à chuchoter d'un ton révérencieux :

— *Prends garde à toi, boomlay, boomlay, boomlay, BOOM.*

Alors qu'il approchait de la fin de la strophe, sa voix s'enfla pour imiter celle de Mannister. L'on ignore si Mannister fut flatté. Son front devint plus jupitérien que jamais. Pour la première fois, il se pencha en arrière, comme quelqu'un qui a atteint un point de non-retour.

Mr. Smith fixait d'un œil vague une belle édition reliée des deux tomes d'*Histoire de la décadence et*

1. *Hamlet*, acte III, scène 4.

de la chute de l'Empire romain, d'Edward Gibbon, rangés tout en haut de sa bibliothèque.

— Pourquoi ? demanda Garrett d'un ton brusque.

Mannister sursauta.

— Je vous demande pardon ?

— Vous parlez d'un complot. Pourquoi y aurait-il complot ? Pourquoi chercherait-on à vous évincer ? Sur quelles brisées marchez-vous ?

Mannister eut un geste auguste.

— Je me bats pour la paix.

Garrett donna un coup de pied dans une bûche.

— Tenons-nous-en aux faits ! Quand vous êtes venu me voir, vous m'avez dit avoir constaté la disparition d'un document. Suggérez-vous qu'il a été égaré ?

— Non, non, je l'ai reçu.

— Était-ce une lettre ?

— Oui, une lettre hautement confidentielle contenant un mémorandum.

— Émanant de qui ?

— Je préfère ne pas le révéler.

— Très bien. Où gardez-vous votre courrier ? Qui y a accès ?

— Mes secrétaires, évidemment. Je garde les papiers les plus importants dans un coffre-fort.

— Cette lettre était-elle dans le coffre ?

Mannister ébaucha un geste vague.

— Je ne saurais le dire. Elle aurait dû y être. L'un de mes secrétaires m'apportait les documents et les remettait dans le coffre.

Garrett enfonça à nouveau ses poings dans ses poches, faisant s'entrechoquer pièces de monnaie, couteau suisse et crayons.

— Vous avez deux secrétaires particuliers ? Leur nom, s'il vous plaît.

— Ware et Deane.

Garrett sortit un papier froissé et un bout de crayon.

— L'un après l'autre, je vous prie. Nom, prénom, études, âge…

Mannister se redressa sur son siège.

— Geoffrey Deane. Trente ans. À mon service depuis six ans. J'ai toute confiance en lui.

Garrett griffonna les réponses.

— Voilà pour le premier. Le second ?

— Jeremy Ware. Je l'ai embauché il y a environ deux mois. Il travaillait pour ce pauvre Denny. Excellentes références, signées de la main de Mrs. Denny. Je n'ai aucune raison de supposer…

— Mais vous avez toute confiance en Deane.

— Absolument. Je viens de vous le dire.

— Vous avez parlé d'un Denny ? intervint Mr. Smith d'un ton vague.

— Oui, Gilbert Denny, qui s'est noyé il y a dix-huit mois. Une bien triste fin à une carrière très prometteuse. Nous sommes intervenus ensemble lors d'une réunion quelque temps avant sa disparition. L'annonce de son décès a été un grand choc pour moi.

Garrett eut un geste impatient.

— Vous connaissiez Denny. Connaissiez-vous Ware lorsqu'il était à son service ?

— Il est possible que je l'aie rencontré.

Au ton de sa voix, Garrett déduisit qu'il n'était pas dans les habitudes de Mannister de remarquer les secrétaires des autres.

— Denny s'est noyé il y a dix-huit mois ; Ware travaille pour vous depuis deux mois. Qu'a-t-il fait dans l'intervalle ?

— Eh bien, Denny voulait voyager. Faire le tour du monde, je crois. Il avait prévenu Ware qu'il n'avait plus besoin de ses services. Il lui a donné un mois de salaire et l'a laissé partir.

— Et qu'a entrepris Ware ?

— J'ai cru comprendre qu'il a eu des difficultés à retrouver du travail. Une lettre de recommandation de Gilbert Denny aurait eu davantage de poids que celle rédigée par son épouse. Ware a travaillé quelques semaines dans une école primaire privée, l'un des instituteurs étant malade, mais par la suite il n'est pas parvenu à obtenir un emploi stable.

— Comment avez-vous entendu parler de lui ?

— Par un intermédiaire. Le fait qu'il ait travaillé pour ce pauvre Denny m'a laissé penser qu'il aurait quelques aptitudes à être davantage qu'un simple secrétaire. Vous comprenez, les objectifs que je me suis fixés exigent une dévotion, un zèle particulier… lança-t-il avec emphase.

Ananias, qui l'observait avec attention, imitait les sons graves de sa voix. L'indifférence de Mr. Smith frisait la catalepsie. Garrett, lui, trépignait d'impatience.

— Bon, bon, passons ! Comment Ware s'est-il débrouillé ? Avec enthousiasme, zèle et tout le tralala ?

Mannister se carra dans son fauteuil.

— Je crains que non. Mais ne vous méprenez pas. Je n'ai pas à me plaindre de Mr. Ware. Je ne mets pas en cause ses compétences. Il remplit parfaitement son contrat. On ne peut lui demander en plus de montrer de l'enthousiasme, conclut-il d'un ton las.

— En clair, compétent, mais pas enthousiaste. La fameuse lettre se trouvait dans le coffre et Ware y avait accès ? Vous autorisez un nouvel employé à lire des documents hautement confidentiels ?

Un éclair furieux passa dans le regard de Bernard Mannister, dont les joues s'empourprèrent.

— Je n'ai pas pour habitude de laisser quiconque fouiller dans mon courrier ! fit-il d'une voix vibrante. Si mes correspondants n'étaient pas sûrs de mon absolue discrétion, le problème actuel n'aurait pas été soulevé ou serait certainement beaucoup moins douloureux.

Garrett ne se laissa pas impressionner.

— Ce qui veut dire qu'ils profitent de votre discrétion pour se montrer imprudents ?

— Confiants, colonel Garrett, pas imprudents.

— Nous tournons autour du pot, Mannister ! riposta Garrett. Moi, je veux des faits, du concret. Quand la lettre a-t-elle disparu ?

— Jeudi dernier, je crois. Oui, jeudi. Ce soir-là, j'avais un meeting à Birmingham.

— Jeudi ? Nous sommes mardi. Vous avez attendu quatre jours pour réagir ?

Mannister s'adressa à lui comme s'il parlait à un perturbateur troublant son discours.

— Je tenais à m'assurer que la lettre n'avait pas simplement été déplacée ou égarée. Et je n'ai pu m'en occuper qu'hier.

— Revenons à la journée de jeudi, dit Garrett en faisant à nouveau tinter le contenu de ses poches. Ware vous apportait les documents rangés dans le coffre. Vous lui avez demandé cette lettre et elle ne s'y trouvait plus. Quand était-elle arrivée ?

— Au premier courrier du matin. Conscient de son importance, je l'ai immédiatement mise dans le coffre.

— Vous gardez toujours la clé sur vous ?

Mannister glissa la main dans sa poche de pantalon et en ressortit un trousseau de clés suspendu à une chaîne.

— Je suis par obligation un homme discipliné et méthodique. Ce trousseau ne me quitte jamais.

— Même dans votre bain ?

— Je l'emporte dans ma salle de bains, rétorqua Mannister d'un ton hautain.

— *Ô Seigneur ! Ô Seigneur ! Ô Seigneur !* s'écria Ananias en battant des ailes.

— Tais-toi, Ananias, murmura Mr. Smith, du fond de sa léthargie.

Garrett se mordilla le pouce.

— Revenons à jeudi. Étiez-vous seul dans votre bureau avec Ware ? Où était l'autre, celui en lequel vous avez une confiance absolue ?

— Il était souffrant. S'il avait été là, j'aurais évidemment fait appel à lui.

— Donc, vous n'envoyez jamais Ware chercher des documents dans votre coffre ?

— Non, cependant…

— Et la première fois que vous le lui demandez, une lettre disparaît ?

— … cependant, reprit Mannister du ton d'un homme qui n'a pas l'habitude d'être interrompu, je tiens à affirmer que je ne porte aucune accusation contre Mr. Ware.

Garrett partit d'un rire qui ressemblait à un bref jappement.

— Ah bon ? Mais la lettre a disparu et Ware est la seule personne qui ait pu la prendre.

Mannister se leva d'un bond, l'air offusqué.

— C'est vous qui le dites, colonel Garrett. Loin de moi cette idée ! Je vous répète que je ne porte aucune accusation ; je ne fais que répondre à vos questions, du mieux que je peux. Je crains que mes petits soucis n'aient pris beaucoup trop de votre temps. Je n'imaginais pas qu'un service ministériel ou l'un de ses conseillers…

Son regard s'attarda sur Mr. Smith qui s'était redressé et regardait le feu.

— Je n'imaginais pas, disais-je…

Smith leva la main.

— Un instant, Mr. Mannister.

Celui-ci le dévisagea, étonné.

— Mr. Mannister, commença Smith de sa voix douce et cultivée, le colonel Garrett avait raison en disant que votre affaire ne pouvait donner lieu à une enquête officielle. Il existe toutefois des méthodes non officielles…

Il marqua une pause, regarda par-dessus la tête de son interlocuteur et attendit sa réponse.

Celui-ci recula d'un pas.

— Je crains de vous avoir ennuyé, dit-il en s'inclinant. Je n'accuse personne ; je m'inquiète seulement pour ma correspondance, et bien sûr aussi pour ma réputation. J'espérais que l'on m'aiderait à retrouver un document qui, force est de le constater, m'a été dérobé dans le but de me discréditer et d'interrompre, voire de briser ma carrière. Je ne vous ferai pas perdre davantage votre temps. Bonsoir, messieurs.

Sur ces belles paroles, il s'inclina à nouveau et se dirigea vers la porte.

Mr. Smith sonna son valet.

Arrivé sur le seuil, Mannister se retourna pour jeter un dernier regard sur la pièce, tandis que Miller patientait, droit et attentif, le chapeau et le manteau du visiteur à la main.

La porte du salon se referma, et bientôt la porte d'entrée claqua.

Garrett se tourna vers son compagnon avec une grimace.

— Seigneur, quel baratineur ! Qu'est-ce que vous en pensez ?

Ananias, lui, fixait la porte du salon d'un air chagrin. La voix de Mannister lui manquait. Il ânonna d'un ton lugubre :

— *Boom, boom, boom, prends garde à toi !*

Mr. Smith ôta ses lunettes, les porta à la lumière, souffla sur les verres et les nettoya avec son mouchoir blanc.

— Alors, vos conclusions ? s'impatienta Garrett.

— Un vrai moulin à paroles, en effet, constata Smith.

Garrett fronça les sourcils.

— Pourquoi s'est-il mis dans tous ses états d'un seul coup ?

— La suavité de votre ton l'a troublé, sans doute… ironisa Smith.

— Morbleu, il fallait bien que je lui pose des questions ! Je me suis montré beaucoup plus brusque ce matin avec lui et il n'a pas cillé.

Mr. Smith chaussa ses lunettes sur le bout de son nez.

— À mon avis, il n'a pas apprécié que vous lui posiez des questions sur Jeremy Ware.

— Vous croyez ?

Smith secoua légèrement la tête.

— Je ne crois rien du tout. C'est juste une impression, parmi d'autres.

— Eh bien, crachez-les, nom d'un petit bonhomme !

Garrett prit sa pipe et la bourra de tabac qu'il sortit d'une blague que l'on eût dite ramassée dans un caniveau.

Mr. Smith alla s'appuyer contre la cheminée, battit une mesure silencieuse sur la tablette de chêne ciré et reprit d'un ton pensif :

— Il y a un manque de cohérence dans son discours…

Garrett craqua une allumette sur la semelle de sa botte.

— Ce qui veut dire ? demanda-t-il en tirant sur sa pipe.

— Eh bien… Mannister a commencé par parler de la conférence sur le désarmement et ensuite ne l'a plus évoquée. Ce matin, il vient vous voir et crie haut et fort que son courrier a été ouvert. Cet après-midi, il se montre beaucoup plus digne et modéré ; il n'évoque plus la fouille, mais une lettre disparue, un coffre-fort, un secrétaire et, dès que vous le priez d'éclairer notre lanterne, il prend la mouche et s'en va.

Garrett lança l'allumette dans le feu et souffla un nuage de fumée.

— C'est la meilleure ! Il adore se mettre en avant et poser pour la galerie !

— Il ne s'est pas mis en vedette. C'est ce qui m'a frappé, d'ailleurs.

Smith continuait à battre la mesure de *Congo.*

— Je me demandais seulement…

Garrett eut un brusque haussement d'épaules.

— Comme je lui ai dit ce matin, si cette lettre a été volée sur ordre d'un commanditaire, il est inutile d'espérer la récupérer. Elle doit déjà être parvenue à son destinataire, qui en aura fait une copie. Si son auteur a vraiment livré des informations confidentielles, il est fichu, et Mannister aussi. On ne peut prévoir jusqu'où ira l'affaire.

Mr. Smith le regarda par-dessus ses lunettes.

— Vous oubliez Mr. Ware.

— Pas du tout ! Je le fais filer.

Mr. Smith écarta l'objection.

— Mannister ne serait pas fichu, comme vous dites, si le spectacle révélé par les feux de la rampe montrait un employeur confiant et bienveillant trahi par un secrétaire ingrat.

Garrett ôta sa pipe de sa bouche et le regarda avec des yeux ronds.

— Ah, d'après vous, Ware est le bouc émissaire ?

— Il existe un précédent dans la Bible… fit Smith d'un ton rêveur. Une indiscrétion calculée, un innocent accusé. Cela s'est déjà produit. D'un autre côté, l'affaire est peut-être beaucoup plus simple : Mannister a peut-être seulement obéi à l'instinct de conservation en se dissimulant derrière Jeremy Ware. Pourquoi pas ? Avez-vous lu *Le Voyage du pèlerin*[1] ?

Garrett eut un signe de dénégation et tira sur sa pipe.

— Vous devriez, mon cher, vous devriez. C'est une mine d'or. Comme je disais, ou plutôt comme j'allais vous le dire, l'un des personnages de ce roman est un gentleman nommé M. Double-Face. Il paraît avoir engendré une nombreuse progéniture.

Garrett fuma en silence, puis déclara soudain :

— Nous filons Ware, car, s'il a dérobé la lettre, il l'a peut-être fait sur un coup de tête, en tout cas pas sur ordre ; il lui faudra trouver des acquéreurs. Vous savez comment cela se passe, les gens évitent de laisser des traces écrites, ils se rencontrent et l'argent est remis en liquide. Nous avons une petite chance de pincer Ware avant qu'il conclue la transaction.

Mr. Smith haussa légèrement les sourcils.

— Vous pensez que Ware a pris la lettre ?

— Pourquoi pas ? Il a profité de l'occasion. Il est fauché comme les blés. Il était le secrétaire de Gilbert Denny ; on a détruit Denny. Mannister dit qu'on cherche à lui nuire ; Ware est le secrétaire de Mannister. Voilà comment je vois les choses. Un bonimenteur comme Mannister ne peut être aussi subtil que vous le prétendez.

Mr. Smith hocha la tête, tout en continuant de battre la mesure sur la tablette de la cheminée.

1. Roman allégorique de John Bunyan, publié en 1678, un grand classique de la littérature anglaise. *(N.d.T.)*

— Oui, un moulin à paroles, indubitablement. Je me demande quelle est la véritable nature de ses propos. Ils peuvent être dangereux, parfois.

Ananias se dressa sur son perchoir et battit des ailes. Mr. Smith s'approcha de lui.

— Dis ce que tu penses, Ananias… *Prends garde à toi, prends garde à toi…*

— *Boomlay, boomlay, boomlay,* BOOM *!* s'égosilla le perrroquet.

IV

Rosalind Denny se cala contre le dossier de sa chaise et observa, en contrebas, le Salon d'Or du *Luxe* : au fond de la salle, l'orchestre jouait *Voices of the Woods*, devant un parterre de cinq cents personnes qui parlaient, buvaient et dînaient ; le brouhaha couvrait presque complètement la musique. Rosalind avait l'impression que le bruit flottait dans la lumière dorée. Assis de l'autre côté de la table, Jeremy Ware contemplait la jeune femme blonde aux grands yeux tristes, toute de gris vêtue. « Quelque chose en elle a changé », songea-t-il. Ses lèvres ne formaient plus désormais qu'une ligne mince et sévère, ses belles couleurs avaient disparu, son regard semblait égaré.

La physionomie ingrate du secrétaire de Bernard Mannister exprimait l'inquiétude ; lorsqu'il plissait le front comme il le faisait à cette minute, ses sourcils noirs se rejoignaient au-dessus de ses yeux gris foncé, et il paraissait bien davantage que ses vingt-six ans. Il possédait une forte stature, un visage carré, des mains aux doigts spatulés – marque supposée des militaires et des criminels.

— Vous n'avez rien mangé, Mrs. Denny.

Le son de sa voix ramena Rosalind à la réalité.

— Vous disiez, Jeremy ?

— Vous n'avez rien mangé.

Un beau sourire éclaira le visage de la jeune femme.

— Ai-je donc été si ennuyeuse ? demanda-t-elle en se penchant vers lui.

Jeremy lui rendit son sourire.

— Que dois-je répondre à cela ?

— La vérité, mon cher.

— En êtes-vous bien sûre ?

— Pourquoi ? La vérité est donc si terrible ?

— Vous l'aurez voulu !

— Je vous écoute…

— Eh bien… je me disais que c'était formidable à vous d'avoir accepté mon invitation.

Il vit les larmes lui monter aux yeux et regretta de ne pas avoir tenu sa langue. Mais très vite, Rosalind répondit avec chaleur :

— Comme c'est gentil…

— Donc vous ne m'en voulez pas ?

— Voyons, Jeremy, pas du tout ! J'étais terrifiée à l'idée de voir du monde. Je pensais que ce serait… comment dire ? intolérable. C'est ma première sortie, vous savez, depuis…

Jeremy, d'ordinaire très bavard, préféra se taire et attendre.

— Je suis contente d'être venue, reprit Rosalind. Tous ces gens, ces lumières, la musique ! J'ai l'impression de rêver, au point que je m'attendrais presque à voir arriver Gilbert. Voilà pourquoi je suis contente.

Jeremy se sentit à la fois embarrassé et bouleversé par cet aveu ; il en voulait au sort de l'avoir frappée si durement, à trente-deux ans à peine. Plutôt que de répondre par des platitudes, il ne dit mot.

— Je sais ce que vous pensez, vous savez, poursuivit Rosalind. Jeremy… j'aimerais que vous me promettiez quelque chose.

— Je promets.

— Sans savoir de quoi il s'agit ? Vous me faites donc tellement confiance ?

— Oui.

— Voilà, c'est très simple : parlez-moi de Gilbert et laissez-moi vous parler de lui… Souvent les gens n'osent plus évoquer le nom des morts, au bout d'un certain temps. Sa tante, dont je me suis occupée, n'aimait pas m'entendre parler de lui. Elle baissait la voix et disait « ce pauvre Gilbert ». C'est horrible ! Je veux que vous continuiez à évoquer sa présence comme s'il se trouvait dans la pièce voisine. Vous me le promettez ?

— C'était mon meilleur ami, murmura Jeremy d'une voix durcie par l'émotion. Je ne peux croire qu'il n'est plus là.

— Merci. Je suis vraiment contente d'être venue, reprit Rosalind. À présent, si nous parlions un peu de vous ? Comment vous entendez-vous avec Mr. Mannister ?

— Je le supporte, il me tolère, répondit Jeremy d'un air sinistre.

— Il ne vous aime pas ?

— Pas particulièrement.

— Mais pourquoi ? Gilbert vous appréciait beaucoup !

— Ce n'est pas le cas de Mannister ! Disons qu'il m'apprécierait davantage si je cherchais à être bien vu, si j'en faisais des tonnes, si je lui disais que son dernier discours était mer-veil-leux. Deane, l'autre secrétaire, est le champion du cirage de pompes. Vous devriez voir le patron boire du petit-lait en l'écoutant ! Lui, il l'adore, et moi je le déçois, avec un grand D ! C'est ce qu'il a essayé de me faire comprendre, pas plus tard que ce matin, en discourant sur l'esprit mercenaire et la chute de l'enthousiasme chez les jeunes.

— Pauvre Jeremy… À vous entendre, cet homme est un fléau !

— Oui, mais un fléau qui me paye. Je dois m'accrocher. Trouver du travail relève de l'exploit, aujourd'hui.

Il s'interrompit brutalement et se frappa le front.

— Nom d'un petit bonhomme !

— Que se passe-t-il ?

— Je suis un imbécile de première classe, voilà tout ! Ce matin, Mannister m'a dicté un truc qui n'en finissait plus, l'ébauche du discours qu'il doit prononcer à Bournemouth samedi. Je devais le taper et vérifier une ou deux citations…

— Et ?

— Et j'ai oublié de l'emporter !

— Êtes-vous logé chez lui ?

— Dieu m'en garde ! J'ai une chambre en ville. Mannister veut son maudit discours demain matin. Comment ai-je pu l'oublier ? Ah oui ! Il s'est mis en tête de vider son coffre. On était là tous les deux, moi à trier et à ranger, lui qui partait dans des digressions et lisait des extraits de lettres à voix haute. Il a même dégoté un de ses discours et s'est mis à le déclamer en arpentant la pièce de long en large ! Une fois le coffre vidé, il a décrété que ce qu'il cherchait n'y était pas et que je devais tout remettre en place. Ensuite il m'a envoyé faire une course et quand je suis revenu, il m'a passé un savon à propos de je ne sais plus quoi, et voilà, j'ai oublié le texte à taper, moi qui n'oublie jamais rien.

Rosalind repoussa sa chaise.

— Vous devriez aller le chercher tout de suite.

— Il est minuit et demi ! Les domestiques se couchent à dix heures pile. Quand Mannister rentre tard, il se sert de sa clé. Et ce soir, il n'est pas sorti. Mais je ne veux pas qu'il marque un point à mes dépens.

Donc… il ne me reste plus qu'à entrer par effraction ! conclut Jeremy en riant.

« Comme il paraît jeune quand il rit… » songea Rosalind.

— Il y a une fenêtre dans l'arrière-cuisine, chuchota-t-il d'un ton mélodramatique. Saviez-vous que la fenêtre de l'arrière-cuisine est la meilleure amie du monte-en-l'air ? Je grimperai le long du mur, ramperai au-dessus de l'évier, m'introduirai dans la bibliothèque et m'enfuirai avec mon butin.

Rosalind se mit à rire, elle aussi.

— Et vos vêtements, y avez-vous pensé ? Vous allez vous salir !

— Je prendrai la tenue adéquate. Si vous entendez dire que Jeremy Ware a été arrêté vêtu de vieilles culottes qui pochent aux genoux, viendrez-vous témoigner en sa faveur et dire que ses autres pantalons sont propres et bien coupés ?

Rosalind se leva. Jeremy eut l'impression qu'elle était plus grande, tant elle avait maigri. Il ressentit à nouveau une sourde colère contre le malheur qui l'avait frappée.

— Je ne suis pas pressé, vous savez ! plaisanta-t-il. L'heure propice aux cambriolages se situe entre une et trois heures du matin.

Il se leva à son tour et la suivit jusqu'à la porte. Rosalind lui sourit par-dessus son épaule.

— Je ne sais plus ce qui se fait ! Je suis une cousine de province qui n'a pas l'habitude de veiller.

Soudain une voix suave et haut perchée s'éleva derrière eux.

— Rosalind chérie !

Cette dernière se retourna et reconnut Mimosa Vane, qui se précipita vers elle, tout essoufflée.

— Rosalind ! Quel bonheur de te voir ! Quand es-tu rentrée ? Janet m'a dit que tu habitais chez elle ! Vas-tu rester à Londres ?

Rosalind sourit. Mimosa paraissait plus excentrique que jamais ; ses cheveux, teints d'une couleur indéfinissable, entre blond filasse et gris, retombaient en anglaises frisottées dans son cou flétri. Sa robe de tulle argenté laissait entrevoir un dos si maigre que Jeremy, malgré lui, pouvait compter ses vertèbres. Elle faisait irrésistiblement penser à un hareng saur.

— Quel bonheur ! répéta-t-elle. J'ai tellement de choses à te raconter ! Figure-toi que j'ai rencontré une personne tout à fait extraordinaire ! Il faut absolument que tu la voies ! Nous irons ensemble !

Elle posa sur le bras de Jeremy un doigt blanc décharné et le fixa de ses yeux pâles, énormes dans son visage blême et ratatiné. De ses lèvres carmin jaillit un cri :

— Vous viendrez avec nous !

— Où cela ? demanda-t-il, avant d'ajouter à la hâte : Je travaille, Mrs. Vane.

— Vous ne suivez pas Rosalind partout comme un parfait chevalier servant ? s'écria Mimosa en partant de son rire de crécelle. À bientôt, très chère !

Elle leur adressa de grands gestes d'adieu et s'éloigna en papillonnant vers sa table.

Rosalind et Jeremy poursuivirent leur chemin.

— Seigneur ! Quelle femme ! s'exclama celui-ci une fois dehors.

— C'est une cousine éloignée de Gilbert. Je l'ai toujours connue…

Rosalind s'interrompit et se mit à rire.

— C'est curieux, pourquoi en la voyant ai-je pensé à Frank ? Pourtant, ils n'ont absolument rien en commun. À propos, connaissez-vous mon cousin Frank Garrett ?

— Garrett ?

— Il travaille dans les services secrets. Non, vous ne l'avez jamais rencontré, sinon vous vous souviendriez de lui ! Tout en muscles, des cheveux en brosse… Un fox-terrier mal attifé !

Jeremy fit quelques pas à ses côtés.

— Pourquoi me parlez-vous de lui, Mrs. Denny ?

— Je l'attends demain chez moi… Frank semble beaucoup s'intéresser à vous, Jeremy, répondit-elle avec le plus grand sérieux.

V

Jeremy raccompagna Rosalind jusqu'à la porte de son appartement, lui souhaita une bonne nuit, puis rentra chez lui à pied.

La maison de Bernard Mannister se situait dans Marsh Street, à l'angle de Tilt Street. Si vous suivez Tilt Street sur une centaine de mètres, vous débouchez à gauche dans une étroite ruelle latérale appelée Nym's Row, où se trouvaient des écuries aujourd'hui transformées en petits appartements.

Jeremy louait une chambre meublée au numéro 3. L'endroit convenait à sa bourse et à son goût. Les deux autres pièces étaient occupées par Mr. et Mrs. Walker. Joseph Walker était chauffeur de taxi ; Lizzie Walker, autrefois femme de ménage chez la mère de Jeremy, lui louait la chambre à un prix dérisoire et se montrait aux petits soins pour lui. À ses yeux, il était toujours le garçonnet en culottes courtes qu'elle avait connu. Elle lui avait donné la clé de la porte d'entrée à contrecœur, arguant qu'une clé égarée serait aussitôt ramassée par une brute assoiffée de sang qui s'empresserait de venir à Nym's Row pour les assassiner, elle et son Joseph, dans leur lit. Comment ladite brute devinerait-elle, parmi les millions de serrures londoniennes, que cette clé lui était destinée ? Pour quelle raison le criminel le plus endurci irait-il assassiner Joseph et Lizzie Walker ? Lizzie était incapable de répondre à la question, mais depuis qu'elle lui avait donné la clé, elle affirmait qu'elle ne fermait pas l'œil de la nuit quand Jeremy sortait en ville. Comment dans ces conditions expliquer les ronflements conjoints et sonores qu'entendait le jeune homme chaque fois qu'il rentrait tard ?

Il passa devant la chambre des Walker et entra dans la sienne. Elle n'était pas grande, mais assez spacieuse pour contenir, outre son locataire, un lit, un lavabo, une commode, une machine à écrire, un fauteuil passablement bosselé mais confortable, un coffre en piteux état et un bout de tapis élimé.

Jeremy se déshabilla, plia soigneusement ses vêtements qu'il rangea dans l'un des tiroirs de la commode, puis choisit un costume de laine grossière, fidèle compagnon de ses promenades campagnardes depuis des années ; usé aux coudes, râpé aux genoux, il était immettable en plein jour. Tout en l'enfilant, Jeremy fredonna :

— *Jour après jour je chemine en guenilles avec mes bouteilles...*

Il s'imagina fripier, puis dans la peau d'un clochard. Brrr... L'idée de toucher ou de porter les vieux habits des autres le dégoûtait. Clochard... Il frissonna en pensant que, trois mois plus tôt, il avait bien failli se retrouver à la rue. Quand vos chemises et vos bottines sont élimées, il devient difficile de se présenter devant un employeur ; vous glissez peu à peu sur la pente qui mène au fond du gouffre, là où les hommes se battent pour un croûton de pain, un verre de bière ou un abri précaire.

— *Sortez vos guenilles et vos bouteilles...*

Il éteignit la lumière, releva le store et ouvrit la fenêtre : dehors, il bruinait. La fenêtre donnait sur une cour carrée, séparée des cours voisines par des murets, et du jardin de Mannister par un mur en brique.

Jeremy se laissa glisser le long de la gouttière et atterrit dans la cour. La nuit était si noire qu'il dut louvoyer à tâtons entre une brouette délabrée, des pots de fleurs cassés, une baignoire en zinc trouée et un escabeau branlant. En théorie, il connaissait de mémoire l'emplacement de chacun de ces objets au centimètre près, mais en pratique, il s'écorcha les genoux contre la baignoire, manqua de s'affaler sur les pots de fleurs, buta contre l'escabeau, se rattrapa à l'un des montants et se prit le pouce dans une charnière.

Il s'arrêta afin de reprendre son souffle puis appuya l'escabeau contre le mur, en priant pour qu'il tienne. Il se donna du courage en fredonnant :

— *Mets tes gants noirs, sors ton violon et accroche un sourire à tes lèvres !*

Sachant que le haut du mur était garni de verre pilé destiné à faire fuir les éventuels voleurs, Jeremy ôta sa veste et s'en servit pour se protéger. Sauter de l'autre côté fut un jeu d'enfant.

Restait à pénétrer chez Mannister, ce qui ne présenta guère de difficulté. Jeremy n'en n'était pas à sa première effraction ! Il était même expert en la matière : à l'âge de quinze ans, il avait passé quelques mois de convalescence chez une cousine de son père qui le traitait comme un invalide : « Un souper léger, mon petit Jeremy, et hop au lit à huit heures et demie ! L'avenir appartient à ceux qui se lèvent tôt. » La cousine Emily appliquait le dicton, verrouillant la porte à neuf heures pile. À dix heures, toute la maisonnée était censée dormir. Jeremy avait alors commencé à s'entraîner à ouvrir la fenêtre de l'arrière-cuisine. Au début, il se contentait de se glisser dehors, de faire un tour dans l'obscurité et de revenir, ravi d'avoir défié l'autorité. Puis un soir, la clenche du loquet s'étant refermée derrière lui, il s'aperçut qu'il était capable d'ouvrir la fenêtre de l'extérieur. Bientôt, il se rendit compte que l'une des bonnes se livrait elle aussi à des escapades nocturnes. Il mit un point d'honneur à prendre des risques sans se faire repérer et acquit ainsi une habileté considérable, qui lui permit de s'attaquer à des fenêtres à la fermeture plus élaborée. Plus d'une fois, il s'en fallut d'un cheveu qu'il ne soit pris en flagrant délit. La cousine Emily ne s'aperçut jamais de rien.

Alors qu'il s'introduisait dans le sous-sol de Bernard Mannister, Jeremy réalisa avec une bouffée de nostalgie qu'il n'avait plus quinze ans et que ses parents l'avaient quitté depuis longtemps. La cousine Emily, seule survivante de la famille, habitait toujours sa maison de Middleham, persuadée qu'à dix heures toute sa domesticité dormait. L'une de ses bonnes s'échappait-elle encore nuitamment pour aller retrouver son galant ?

Il enjamba l'évier, referma la fenêtre et fronça le nez : l'arrière-cuisine sentait la graisse rance. Le personnel de Mannister n'habitait pas à demeure, à l'exception de James, le majordome, qui dormait au dernier étage. L'aventure n'était donc pas en soi très risquée. Il suffisait de monter au rez-de-chaussée, de traverser le vestibule et de récupérer les notes dans la bibliothèque. Jeremy faillit ôter ses chaussures, mais sa fierté l'en empêcha. Pas question de se faire surprendre la nuit en chaussettes chez son employeur !

Notre monte-en-l'air avait tort de s'inquiéter : les escaliers de la solide bâtisse georgienne ne craquaient pas et ses portes tournaient silencieusement sur leurs gonds bien huilés. Il parvint sans encombre dans la bibliothèque, feuilleta ses notes et sortit quelques ouvrages pour vérifier l'exactitude des citations dont

Mannister avait émaillé son discours. La première était extraite de *Timon d'Athènes*. Jeremy prit l'un des tomes lourdement reliés des œuvres de Shakespeare et tourna les pages jusqu'à trouver. « Exècre-les tous, maudis-les tous, ne montre de charité envers personne… Donne aux chiens ce que tu refuses aux hommes[1]. » Ensuite, par contraste, un couplet sur la compassion, extrait d'une ballade de Sir Thomas Moore[2]. Maudit soit Mannister, qui se souvenait toujours du début des vers, mais jamais de la fin ! Jeremy finit par mettre la main sur le texte, qu'il recopia.

Il remit le volume à sa place, se retourna… et resta pantois : la porte de la bibliothèque s'entrouvrait peu à peu. Jeremy se trouvait tout au fond de la pièce, éclairé par l'un des plafonniers, alors que le seuil était plongé dans la pénombre. L'unique interrupteur était situé à côté de la porte.

La silhouette d'une jeune fille en chemise de nuit se découpa dans l'encadrement ; ses longs cheveux noirs retombaient en cascade bouclée sur ses épaules. Elle tenait quelque chose dans la main droite. La gauche quitta le bouton de porte, au ralenti. Elle dévisageait Jeremy, les yeux écarquillés. Celui-ci n'avait pas la moindre idée de l'identité de l'inconnue. Recouvrant ses esprits, il s'avança lentement vers elle.

— Je… je suis le secrétaire de Mr. Mannister, bredouilla-t-il. N'ayez pas peur.

Aussitôt la jeune fille recula, chercha la porte à tâtons et disparut dans la pénombre du vestibule. Jeremy entendit quelque chose tomber sur le sol. Il attendit quelques instants avant de se diriger vers la porte, mais ne put rien distinguer. La maison était

1. *Timon d'Athènes*, acte IV, scène 3. *(N.d.T.)*
2. *Let Sympathy Pledge Us*, in *Irish Melodies*. *(N.d.T.)*

complètement silencieuse. Une fois ses yeux accoutumés à l'obscurité, il se baissa et aperçut une sorte de figurine, devant lui, sur le bord du tapis. Il la ramassa, alluma une lampe et l'observa : il s'agissait d'un petit hibou d'environ cinq centimètres de haut, modelé dans une argile d'un curieux vert bleuté, et d'une facture très soignée : l'oiseau clignait des yeux, son plumage avait presque la douceur du duvet. Il paraissait si vivant que Jeremy, craignant de l'écraser entre ses doigts, le glissa délicatement dans sa poche.

Il éteignit la lumière, traversa le vestibule, dépassa le grand escalier et retrouva le passage menant au sous-sol. Il s'immobilisa, croyant entendre battre la porte matelassée qui ouvrait sur les quartiers des domestiques. Il la poussa et emprunta le couloir sombre menant à l'escalier qui descendait au sous-sol. Il compta dix marches, puis s'engagea dans l'autre passage débouchant sur la cuisine, le garde-manger et la réserve.

À présent, Jeremy pouvait se permettre d'allumer sa lampe électrique. La cuisine et l'arrière-cuisine lui semblaient vides dans l'obscurité ; il commençait à se demander s'il n'avait pas rêvé. Le faisceau de sa torche éclaira une porte entrebâillée, un peu sur la gauche.

Jeremy siffla entre ses dents. Il aurait juré que cette porte était fermée à son arrivée. Il l'ouvrit en grand et aperçut un escalier qui s'enfonçait dans les ténèbres. Il pointa sa torche en avant, descendit une quinzaine de marches de pierre usée, dont les six dernières tournaient à angle droit. Elles le conduisirent dans une salle au plafond voûté qui paraissait plus ancienne que le reste de la maison ; elle donnait sans doute sur des caves datant d'avant l'époque georgienne. Jeremy essaya d'ouvrir plusieurs portes, sans succès. L'air était lourd et moite. Le bruit de ses pas résonnait sur les dalles de pierre. À l'autre bout de la salle, le couloir repartait. Il l'emprunta et vit quatre portes : trois à droite, qui étaient fermées, et une quatrième, qui bloquait le passage. Celle-ci bougeait encore ; dans la lumière de la lampe électrique, il vit, l'espace d'un instant, trois doigts d'une main glisser le long du battant. Il braqua le faisceau sur la porte, mais trop tard. Elle s'était refermée et la main avait disparu.

Jeremy, stupéfait, finit par se ressaisir et franchit les quatre ou cinq mètres qui le séparaient de la porte. Elle s'ouvrit facilement. Il se trouvait dans une grande cave vide au plafond cintré ; il n'y avait aucun endroit où se dissimuler. Jeremy s'arrêta et réfléchit : il avait vu une main – ou plutôt trois petits doigts aux ongles ovales, pour être exact. Il en déduisit qu'ils appartenaient au fantôme de la bibliothèque.

Un frisson glacé lui parcourut l'échine. Il abaissa la torche et là, dans le cercle de lumière, vit sur la dalle poussiéreuse l'empreinte très nette laissée par un petit pied nu.

VI

— Le colonel Garrett est là, annonça la gouvernante de Janet Fortescue.

Rosalind posa le livre qu'elle lisait et se leva pour aller à la rencontre de son cousin.

— Comme c'est gentil à toi d'être venu, Frank !

Garrett émit un grognement.

— J'espère que tu en diras toujours autant après m'avoir entendu…

Rosalind se mit à rire.

— Essaies-tu de me faire peur ? Je croyais que tu me rendais une visite amicale.

— Je n'ai pas de temps pour les visites amicales.

Il tira sur sa cravate déjà de travers et embrassa la pièce du regard. Rosalind avait de la chance : en général, les appartements loués meublés étaient affreusement surchargés et ne s'accordaient pas au style de vos propres bibelots. Celui-ci était une exception : les murs tapissés d'un papier peint uni et les teintes neutres du tapis s'harmonisaient avec le tissu des fauteuils. Rosalind avait disposé sur la commode en noyer ses bougeoirs Rockingham et, sur le bureau, ses coupes en verre de Bristol. Dans un vase de cristal s'épanouissait un bouquet d'anémones violettes, blanches et rose foncé, aux étamines d'un noir charbonneux, telles de minuscules brosses de ramoneur.

Après avoir examiné le salon, Garrett regarda sa cousine, qui portait une robe et un cardigan d'un joli gris, rehaussé par le mauve d'un collier de perles.

— Mon cher Frank ! Je te trouve bien mystérieux ! Tu vas finir par m'inquiéter… Si nous nous asseyions ?

Elle s'installa dans un coin du canapé, devant la cheminée où brûlait un bon feu, et fit signe à Garrett de l'imiter. Il se laissa choir sur les coussins, silhouette incongrue affublée d'un costume à carreaux criards, beaucoup trop large pour lui ; son pantalon laissait entrevoir des chaussettes couleur vert pomme tranchant sur le jaune de chaussures flambant neuves.

— Décidément, je n'aime pas mon travail, bougonna-t-il.

— En général, ou seulement aujourd'hui ?

— Touché ! fit-il en riant. Je hais la stupidité. Or la plupart des femmes sont stupides et égoïstes… Je suis venu te poser un tas de questions, ajouta-t-il d'un ton lugubre.

Rosalind prit un soufflet vert vif et l'agita pour ranimer les braises.

— On dirait que cela te gêne.

— Eh bien… il faut que je revienne sur les mois qui ont précédé la mort de Gilbert.

Rosalind pâlit légèrement.

— Pour quelle raison ?

— Je n'ai pas le droit d'entrer dans les détails. Tout ce que je peux te dire, c'est que j'enquête sur quelqu'un impliqué de la même manière.

Une vive rougeur monta aux joues de la jeune femme.

— Impliqué ? Qu'entends-tu par là ? Tu n'as pas voulu me croire, quand je t'ai dit que Gilbert avait été assassiné ! Maintenant, tu parles de « l'implication » de quelqu'un d'autre. C'est ta façon d'éviter le mot « meurtre » ?

Garrett se redressa brusquement.

— Pas du tout ! Pour l'amour du ciel, ne parlons pas de ça ! Cela me déplaît de devoir te poser ces questions. Alors, finissons-en. Je t'interroge, tu réponds, un point, c'est tout.

Rosalind blêmit. Sa main se crispa sur l'éventoir.

— Très bien, je suis prête, acquiesça-t-elle d'un ton qui démentait son propos.

Elle détourna les yeux ; ses longs cils noirs dissimulaient son regard. Garrett n'aurait su dire si elle pleurait.

— Réfléchis : quand Gilbert a-t-il commencé à montrer des signes d'anxiété ?

— Je ne sais pas. Il travaillait beaucoup… Les élections approchaient…

— Donc il a paru soucieux avant les élections de 1929 ?

— À l'époque, je… je pensais qu'il était débordé de travail.

— Et après les élections ? Avait-il toujours l'air nerveux ?

— Oui.

— Lui as-tu parlé ?

— Non.

La question, et sa propre réponse, furent comme un coup de poignard. Si elle avait parlé à Gilbert, il serait peut-être encore en vie…

— Pour quelle raison ? demanda Garrett.

— Je pensais qu'il était fatigué, que je ne devais pas l'ennuyer avec mes questions…

La voix de Rosalind n'était plus qu'un murmure.

— Un jour… un jour, il a reçu un appel téléphonique. Je suis entrée dans son bureau au moment où il raccrochait.

— Semblait-il perturbé ? Agité ?

— Oui.

Comment exprimer l'indicible douleur qu'elle avait lue sur le visage de Gilbert ? Cette image la hantait encore la nuit.

— Lui as-tu demandé des explications ? reprit Garrett.

Elle secoua la tête.

— Non, je ne pouvais pas.

— Et pourquoi ?

Elle se tourna vivement vers lui.

— Tu n'es pas marié, Frank. Dans un couple, chacun doit garder un jardin secret. Gilbert en avait un. Nous étions heureux justement parce que je le respectais. Si j'avais tenté d'y pénétrer de force, il m'en aurait voulu. Je pensais que c'était à lui de m'y faire entrer.

Garrett se renfrogna. Marié, lui ? Grand Dieu, non ! La peste soit des femmes et de leur sentimentalité ! Le diable s'y nichait.

— Et après cela ?

— J'ai d'abord cru qu'il était malade. Puis j'ai pensé qu'on le faisait chanter. Il parlait dans son sommeil…

Elle entendait encore les propos incohérents que son mari répétait en dormant : *Va au diable, saleté de maître chanteur !*

— Que disait-il ?

Rosalind vit resurgir les images du passé, comme dans un film : les rideaux tirés laissant entrevoir le clair de lune, un léger courant d'air agitant les voilages, elle-même dressée sur un coude, à écouter les marmonnements affolés de Gilbert qui se tournait et se retournait dans le lit.

La voix de Garrett fit voler la scène en éclats.

— Il ne t'a jamais dit qui le faisait chanter ?

— Non.

— Qu'est-il arrivé ensuite ?

Elle posa le soufflet sur ses genoux en frissonnant. Dans l'âtre, la flambée s'apaisait.

— Il m'a dit... qu'il allait prendre des vacances, murmura-t-elle sans regarder Garrett. Cela m'a fait plaisir, mais l'idée n'avait pas l'air de le réjouir...

Elle lissa le tissu gris de sa jupe.

— Un soir, il est entré et s'est planté devant la cheminée sans rien dire. Au bout d'un moment, il a fini par m'expliquer que, la veille, une diseuse de bonne aventure lui avait prédit qu'il ferait un très long voyage ; il m'a demandé si j'avais envie d'entreprendre le tour du monde avec lui.

Garrett tapa du poing sur le canapé.

— Une diseuse de bonne aventure ? Tu en es certaine ? Gilbert avait-il l'habitude de fréquenter ce genre de personne ?

— Bien sûr que non ! Il pensait que c'était des idioties.

— Continue. Qu'a-t-il dit d'autre ?

— Je ne m'en souviens pas. Tout est arrivé si vite. Nous devions commencer par l'Inde et le Japon. Nos billets étaient réservés. Nous avons quitté la maison, entreposé les meubles... Gilbert a vendu son voilier – tu sais combien il adorait naviguer. C'est en allant le livrer à Minehead que ça s'est produit.

— Tu n'étais pas avec lui ?

— Non, répondit-elle tristement. Je n'ai pas le pied marin.

Combien de nuits avait-elle passées, allongée dans le noir, à se torturer en songeant que si elle avait aimé naviguer, Gilbert serait peut-être encore en vie. Aurait-il sauté par-dessus bord, si elle s'était trouvée à ses côtés ?

— Combien y avait-il d'hommes d'équipage ?

— Trois.

— Peux-tu me donner leur nom et leur adresse ?

— Non, mais j'ai conservé des coupures de journaux. Attends, je vais les chercher.

Elle se leva, quitta la pièce et revint avec une liasse de coupures de presse.

— Tout est là.

Elle se rassit, posa son menton dans sa main et fixa les braises qui rougeoyaient dans l'âtre, pendant que Garrett lisait.

L'histoire était à la fois banale et tragique : Gilbert Denny et son équipage, partis de Plymouth à bord du *Zest*, faisaient cap sur Polperro, en Cornouailles. Au coucher du soleil, il leur restait encore quelques heures de route. La journée avait été belle, avec une bonne brise, mais dès que le soleil avait disparu à l'horizon, le vent était tombé et le ciel s'était chargé de nuages. Denny avait laissé la barre au skipper et était descendu dans sa cabine pour ne remonter sur le pont qu'à la nuit. À ce moment-là, ils venaient de dépasser Talland et se trouvaient à seulement trois quarts de mille de la côte. Denny avait demandé à ses équipiers d'effectuer sans lui la manœuvre d'entrée dans le port, avant d'aller s'accouder au bastingage, à tribord. Cinq minutes plus tard, les trois hommes, entendant un bruit de chute dans l'eau, avaient lancé une bouée à la mer et sauté dans le canot de sauvetage. Mais leurs recherches s'étaient avérées vaines. Arrivés à Polperro, affolés, ils avaient aussitôt prévenu la police. Celle-ci conclut rapidement à un suicide ; on retrouva la veste de Denny échouée sur le rivage entre Talland et Polperro. Son corps ne réapparut jamais.

Garrett posa les coupures de journaux et se leva du canapé. Rosalind ne bougea pas. Il ne voyait d'elle que sa silhouette penchée en avant, ses cheveux blonds masquant son visage. Embarrassé, il détourna les yeux. Que faire, nom d'un chien, si elle se mettait à pleurer ? Soudain, il sursauta et, en deux enjambées, gagna le bureau ; il s'empara d'un petit objet et revint se planter devant la cheminée, face à Rosalind.

— Qu'est-ce que c'est ? demanda-t-il en montrant un joli escargot modelé dans une argile d'un vert bleuté.

Un véritable chef-d'œuvre en miniature, avec une coquille à l'arrondi parfait, un corps dont on sentait presque la viscosité, une tête relevée avec deux petites cornes bien droites. Mais ce n'était pas la beauté du bibelot qui avait attiré l'attention de Garrett.

Il réitéra sa question d'une voix forte. Rosalind releva lentement la tête, l'air perdu, très pâle. Ses yeux étaient secs. Elle rassemblait tout son courage pour parler à Garrett de la lettre de Gilbert – elle n'en avait jamais parlé à personne. Pour la première fois, elle sentait que cela pouvait lui apporter un certain soulagement. Et puis, là, tout à coup, elle apercevait l'escargot sur la paume tendue de son cousin ; et ce diable d'homme lui criait aux oreilles :

— Qu'est-ce que c'est ? Où l'as-tu trouvé ?

Rosalind se voyait sur le pont du *Zest*, voguant sur une mer d'encre aux côtés de Gilbert, penché pardessus le bastingage… L'instant d'après, ils s'enfonçaient tous deux dans l'eau calme et profonde. Combien de fois avait-elle rêvé qu'elle mourait avec lui, sans jamais pouvoir le rejoindre ?

La voix de Garrett la ramenait d'une manière trop brutale à la réalité. Elle se mit à trembler et balbutia :

— Pourquoi ? Pourquoi veux-tu le savoir ?

— Tonnerre ! Parce que c'est important ! Tu ne peux donc pas répondre simplement à une question ?

Rosalind recouvrait ses esprits : Talland… la Cornouailles… Gilbert était mort là-bas. Désormais, un autre que lui tenait la barre du *Zest*, sur d'autres mers du monde. Elle observa l'escargot.

— Il est beau, n'est-ce pas ? J'ignore où Gilbert se l'est procuré. Il voulait sans doute me l'offrir pour mon anniversaire. Le cadeau m'est parvenu juste après son départ pour Plymouth, deux jours avant qu'il prenne la mer.

— Le paquet est arrivé par la poste ?

— Oui, mais je ne l'ai ouvert… qu'après…

— Sais-tu d'où il venait ? Tu n'as jamais vu d'objet semblable ?

— Non, pourquoi ?

— Moi, j'en ai déjà vu un. Chez Ellinger. Un crapaud avalant un ver de terre.

— Ellinger ?

— Diplomate. Dépression nerveuse. Carrière ruinée. Désormais, il cultive des roses dans le Kent ; sur le manteau de sa cheminée, on peut voir un crapaud gobant un ver. Tu ne connais peut-être pas Ellinger, mais tu as sans doute entendu parler de Tip Reddington. Lui aussi a fait une dépression nerveuse. Il est parti voir sa fille, en Australie. Je me demande s'il n'a pas emporté l'une de ces bestioles dans ses bagages. Et puis il y a aussi Lemare et Masterson…

Il s'interrompit brusquement, pivota sur lui-même et alla remettre l'escargot à sa place sur le bureau, entre un bougeoir et le vase d'anémones. Puis il revint devant la cheminée, poings dans les poches, faisant tinter les objets qui s'y trouvaient. Il fixa sur sa cousine ses petits yeux gris perçants.

— J'ai trop parlé. Pourras-tu tenir ta langue ?

— Une femme le peut toujours !

Garrett releva le menton.

— Je suis très sérieux, Rosalind.

— Moi aussi, Frank.

Coudes sur les genoux, menton dans le creux de la main, elle plongea son regard bleu outremer dans celui de son cousin.

— Ne t'inquiète pas, je ne dirai rien.

— Je l'espère pour toi, fit celui-ci en fronçant les sourcils. J'ai cru comprendre que Gilbert avait largué les amarres parce qu'on le faisait chanter ?

— Oui. C'est ce qu'il m'a dit.

— Pardon ?

— Oui, j'ai reçu une lettre de Plymouth, ce matin-là. Ne le dis à personne, Frank. Il disait… qu'il ne pouvait plus supporter cette situation et qu'il valait mieux pour moi que je sois… libre…

Garrett traversa la pièce en trois enjambées, regarda par la fenêtre et revint devant la cheminée. Quelle histoire abracadabrante ! Que cachait-elle ? Qui se cachait derrière elle ?

— Que penses-tu du jeune Ware ?

Rosalind se laissa aller contre le dossier du canapé. Elle se sentait épuisée, vidée.

— C'est un ami. Gilbert l'aimait beaucoup.

— Est-il amoureux de toi ?

Rosalind partit d'un rire mal assuré.

— Mon cher Frank, que dois-je répondre à cela ?

— Mentir ne servirait à rien.

— Alors jouons au jeu de la vérité. Que veux-tu savoir ?

— Si Ware est amoureux de toi. Ou plutôt, s'il l'était, il y a deux ans.

L'expression de Rosalind changea du tout au tout. Elle répondit avec douceur et sérieux :

— Non, Frank. Enfin, pas comme tu le crois.

— Arrête de couper les cheveux en quatre !

Elle secoua la tête.

— Jeremy adorait Gilbert. Il aurait fait n'importe quoi pour lui. Il m'aime beaucoup, mais pas au sens où tu l'entends. Il ne lui viendrait jamais à l'idée d'être amoureux de l'épouse de Gilbert.

— Tu coupes encore les cheveux en quatre ! répéta Garrett avec mépris. Ah, maudites femelles !

Rosalind rougit de colère.

— Surveille ton langage, Frank ! Nous ne sommes pas chez les sauvages !

— Je dis ce que je pense !

Il claqua ses mains l'une contre l'autre.

— Je suis sérieux ! Et tellement civilisé que je ne sais pas comment m'y prendre pour te dire ce que j'ai à te dire !

Rosalind haussa un sourcil.

— Mon cher Frank, ce doit être vraiment grave !

Garrett grommela.

— Il s'agit d'une question de raison et de logique. Les femmes sont déraisonnables et illogiques. Donc tu ne vas pas aimer ce que tu vas entendre.

Rosalind sourit.

— Je t'écoute…

— Voilà : Mme X a un majordome. Un jour, ses cuillères en argent disparaissent. Le majordome passe au service de Mme Y. Bientôt les cuillères en argent de Mme Y disparaissent à leur tour. Qui suspecterais-tu ?

— Je ne te suis pas.

— Tu vas comprendre, mais ça ne va pas te plaire. Je ferais peut-être mieux de me taire.

— Non, au contraire, continue.

— Gilbert a un secrétaire nommé Jeremy Ware. Gilbert est, disons, évincé de la vie politique. Ware retrouve un autre poste – je suppose que tu le sais – au service de Bernard Mannister. Mannister vient me voir pour me dire que l'on cherche à l'évincer de la vie politique. Drôle de coïncidence, non ?

— Mais c'est horrible !

— Je t'avais prévenue.

Les yeux de Rosalind étincelèrent. Le sang lui monta aux joues.

— Ce n'est pas vrai ! Ce n'est pas vrai !

VII

Mr. Smith termina son café et s'attaqua au sucre cristallisé au fond de la tasse. Un exploit qui tenait de celui d'Amine, raconté par Schéhérazade dans *Les Mille et Une Nuits*. Mr. Smith attrapait le sucre imbibé de café grain par grain et l'avalait avec délicatesse et concentration.

Garrett, assis en face de lui, se servit un deuxième café, l'avala d'une seule gorgée, noir, sans sucre, et reposa bruyamment tasse et soucoupe sur le plateau en argent.

— Pouah ! Quelle horreur ! Comment peut-on boire pareil breuvage ?

Il se pencha en avant et se prit le menton dans les mains.

— Il faut que je vous parle.

Mr. Smith dégustait toujours ses grains de sucre. Il était neuf heures moins le quart. Près de la fenêtre montait le léger ronflement d'Ananias qui dormait dans sa cage recouverte d'un épais tissu vert.

— L'affaire Denny revient sur le tapis ! claironna Garrett avec un prodigieux froncement de sourcils.

— Ah ? Je ne suis pas d'accord avec vous. Le café est l'un des bienfaits de notre civilisation. En revanche, manger le sucre ensuite est un vice. Mais je n'ai que peu de vices. Si je n'en avais aucun, Ananias se sentirait mal à l'aise en ma compagnie. À en juger par son langage, il a passé ses jeunes années dans un monde interlope où le vice était érigé en vertu.

— Je suis venu vous parler de Gilbert Denny, pas de votre volatile, lui rappela Garrett. Il faut que je vous raconte... Vous vous souvenez du rapport Engelberg ?

— 20 septembre 1929, fit Smith d'un ton rêveur.

— À l'époque, Denny était sous-secrétaire aux Affaires étrangères. Le Foreign Office a reçu le rapport. Dans l'état délicat des marchés financiers, beaucoup dépendait de la réponse de Londres. Or, cette réponse fut, disons, anticipée par Paris avec une telle exactitude que quelqu'un ici a dû se faire un joli paquet d'argent. Restait à mettre les liasses dans un compartiment étanche...

Garrett s'interrompit, puis reprit :

— Vous savez que Rosalind Denny est ma cousine, je suppose. Une cousine aux trois quarts américaine, mais je fais partie du quart anglais restant.

— Maintenant que vous le dites... je m'en souviens.

Depuis qu'il travaillait avec Smith, Garrett ne l'avait jamais surpris à oublier un seul nom ni une seule date.

— D'après Rosalind, c'est à partir de ce moment-là que son mari a paru soucieux. Elle a mis cet état sur le compte des élections. Et puis Gilbert a commencé à parler en dormant. Le mot « chantage » revenait sans cesse. Ça a duré plusieurs mois. Un jour de mai, une diseuse de bonne aventure lui aurait prédit qu'il allait faire le tour du monde. Là-dessus, il décide de plier bagage. Il possède un voilier ancré dans le port de Plymouth. Le 18 du même mois, il envoie sa femme chez une vieille tante à lui dans le Somerset et part pour Plymouth. Le 20, il met les voiles – c'est le cas de le dire –, cap sur Minehead, en Cornouailles, où il doit livrer le bateau. Ce soir-là, à onze heures, alors que le voilier n'est qu'à trois quarts de mille de la côte, non loin de Polperro, Denny passe par-dessus bord. Il a laissé une lettre à Rosalind, dans laquelle il explique qu'elle serait plus libre sans lui. Hormis nous, personne n'est au courant. Le corps n'ayant pas été retrouvé, il n'y a pas eu d'enquête judiciaire. Passons à l'épisode suivant, où intervient votre serviteur…

Il marqua une pause.

Smith ne disait rien. Il regardait le foyer. Une grosse bûche finissait de se consumer dans un rougeoiement glorieux.

— Gilbert avait fait de moi son exécuteur testamentaire, reprit Garrett, devant le silence de son interlocuteur. J'ai épluché sa comptabilité : le 8 octobre 1929, son compte en banque était largement à découvert. Or il a été crédité de mille livres, payées sur place en bons du Trésor. Je ne vous demande pas de faire le lien avec le rapport Engelberg, mais les faits sont là. Rosalind n'en savait rien. Le chantage a commencé peu de temps après. En février 1930, Gilbert vend deux mille livres en emprunts de guerre. Il tire deux cents livres de bons du Trésor, en petites coupures. En mars, itou. Ensuite, cinq cents en avril et six cents en mai. Le 15 juin, à nouveau cinq cents. Toujours en bons du Trésor.

Garrett se leva et ajouta une bûche dans l'âtre. Celle qui finissait de se consumer s'effondra dans une gerbe d'étincelles.

— Entre nous, ça m'a fichu un coup. J'aurais juré que Gilbert était un type bien. Un peu tête en l'air et insouciant quand il s'agissait d'argent, mais pour le reste, tout à fait correct.

Un bref instant, le regard brumeux de Mr. Smith se posa sur Garrett avec acuité, puis retourna à la contemplation des flammes qui dansaient dans la cheminée.

— Insouciant, dites-vous ? Et sa femme prétend qu'il a été assassiné…

— Qui vous a dit cela ?

— Vous, je crois.

Garrett émit un grognement.

— D'après elle, Gilbert a subi de telles pressions qu'il a décidé d'en finir. Ce qui m'intéresse, c'est de savoir à quel moment Jeremy Ware entre en scène. Ce garçon me donne des fourmis dans les doigts. J'ai envie de le boxer. Avez-vous lu l'*Écho international* d'hier ?

Mr. Smith hocha légèrement la tête.

— Mannister l'a lu, lui aussi. Je l'ai eu au téléphone ce matin. Selon lui, l'article intitulé *Inconnu* reprend le contenu de sa lettre disparue, et sa réputation est salie. Il se demande ce que nous fabriquons…

— Que lui avez-vous répondu ?

— Que vouliez-vous que je lui réponde ? Si j'étais son conseiller particulier, ce que Dieu merci je ne suis pas, je lui dirais de flanquer le jeune Ware à la porte au plus tôt. Mais Mannister, c'est le genre de prétentieux qui ne voit un mur de brique que lorsqu'il se casse le nez dessus. Ce n'est pas à moi de lui servir de bonne d'enfant. S'il vire Ware, nous ne serons pas plus avancés. S'il le garde à son service, ce sera peut-être pire pour lui, mais bien mieux pour nous. Je ne veux pas la tête de Ware, mais de ceux qui sont derrière lui.

Garrett posa son bras sur le manteau de la cheminée et répéta d'une voix étrangement douce :

— Je veux la peau de ceux qui ont eu Denny. Jeremy Ware, c'est du menu fretin ; je peux le coffrer quand je veux.

— Vous semblez certain de votre fait…

— Certain ? Bien sûr que j'en suis certain ! tonna Garrett. J'ai pris mes précautions…

— Lesquelles ? fit Smith en regardant le plafond.

— Écoutez-moi, saperlipopette ! Il y a encore deux semaines de cela, maître Jeremy ne possédait pas de compte en banque – peut-être gardait-il son argent à la poste ou dans un bas de laine sous son matelas –, toujours est-il que voici une dizaine de jours il a ouvert un compte à la Southern Counties et a déposé vingt livres.

— Vingt livres, quelle horreur !… murmura Mr. Smith.

— Attendez, je n'ai pas fini ! s'énerva Garrett. C'était un lundi. Le jeudi, disparition de la fameuse lettre, et le week-end, départ de Mannister pour Birmingham. Le lundi suivant, cinquante livres sont versées sur le compte nouvellement ouvert de Mr. Ware, en bons du Trésor. Le mardi, Mannister comprend enfin que la lettre n'est plus dans son coffre et vient me brailler dans les oreilles. Voilà. Qu'en pensez-vous ?

— Très intéressant, répondit Smith. Très intéressant.

VIII

— Ma chère ! Comment dire ? Elle est mer-veil-leuse ! s'exclama Mimosa Vane.

Elle prenait le thé chez Rosalind Denny. Ou plutôt Rosalind prenait le thé, tandis que Mimosa sirotait un citron chaud, tout en médisant sur ses amies de sa voix haut perchée. Elle exhalait à intervalles réguliers un nuage de fumée parfumée, qui montait comme de l'encens sur l'autel du scandale. Mimosa fumait beaucoup. Au bout de vingt minutes, Rosalind n'en pouvait plus. Les plus horribles ragots colportés par Mimosa commençaient tous par l'apologie de ses victimes. Rosalind se demandait laquelle serait la suivante, tout en coupant une tranche de gâteau, geste qui déclencha chez Mimosa une vive réaction.

— Mon Dieu ! Tu es folle ! Ça fait grossir ! Tu devrais essayer les nouveaux exercices de Sibylla. Ex-tra-or-di-naires ! Marcia Levine a perdu une livre par jour !

— Mais, Mimosa, je n'ai pas besoin de maigrir.

Mimosa secoua tristement la tête. Elle portait un bibi vert émeraude planté sur une oreille, l'autre étant cachée par une tresse de cheveux blond platine. En regardant ses orbites creuses et son visage émacié, on avait l'impression d'avoir affaire à un crâne recouvert de peau.

— Chérie, il ne faut jamais cesser de maigrir. Rien qu'un jus d'orange tous les deux jours et les nouveaux exercices de Sibylla. Un tel régime élève la pensée et affine la silhouette. Je trouve la nourriture tellement *vulgaire*, pas toi ?

— Je crains d'être très vulgaire, rétorqua Rosalind. Ce gâteau est délicieux. Laisse-toi aller, pour une fois, et goûte-le. Un peu de vulgarité n'a jamais fait de mal à personne.

— Mais, chérie, c'est impossible ! Je prendrais au moins cinquante grammes ! Je suis *beaucoup* trop grosse, mon rêve serait de descendre à trente-deux kilos. Et encore, je devrai toujours faire attention. N'était-ce pas George Washington qui affirmait que la vigilance permanente est le prix à payer pour la liberté ? À moins que ce ne fût le président Hoover ? De toute façon, c'est terriblement vrai.

Elle poussa un profond soupir, but une gorgée de citron chaud et reposa sa tasse.

— J'allais te parler d'Asphodel.

— Asphodel ? Qu'est-ce que c'est ? s'enquit Rosalind d'un ton faussement intéressé.

Elle se creusait la cervelle pour retrouver le lien de parenté qui unissait Gilbert à Mimosa Vane, qui ressemblait à un personnage d'Arthur Rackham[1], rajeuni et vêtu à la dernière mode.

— Comment ? s'exclama Mimosa, stupéfaite. Tu n'as jamais entendu parler d'Asphodel ! Impossible !

— Le nom est assez curieux, je l'avoue... C'est une fleur, non ?

— Voyons, chérie, tu dois en avoir entendu parler, puisque Gilbert est allé la voir !

Rosalind frissonna violemment.

1. Arthur Rackham (1867-1939), dessinateur anglais, célèbre pour ses illustrations, entre autres, celles d'*Alice au pays des merveilles*, *Barbe-Bleue* et *Peter Pan*. *(N.d.T.)*

— Qui est-ce ? répéta-t-elle.

— Une extralucide… Non, le mot est trop banal. Médium, peut-être ? Non, on pense tout de suite qu'il y a supercherie. Asphodel préfère qu'on l'appelle « voyante ».

Rosalind ne répondit pas. Elle entendait la voix de Gilbert : « Une diseuse de bonne aventure m'a prédit que je ferai le tour du monde… »

Mimosa l'observait à travers ses longs cils teints. Ses yeux avaient la brillance et la dureté de ceux du lézard.

— Ton mari ne t'en a pas parlé ? Je pensais qu'il ne te cachait rien.

— Comment sais-tu qu'il est allé la voir ?

Mimosa battit des cils.

— Chérie, nous nous sommes croisés sur son perron. Il sortait, j'entrais. Si tu avais vu sa tête ! Il paraissait… tout décontenancé.

Rosalind décida que le moment était venu de contre-attaquer.

— C'était il y a deux ans ! Ne me dis pas que tu vas toujours interroger la même voyante. Ce serait un peu… *démodé*[1], non ?

— Chérie, tu crois faire de l'esprit, mais au fond, tu es méchante. Le monde serait si agréable à vivre si les gens étaient un peu plus gentils – c'est justement ce que dit Asphodel. Joli, non ?

Décidément, cette Asphodel commençait à intriguer Rosalind. Parvenir à garder la fidélité de Mimosa pendant plus de deux ans, elle qui se lassait en général de ses idoles au bout de six mois, relevait de l'exploit. Rosalind devait rencontrer la personne qui avait prédit à Gilbert qu'il ferait le tour du monde.

— Où habite-t-elle ? demanda-t-elle d'un ton détaché.

1. En français dans le texte. *(N.d.T.)*

— Qui ? Asphodel ? Tilt Street. Au numéro 1. Si tu veux, je t'y emmène. Elle n'a pas besoin de savoir qui tu es.

Rosalind eut un frisson de révulsion.

— Oh non ! Je n'ai absolument pas l'intention de la voir. Je n'aime pas du tout ces pratiques.

— Comme tu voudras, chérie. Mais elle est, je t'assure, merveilleuse…

Mimosa sortit son poudrier, son rouge à lèvres et se refit une beauté.

— Mouse Hammond est allée la consulter, reprit-elle après avoir appliqué un carmin profond sur ses lèvres. Asphodel lui a dit de ne surtout pas monter dans une automobile pendant au moins trois mois. Comme tu t'en doutes, Mouse ne l'a pas écoutée et, une semaine plus tard, elle a eu un horrible accident.

Rosalind se mit à rire. Quel bonheur d'être à nouveau capable de rire !

— Si Mouse conduit toujours aussi mal, cela ne m'étonne pas… Un jour, elle m'a emmenée en voiture à Hurlingham ; les dix premières minutes, j'ai cru que j'allais mourir… Ensuite, j'ai regretté de ne pas être morte !

— Chère, chère Mouse ! Elle est tout à fait remise, rassure-toi, et la cicatrice ne l'enlaidit absolument pas. Ce n'était pas une beauté, de toute façon. Qui aurait cru qu'Emery Stevens s'enticherait d'elle à ce point ?

Rosalind fronça le nez.

— Emery Stevens ?

— Trésor, tu n'es vraiment plus dans le coup ! *Le* Emery Stevens ! Le peintre ! Elles le supplient toutes à genoux de faire leur portrait. Tôt ou tard, il faudra qu'il se décide à divorcer, mais pourquoi diable a-t-il jeté son dévolu sur Mouse Hammond et ses trois points de suture ? Alors que Vinnie Hambleton est folle de lui et qu'elle héritera d'un joli magot à la mort de son grand-père !

Elle rangea poudrier et tube de rouge dans son sac, se leva, fit le tour de la table et vint entrechoquer sa joue osseuse contre celle de Rosalind.

— Chérie, je ne m'ennuie pas, mais je dois y aller – cocktail chez Vinnie avec Len et Cruffles, dîner chez les Monty et danse jusqu'à l'aube au Green Faggot. J'adore Cruffles, pas toi ? Je n'ai jamais cru à cette histoire de tricherie aux cartes. Quel scandale, tu imagines ? Bon, c'est vrai qu'il a toujours les meilleures mains. Au fait, sais-tu que les Monty vont divorcer ? Ce garçon a un caractère de cochon ! Infernal. Quand il a vu le montant de la dernière note de la couturière, il a secoué sa femme comme un prunier. Elle a gardé des bleus pendant huit jours. C'est sa femme de chambre qui l'a dit à la mienne. Si on t'annonce qu'ils se sont rabibochés, n'en crois pas un mot. Les gens adorent les cancans. Moi, j'ai pour règle de ne jamais gober ce que l'on me raconte ! Et souviens-toi d'Asphodel. Numéro 1, Tilt Street. *Ciao !*

Sur le seuil de la porte, elle se retourna, envoya un baiser à Rosalind et s'en fut.

Cette dernière ouvrit les fenêtres pour aérer la pièce. Le mélange d'odeur de cigarette, de poudre de riz et de rouge à lèvres était insupportable.

Mimosa Vane ne se rendit pas sur-le-champ au cocktail de Vinnie Hambleton. Elle entra dans une cabine téléphonique et composa un numéro. Une voix lointaine dit « Allô ! ». Mimosa jeta un coup d'œil par-dessus son épaule, pour s'assurer que personne n'écoutait.

— C'est Mimosa, chuchota-t-elle.

— Asphodel à l'appareil.

— Ma chérie, reprit Mimosa d'un ton plus animé, je sors de chez elle… Oh oui, ne t'inquiète pas, elle finira par venir… Mais j'ai dû lui dire que Gilbert était venu te voir. Désolée, j'étais obligée, sinon elle n'aurait pas mordu à l'hameçon. Oui, elle viendra, c'est à peu près sûr. Autrement, je lui dirai que Gilbert lui envoie des messages de l'au-delà, mais je crois que cela ne sera pas nécessaire. Comment ? Oui, très curieuse, mais elle fait semblant de ne pas s'intéresser… Tu as reçu les clichés ? Ils sont bons, hein ? Tu reconnaîtras Rosalind au premier coup d'œil. Ma chère, un petit chèque serait le bienvenu. En ce moment, je survis grâce à ma chance au jeu !

Elle raccrocha vivement et partit chez Vinnie Hambleton.

IX

Le samedi fut une rude journée pour Jeremy : Mannister devant se rendre à Bournemouth et Deane se faisant toujours porter pâle, il avait deux discours en chantier et une tonne de courrier à rédiger ; toute l'Europe semblait s'être donné le mot pour écrire à Bernard Mannister. La corbeille à papier débordait. Jeremy prenait des notes sous la dictée, tout en réfléchissant à des brouillons de lettres. Pendant ce temps, Mannister ouvrait et fermait son coffre-fort en dissertant sur la nature extrêmement confidentielle de sa correspondance, le soin qu'il fallait lui apporter, le tact et la discrétion dont devait faire preuve un bon secrétaire, et les privilèges attachés à ce poste.

Jeremy se contentait d'un « oui, monsieur », à intervalles réguliers, bien que parfois il eût fallu répondre « non, monsieur ». Plus les heures passaient, plus il craignait de dire n'importe quoi.

Vers midi arriva une lettre de l'étranger, ex-tra-or-di-nai-re-ment im-por-tante, selon Mannister, qui en fit tout un plat. Debout devant son coffre-fort comme s'il discourait face au parterre de l'Albert Hall, il déclama des phrases grandiloquentes sur la paix en Europe.

« Il se fait la voix pour ce soir », songea Jeremy. Cette voix n'avait rien de particulier, les sentiments qu'elle exprimait non plus. Mais les deux étaient trop tonitruants pour la taille de la bibliothèque. Tout en bouclant le discours de Bournemouth, Jeremy regrettait que son employeur n'ait pas pris le train du matin. Ces allocutions du samedi soir étaient la marotte de Mannister. Le programme du week-end était réglé comme du papier à musique : départ en fin d'après-midi, prise de parole à Bournemouth en soirée, repos dominical bien mérité et retour à Londres le lundi pour un grand meeting à l'Albert Hall.

Les célébrités ont le droit de se reposer, mais leurs secrétaires, eux, continuent à travailler. Le discours de l'Albert Hall avait besoin d'être élagué, affiné, peaufiné, car, quand des ministres se bousculent à la tribune pour prendre la parole, même un Bernard Mannister doit se résoudre à réduire son temps d'allocution à dix minutes, tout en gardant l'esprit, la verve et le sens du texte original. Bien sûr, l'esprit et le sens appartenaient à Mannister : mais la tâche d'abréger le discours sans en gâcher la verve incombait à Jeremy – tâche éprouvante s'il en fut ; chaque fois qu'il rognait une phrase, Mannister insistait pour qu'il la rétablisse aussitôt. La longueur du discours ne risquait donc pas de varier. Il fallait faire quelque chose. Plus le temps passait, plus Mannister se prenait pour un grand prêtre vaticinant devant une foule impie.

Vers quatre heures de l'après-midi, le cerveau de Jeremy baignait dans la mélasse. Ils n'avaient pas avancé d'un iota et Mannister devait partir à la gare. Soudain, celui-ci cessa de pontifier et redevint un être humain, certes fat et prétentieux, mais un être humain.

— Mieux vaut vous arrêter et reprendre ça à tête reposée. Allez vous promener et revenez quand vous aurez aéré vos méninges. Effort trop prolongé ne peut que nuire. Ah, elle est bonne, celle-là ! Prenez-en note, je la ressortirai. Tiens, une autre : idées trop concentrées coagulent le cerveau.

« C'est ça, débite ton charabia, espèce de moulin à purée », songea Jeremy, qui répondit poliment :

— Oui, monsieur, merci, monsieur.

— Allez prendre l'air, répéta Mannister. Et ne revenez pas avant huit heures. Vous dînerez ici. James s'occupera de vous. Vous pouvez rester aussi longtemps qu'il vous plaira, pour revoir mon allocution.

— Je pourrais l'emporter chez moi, proposa Jeremy.

Aussitôt, il regretta ses paroles. Il n'avait aucune envie de travailler dans une chambre glaciale au plafonnier misérable. De plus, les locataires de l'appartement mitoyen, les Evans, seraient certainement en train de se chamailler. Leurs disputes se déroulaient avec la régularité d'un métronome : elles débutaient chaque soir vers huit heures et le ton allait crescendo jusque vers dix heures. Les glapissements de Mrs. Evans et les jurons fleuris de son époux avaient depuis belle lurette perdu l'attrait de la nouveauté aux oreilles de Jeremy, mais ils continuaient à l'empêcher de travailler. Condenser le discours de Mannister dans le froid, la pénombre et le bruit n'avait donc rien d'attrayant.

Mannister fronçait un sourcil impérieux.

— J'ai déjà commandé votre dîner. Je veux que vous finissiez votre travail ici. Les références nécessitent une recherche très serrée. Vérifiez-les toutes, même si vous l'avez déjà fait. Désolé de vous garder si tard, mais « la pensée débordée se rétracte comme un arc effiloché ». Où ai-je vu ça ? Un bon exemple, dirais-je, de… paraphore ? Non. De métastase ? Non plus. C'est la corde qui est effilochée, pas l'arc. La figure de rhétorique qui exprime la substitution par analogie m'échappe.

Il chassa ladite figure d'un geste auguste.

— J'ai un train à prendre. La rançon d'une vie consacrée au service du public. Parfois j'aimerais m'accorder quelque loisir, mais il faut que je me dépêche. Le devoir m'appelle. Ne traînez pas après mon départ, Ware. Revenez ragaillardi, mais pas avant huit heures.

Jeremy revint à huit heures pile et prit un excellent repas dans la salle à manger, sous l'œil de six portraits d'ancêtres figés dans leur cadre, d'un jeune valet de pied et de James, le majordome. Jeremy se sentait gêné par ces huit paires d'yeux attentifs. Il aurait préféré souper en compagnie d'un bon livre.

Il prit le café dans la bibliothèque puis s'attela à l'allocution de l'Albert Hall. Il cherchait un extrait d'un discours d'Abraham Lincoln, quand le discret toussotement de James lui fit lever la tête. Le majordome tenait un plateau à bout de bras. On aurait dit une fourmi mélancolique charriant une proie bien trop grande pour elle. Son front dégarni lui donnait un air soucieux.

— Je vous demande pardon, monsieur, mais Mr. Mannister m'a dit que vous vous attarderiez sans doute un moment.

— Le « sans doute » est de trop, James, sourit Jeremy.

L'air soucieux du majordome s'accentua. Le plateau s'inclina légèrement dans ses mains.

— Je vous demande pardon, monsieur, comptez-vous rester jusque tard dans la nuit ?

— À mon avis, je partirai à l'heure du laitier, plaisanta Jeremy. Les voisins me prendront pour un joyeux fêtard. Les gens ont souvent l'esprit mal tourné, vous ne croyez pas ?

— Je vous demande pardon ?

Jeremy souleva un énorme ouvrage regroupant les discours d'Abraham Lincoln.

— James, savez-vous combien d'allocutions a prononcées Abraham Lincoln ? Non ? Moi non plus, mais mon petit doigt me dit que je ne trouverai cette maudite citation que dans les toutes dernières pages de cet ouvrage. Donc, si j'étais vous, je n'espérerais pas être débarrassé de moi avant l'aube.

James ressemblait de plus en plus à une fourmi mélancolique. Des antennes ne demandaient qu'à pousser sur son grand front triste.

— Je vous demande pardon, monsieur, mais Mr. Mannister m'a précisé de ne pas attendre votre départ...

— Rassurez-vous, James, fit Jeremy en tournant les pages du volume, je suis capable de me débrouiller tout seul. Mais je ne pourrai pas fermer la porte d'entrée à clé.

— C'est inutile, monsieur. Mr. Mannister a fait poser un système de fermeture spécial, qui ne s'actionne pas de l'extérieur. Il vous suffira de claquer la porte derrière vous, si cela ne vous ennuie pas, monsieur.

Une fourmi très courtoise. Tous les majordomes ne se montraient pas aussi aimables avec les secrétaires ! Jeremy lui sourit.

— Tout ira bien, James. Bonne nuit.

Le majordome s'en fut silencieusement avec son plateau et Jeremy retourna à ce cher Abraham Lincoln.

Une heure plus tard, il n'avait toujours pas retrouvé la fameuse phrase. Il la chercha dans un dictionnaire de citations, mais en vain. Mannister avait une mémoire exaspérante : il retenait des généralités sans jamais se souvenir des détails. Jeremy commençait à se dire que la phrase n'était que le fruit de l'imagination de son employeur quand il la dénicha enfin dans un affreux petit livre intitulé *Anecdotes de la vie des grands de ce monde.* Un volume bleu relié, doré sur tranche, qui ressemblait à un ouvrage offert à une distribution des prix. L'authenticité des sources semblait douteuse. Du pur Mannister ! Si Jeremy ne l'avait pas surpris la semaine précédente avec ce livre à la main, il aurait parcouru tous les volumes de la bibliothèque sans songer à ouvrir celui-ci.

Il recopia la citation et referma l'ouvrage d'un claquement sec ; au moment où il le remettait en place, une feuille de papier en tomba et voleta jusqu'à ses pieds. Un peu agacé, Jeremy se baissa pour la ramasser. Il s'agissait d'un feuillet détaché d'un bloc-notes. Le recto était blanc, mais au verso, Jeremy eut la stupéfaction de découvrir... non seulement son nom, mais aussi sa signature, répétée plusieurs fois ! Le tout de sa propre écriture, comme s'il s'était amusé, par désœuvrement, à signer et re-signer son nom sur une feuille vierge.

Comment était-elle parvenue là ? Oui, il se souvenait d'avoir vu ce livre bleu entre les mains de Mannister. Celui-ci marquait souvent les pages à l'aide d'un bout de papier. Il ne s'était peut-être pas rendu compte que le verso était griffonné. Jeremy sursauta. Et si justement Mannister l'avait su ?

Soudain, il eut froid, comme un homme qui marche à l'aveuglette dans l'obscurité et ignore si le pas suivant va le porter vers la terre ferme, les sables mouvants ou le néant.

Jeremy avait beau réfléchir, il ne se souvenait pas d'avoir écrit sur un bloc-notes ; cependant, il s'agissait bien de sa signature, il en aurait mis sa main au feu. Décidément, ce ridicule bout de papier lui flanquait la frousse. Il avait ressenti la même peur le jour où son automobile s'était retournée dans un fossé. Il s'était retrouvé la tête en bas sans comprendre ce qui lui arrivait.

Il plia méthodiquement la feuille en trois, la rangea dans le portefeuille que Gilbert Denny lui avait offert pour Noël deux ans plus tôt, et se remit au travail. Il devait abréger ce maudit discours. On aurait dit de l'empois : plus on chauffe, plus il colle. Il ratura avec rage le texte, espérant oublier ce satané bout de papier, mais rien n'y fit. Alors qu'il venait de condenser tout un paragraphe en une seule phrase, une question lui vint à l'esprit : pour quelle raison voudrait-on imiter sa signature, à lui, Jeremy Ware ? Son nouveau compte en banque n'était pas à découvert, puisqu'il y avait voici peu déposé vingt livres. Qui aurait contrefait la signature d'un simple secrétaire pour s'approprier vingt livres sterling ? Jeremy réfléchit : Mannister avait vivement insisté pour lui régler son premier mois de salaire par chèque bancaire. Jeremy avait protesté, arguant qu'il ne possédait pas de compte en banque. Mannister s'était alors lancé dans une interminable tirade sur les désastreuses habitudes de gaspillage de la génération montante, les bienfaits de la prévoyance et de l'épargne et l'influence stabilisante d'un compte bancaire. Jeremy lui ayant avoué posséder vingt livres à la Caisse d'épargne, Mannister l'exhorta à les utiliser pour ouvrir un compte en banque. Jeremy aurait juré que, ce jour-là, il l'avait appelé « mon garçon ».

L'idée que Mannister ait imité sa signature pour lui dérober vingt livres avait quelque chose de comique ; son esprit se remplit d'images drolatiques, à la Heath Robinson[1] : Mannister en jaquette et haut-de-forme, le menton impérieux, en train de signer un chèque scélérat ; Mannister en habit de soirée, gibus et cravate de travers, déchaîné dans ce qu'il aurait qualifié

1. Célèbre illustrateur et dessinateur humoristique anglais (1872-1944). *(N.d.T.)*

de repaire du vice ; enfin, à la barre des accusés, conduisant sa propre défense d'une voix de stentor, mains tendues en avant.

Et puis, après toutes ces images amusantes, revint la terrible sensation de froid.

X

Jeremy repoussa sa chaise, se leva, s'étira et alla ranimer le feu dans la cheminée. La lugubre horloge en marbre noir ornée de dorures sonna minuit. Après le dernier coup, un silence absolu s'installa dans la pièce.

Marsh Street est en général une rue tranquille, mais ce soir-là, elle aurait même pu ne pas exister ! Jeremy se souvenait seulement d'avoir aperçu, par la fenêtre, la lanterne d'un taxi, au moment où la feuille de papier était tombée à ses pieds. Il lui semblait que cela faisait une éternité.

Il écarta les épais rideaux de velours, releva la fenêtre à guillotine et, à sa grande surprise, vit qu'un épais brouillard était tombé, masquant jusqu'au réverbère le plus proche. Il abaissa la fenêtre. Au moment où il refermait les rideaux, un léger bruit arrêta son geste. Jeremy s'immobilisa, aux aguets. Aucun son ne venait de la rue, ni de la bibliothèque. La rumeur la plus proche montait de la grande avenue dans laquelle débouchait Marsh Street.

Sans lâcher le rideau, Jeremy se retourna et s'aperçut que la porte de la bibliothèque était grande ouverte. C'était donc cela qu'il avait entendu : le bruit d'une porte qui s'ouvrait. Et au milieu de la pièce se tenait la jeune fille, pieds nus. Il en distinguait le profil, les boucles noires, le lobe d'une oreille, la courbe de la nuque. L'encolure de la chemise de nuit avait glissé de son épaule, découvrant une chair laiteuse.

Jeremy attendit. Il ne percevait même pas la respiration de l'inconnue, qui semblait plongée dans un sommeil cataleptique. Il finit par lâcher le rideau et s'avança vers elle, le cœur battant, ignorant ce qui allait se passer.

Il ne se passa rien. La pièce demeura aussi silencieuse que la jeune fille était immobile. Cette immobilité, alliée au silence, donnait à l'atmosphère une densité magique. Jeremy traversa la pièce pour aller fermer la porte. Quand il se retourna, l'inconnue le regardait, de ses magnifiques yeux marron, immenses et lumineux. Oui, elle le regardait, mais sans le voir vraiment. Elle avait plutôt l'air de vivre un rêve agréable, connu d'elle seule.

Il s'adossa à la porte et attendit. La jeune fille cessa de le fixer et se mit à bouger, passant devant le bureau d'une démarche lente et gracieuse, rythmée par une musique intérieure. « Quel mystère que l'être humain, songea Jeremy, mais plus encore l'être humain isolé du monde des vivants par la barrière transparente et impalpable du sommeil, et qui pourtant bouge et agit, mû par un mécanisme inexpliqué ! »

Une petite voix avait beau lui souffler qu'il avait devant lui une créature en proie à une crise de somnambulisme, il ne pouvait s'empêcher d'être ému par cette apparition.

Elle faisait maintenant face au pan de bibliothèque qui masquait le coffre-fort de Mannister. Une bonne minute s'écoula avant que la jeune fille prononce deux mots d'une voix basse et douce, mais très distincte : « Jeremy Ware… »

Sidéré, celui-ci fit un pas de côté pour mieux l'observer. Toujours perdue dans son rêve, elle semblait regarder au-delà des ouvrages alignés sur les étagères.

— Jeremy Ware… Jeremy Ware, soupira-t-elle.

Elle protégea sa poitrine de sa main droite. Son regard se voila et s'assombrit, ses lèvres s'entrouvrirent.

— Jeremy Ware, répéta-t-elle d'une voix troublée.

Il ne se trouvait qu'à un mètre d'elle. En tendant le bras, il aurait pu la toucher.

— Que se passe-t-il ?

À peine avait-il posé la question qu'il comprit que les mots ne l'atteignaient pas.

— Le coffre-fort est ouvert. Il a laissé la porte ouverte… murmura-t-elle.

Jeremy crut recevoir une décharge électrique.

— Quoi ? Que dites-vous ?

Elle leva une main, repoussa ses cheveux en arrière et murmura :

— Elle a dit : « Laisse-le ouvert. Mets la lettre dedans et laisse-le ouvert. Tu pourras dire qu'il l'a prise. »

Les mots sortaient précipitamment de sa bouche.

— Il l'a laissé ouvert. Il dira que la lettre a disparu. Il dira que Jeremy Ware l'a prise…

Elle tendit la main devant elle, un peu à l'aveuglette.

— Oh, ils sont méchants ! Je ne peux pas ! Je ne peux pas !

Ses doigts effleurèrent l'étagère et s'y accrochèrent. Une larme coula sur sa joue. Elle répéta : « Méchants ! », avant de faire tourner sur ses gonds le pan de bibliothèque qui cachait le coffre.

Jeremy sentit à nouveau un picotement le parcourir : avant son départ, Mannister lui avait confié la clé du coffre-fort. Jeremy l'avait fermé à double tour et lui avait rendu la clé. Mannister l'avait remise sur son trousseau. Oui, Jeremy en était certain. Et là, devant ses yeux, la porte du coffre était entrouverte.

— Mais pourquoi ? Pourquoi ? dit-il.

La jeune fille effleura le battant d'acier du bout des doigts et l'ouvrit en grand.

— La lettre n'est plus là, dit-elle, mais Jeremy ne l'a pas prise.

Elle lâcha la porte du coffre et se frotta les yeux.

— Méchants ! Méchants ! Pauvre Jeremy Ware !

Jeremy était d'accord avec elle. Il ne comprenait pas grand-chose à cet embrouillamini, sauf ceci : si Mannister trouvait son coffre-fort ouvert alors qu'il avait donné à Jeremy la clé pour le verrouiller, le pauvre Jeremy allait le payer cher. Et si des papiers importants manquaient, il courrait à sa perte.

Il retint sa respiration car la jeune fille se remettait à chuchoter :

— Tu dois partir, Rachel... Pars vite, Rachel... prends la clé !

Elle poussa un long soupir, puis porta à nouveau sa main à sa poitrine.

— Je ne peux pas ! Si, tu le dois ! Rachel, il le faut, à cause de Jeremy Ware.

Elle tourna la tête de droite à gauche, très vite, comme une biche affolée.

— Je ne peux pas ! Je ne peux pas ! Rachel, il le faut !

Jeremy était très ému ; de toute évidence, la jeune fille dialoguait avec elle-même, révélant un douloureux combat entre peur et pitié. Elle s'appelait donc Rachel. Qui était-elle ? Comment était-elle arrivée là ? Et pourquoi savait-elle que la porte du coffre-fort était ouverte avant de l'avoir touchée ?

— Il le faut, répéta-t-elle, cette fois d'une voix lente et résolue.

Depuis son arrivée, sa main gauche pendait le long de sa hanche, poing serré. Elle la tendit en avant et ouvrit sa paume. Jeremy y vit scintiller la clé du coffre. C'était, sans le moindre doute, celle de Bernard Mannister. Il l'aurait reconnue entre mille : éraflée, avec une encoche sur la tête. Il l'avait rendue à son propriétaire à trois heures et quart. Ils étaient ensuite restés trois quarts d'heure ensemble, dans la même pièce, avant que Mannister parte prendre le train de quatre heures vingt-cinq. Il était à présent un peu plus de minuit et la clé brillait là, dans la paume de Rachel.

Jeremy regardait l'objet chromé, fasciné, sans même penser à se demander pourquoi la jeune fille l'avait en sa possession.

Celle-ci reprit d'une voix étranglée :

— La lettre n'est pas là. Si je ferme le coffre, et qu'elle n'est pas dedans, ils chercheront et quand ils la trouveront, ils diront que Jeremy l'a volée. Pauvre Jeremy Ware…

Cette façon de prononcer son nom le toucha droit au cœur. Une sensation à la fois douloureuse et délicieuse. Jeremy en fut bouleversé. Puis la curiosité reprenant le dessus, il alla jeter un coup d'œil à l'intérieur du coffre-fort ; il constata aussitôt que la lettre ultra-importante que Mannister avait reçue le matin même ne s'y trouvait plus. Ce dernier l'avait laissée en évidence sur l'étagère supérieure. Toutes les autres avaient été classées, mais celle-là, dans sa longue enveloppe bleue, avait été placée entre le courrier d'Italie et celui de Suisse. C'était la dernière chose que Jeremy avait vue avant de refermer le coffre-fort.

— Pauvre Jeremy Ware ! répéta Rachel en gémissant.

Jeremy s'accroupit, parcourut des yeux les rayonnages et souleva les liasses d'enveloppes classées. La fameuse lettre n'y était pas. Rachel se tenait toujours derrière lui, la clé dans la main, silencieuse. Comment diable avait-elle pu se déplacer dans l'obscurité, ouvrir le coffre et savoir ce qui s'y trouvait ?

— Où est la lettre, Rachel ? lui demanda-t-il avec gravité.

Elle parut réagir au son de sa voix. Allait-elle enfin revenir à elle ? L'idée lui fit peur. Et si elle se mettait à crier ? Si elle s'évanouissait ? Jeremy avait entendu dire qu'il pouvait être dangereux de réveiller un somnambule.

Elle frissonna encore et poussa un autre long soupir. Puis, comme si au moins un mot était parvenu jusqu'à son esprit, elle répondit :

— Elle n'est plus là.

— Savez-vous où elle est ?

Sans s'adresser à lui, elle répondit d'une voix chuchotante :

— Remets-la dedans, Rachel. Il ne sert à rien de refermer la porte si elle n'est pas dedans. Je ne peux pas ! *Rachel, il le faut !* Mais vous savez que je ne peux pas ! Elle est dans le tiroir de Jeremy. Ils la trouveront là. C'est ce qu'il a dit. Oh, méchants, méchants, méchants ! Oh, faites qu'ils ne la trouvent pas !

La lettre, dans son tiroir ? Comment était-ce possible ? Si c'était vrai, il devait absolument la replacer dans le coffre ! Il travaillait à un bureau muni de tiroirs de chaque côté. Seul celui du bas à droite était fermé à clé, sur ordre de Mannister. Or, puisque Jeremy avait la clé sur lui, la lettre ne pouvait donc y être.

Il ouvrit donc tous les tiroirs, en vérifia le contenu, puis sortit de sa poche une petite clé et déverrouilla celui du bas. Il recelait des timbres et quelques papiers sans importance, que seul Mannister tenait à voir enfermés à double tour. Tout au fond Jeremy aperçut un livre de comptes de dépenses domestiques, datant de 1928. Il s'en saisit, le retourna : un coin d'enveloppe bleue dépassait d'entre les feuillets. Il la prit et referma le tiroir à clé.

Mannister était-il devenu fou ? Ou était-ce lui qui avait perdu la tête et oublié la lettre dans ce tiroir ? Non. Une petite voix lui rappela qu'il était tout à fait sain d'esprit. Il s'agissait d'une machination. Mais qui… Mannister, peut-être… Et une femme aussi. Rachel avait dit « elle ».

La jeune fille était si près de lui qu'en se retournant il effleura involontairement sa main. Elle était glacée. Soudain cette main s'empara de l'enveloppe bleue, la remit sur l'étagère supérieure du coffre, repoussa le battant d'acier, introduisit la clé dans la serrure et ferma à double tour. Rachel fit ensuite pivoter les étagères de livres qui masquaient le coffre, tourna les talons et s'éloigna.

Jeremy se jura de ne pas la lâcher d'une semelle, bien décidé à savoir où ses pas la mèneraient, au-delà de la grande cave voûtée. Cette fois, n'étant pas entré par effraction, il pouvait sans crainte allumer les lumières.

Rachel ouvrit la porte de la bibliothèque, traversa le vestibule et franchit la porte matelassée. Jeremy abaissa le commutateur situé à portée de sa main. La jeune fille ne réagit pas à la luminosité de l'ampoule nue suspendue au plafond. Elle marcha sans hésiter jusqu'à la porte qui ouvrait sur l'escalier menant au sous-sol. L'obscurité ne la dérangeait pas le moins du monde. Jeremy actionna un autre commutateur, à gauche de la porte. Rachel entra dans la cave voûtée et pénétra dans le couloir. La lumière diminuait. Il devait y avoir un troisième commutateur, et, comme un imbécile, Jeremy l'avait manqué !

Il remonta les marches quatre à quatre et trouva le commutateur sur sa droite. Quand il redescendit, le plafond voûté était illuminé par deux candélabres. Le plus éloigné éclairait le couloir qui menait à la cave où Jeremy avait perdu la jeune fille de vue la première fois. Il eut beau courir pour la rattraper, il ne la vit pas. Le couloir était désert. Tout au bout, la porte était entrebâillée. Il l'ouvrit en grand et se retrouva dans l'obscurité complète.

Rachel avait disparu, comme évaporée dans son propre rêve.

XI

Jeremy retourna à la bibliothèque pour terminer la rédaction du discours de Mannister. Il avait l'esprit étonnamment clair et parvint à transformer la bouillie indigeste de la prose originelle en un texte compact et mordant que Mannister, même au mieux de sa forme, ne mettrait que dix minutes à prononcer. Jeremy s'offrit le luxe de le réciter à voix haute, en mimant son employeur : deux pas de côté, une main levée en signe d'exhortation. Une pause éloquente. Un pas en arrière. Un silence, sourcils froncés. Puis citation numéro un, et ainsi de suite jusqu'à la fin, dix minutes plus tard. Pour Mannister, l'apothéose, à coup sûr.

Jeremy rangea les feuillets dans un tiroir, puis fit pivoter l'étagère qui masquait le coffre, afin d'en avoir le cœur net. Celui-ci était bien fermé. Il se demanda s'il n'avait pas rêvé la scène qui venait de se dérouler. Non, il n'avait pas rêvé. Il prit son mouchoir et nettoya la porte avec soin pour effacer ses empreintes. Il essuya également l'étagère que Rachel avait touchée, puis éteignit les lumières et quitta la maison.

« Quel bonheur d'être chez soi ! » se dit-il en se laissant choir sur son lit. Pendant qu'il ôtait ses chaussures, le petit hibou au plumage vert bleuté le dévisageait de ses yeux immenses. Même après s'être glissé sous les couvertures et avoir éteint la lampe, Jeremy savait qu'il continuait de le fixer dans l'obscurité. Il paraissait poser des questions auxquelles personne ne pouvait répondre.

Jeremy réfléchissait, mains croisées sous la tête. Qui était Rachel ? D'où venait-elle ? Ces caves devaient être antérieures à la construction de la maison. Appartenaient-elles à un immeuble anciennement situé au coin de la rue, dont on aurait conservé les caves, avant de rebâtir deux maisons mitoyennes sur ses fondations ? Il existait à coup sûr un passage reliant la cave où Rachel s'était volatilisée à la cave de l'immeuble voisin. Jeremy décida de se renseigner sur l'histoire du quartier ; son ami Jardine pourrait l'aider, un passionné d'histoire de Londres qui passait son temps à faire des recherches dans les bibliothèques. Quant à savoir qui vivait à côté, au numéro 1, Tilt Street, l'annuaire le lui dirait.

Oui, Rachel avait dû s'introduire dans les caves de Marsh Street par celles de Tilt Street. Comment ? Mystère. Par une porte dérobée ? Quand il l'avait perdue de vue la première fois, il n'avait sur lui qu'une petite lampe de poche et, ce soir, il n'en avait même pas ! Il se promit d'acheter une torche plus puissante le lundi matin et de s'introduire subrepticement, le soir, dans la maison de Tilt Street.

La question du *comment* serait résolue. Restait le *pourquoi*. Certes, Rachel était somnambule, mais quelle pulsion étrange l'avait-elle poussée à quitter son lit par une nuit de janvier pour se rendre, pieds nus, dans la bibliothèque de la maison voisine, la clé d'un coffre-fort à la main ? Tout cela était bel et bien inexplicable.

Il repensa à la lettre égarée : elle demeurait dans le tiroir de *son* bureau, tiroir dont la clé n'avait pas quitté sa poche de la journée… Quel idiot il était ! Ce bureau appartenait à Mannister, il pouvait donc faire autant de doubles de clés qu'il le souhaitait. Mais Mannister était parti avant lui, à quatre heures. Il n'avait donc pas eu le temps d'ouvrir le coffre, ni le tiroir. Mais alors… qui ? Et comment ?

Jeremy n'avait pas de réponse.

Il dormit comme une masse et ne s'éveilla qu'au matin. Juste avant d'ouvrir les yeux, il rêva qu'il marchait dans un tunnel obscur où résonnait le fracas des trains. Il avançait à l'aveuglette, en tâtonnant le long des parois humides. Il entendait le grondement des trains, puis le grincement métallique des essieux, mais jamais phares ni rougeoiement d'une chaudière de locomotive ne trouaient les ténèbres. Tantôt il était enveloppé d'un nuage de vapeur, tantôt des bourrasques sèches et brûlantes manquaient de lui faire lâcher prise. Il s'agrippait de toutes ses forces à une saillie qui courait le long du tunnel. S'il la lâchait, il serait aspiré par le sillage des trains et écrasé sous les roues chauffées à blanc.

Soudain, il vit un point lumineux se rapprocher à grande vitesse ; c'était la fenêtre d'un compartiment. Et le train volait. Lorsqu'il arriva à sa hauteur, le temps s'arrêta. Le train, lui, ne s'arrêta pas, mais le temps était suspendu, tant et si bien que Jeremy put un court instant scruter l'intérieur du wagon ; derrière la vitre il vit Gilbert Denny, qui le regardait en souriant, avec sa manière bien à lui de hausser un sourcil, quand il était heureux de voir quelqu'un. Il se pencha par la fenêtre et effleura l'épaule de Jeremy. « Ne reste pas ici, l'endroit est dangereux, Jerry ! », lui cria-t-il. Alors le temps reprit son cours. Jeremy se mit à galoper, mais le train disparut dans un fracas atroce et une chaleur infernale.

Il s'éveilla en suffoquant, draps par-dessus tête, le cœur cognant dans la poitrine. Il se passa la tête sous l'eau froide, fit sa toilette et s'habilla. Peu à peu, le cauchemar s'estompa.

Mrs. Walker vint lui apporter des saucisses et du bacon.

— Cuites à point, et le bacon coupé en tranches très fines, comme vous aimez. J'ai dit à Podger, l'épicier : « Coupez-le fin, hein, ou je remets plus les pieds dans votre boutique. » Vous comprenez, Mr. Jeremy, faut avoir la main sûre, pour couper le bacon. Attention, si on tremble, c'est pas toujours à cause de la boisson, comme le pauvre mari de ma sœur Winnie, qu'a jamais bu une goutte et qu'a la tremblote depuis qu'il est gamin. Le Podger, il avait l'air plein comme une outre, mais il l'a coupé fin ! Ah, j'espère que l'engueulade des voisins vous a pas empêché de dormir. Mon Joseph et moi, on a pas fermé l'œil.

— Je n'ai rien entendu, répondit Jeremy, la bouche pleine. Fameux, le bacon.

Lizzie Walker était une femme d'une bonne quarantaine d'années, solide, assez jolie, avec un teint étonnamment frais pour une Londonienne et des cheveux poivre et sel coiffés en chignon strict. Tout en parlant, elle plia le pyjama de Jeremy et tira les draps du lit.

— Vous avez toujours été un gros dormeur, mais je me demande comment vous avez pu fermer l'œil avec le boucan qu'ont fait les Evans cette nuit. Mr. Brown a dit à Joseph : « Y a des morts, ce matin ? »

— J'avais beaucoup de travail, je ne suis rentré qu'à une heure et demie du matin. Je n'ai rien entendu de particulier. Qui est Mr. Brown ?

Lizzie borda le drap du dessous et tapota les oreillers.

— Un chauffeur de taxi qui loue une chambre chez Mrs. Beamish. Joseph dit qu'il a jamais rencontré un gars aussi sympathique. Il s'occupe de ses affaires et il écoute les autres parler. Il est écossais. Joseph m'a dit : « Lizzie, une femme c'est bien, mais quand il s'agit d'avoir de la conversation intelligente, rien vaut un homme. »

Elle borda les couvertures d'un geste vif et sûr.

— Moi, je lui ai répondu : « Écoute, Joseph, tant qu'une conversation intelligente te pousse pas à boire plus de bière que tu peux le supporter, pour moi, y a pas de problème. À mon avis, ce Mr. Brown, c'est un brave homme qui te fera pas de mal, mais pour ce qui est de sa conversation, ça doit être quand je suis pas là. » Moi, j'ai jamais pu lui tirer autre chose que « oui » ou « non » ! Vous voulez pas une autre saucisse, Mr. Jeremy ? J'en ai une qui grésille dans la poêle.

— Non, merci, Lizzie. Je déjeune en ville à midi.

À peu près à la même heure, Mr. Smith téléphonait au colonel Garrett. Celui-ci, fort courroucé de s'entendre parler boutique un dimanche matin avant dix heures, le reçut comme un chien dans un jeu de quilles.

Le perroquet de Smith, qui suivait la conversation téléphonique avec attention, pencha la tête et lança quelques jurons en arabe.

— Clouez-lui le bec, à cet oiseau de malheur ! gronda Garrett.

— Il s'appelle Ananias, mon ami. L'imitation est la forme de flatterie la plus sincère – Ananias s'imaginait sans nul doute que vous m'injuriez et vous a répondu sur le même ton. Il disait, sans trop vouloir m'avancer, que vous étiez le descendant d'une longue lignée de chacals puants.

— M'appelez-vous pour me parler de votre horrible psittacidé ?

— Non, pas exactement... quoique le sujet soit assez intéressant. Bon, Ananias, ça suffit ! En fait, je vous appelais pour vous dire que j'aimerais faire la connaissance de Mr. Jeremy Ware.

— Et pour quelle raison ? aboya Garrett.

— J'en ressens l'urgence. Ne me demandez pas pourquoi, mais je sais par expérience que je dois suivre mon intuition.

— Je désapprouve totalement cette idée !

— Bien sûr. Auriez-vous l'amabilité de me donner son adresse ?

— Numéro 3, Nym's Row. D'anciennes écuries transformées en appartements, derrière Marsh Street. Il est logé par un chauffeur de taxi marié à l'ancienne femme de ménage de sa mère. De braves gens, ces Walker.

— Vous qui savez tout, mon cher, pourriez-vous me fournir l'emploi du temps de ce jeune homme aujourd'hui ?

Garrett poussa une exclamation qui n'échappa pas à l'ouïe fine du perroquet. Celui-ci la répéta *sotto voce*.

— Mesurez votre ton, Garrett. Vous excitez Ananias. Je ne réponds pas de son langage quand il est énervé. Je serais marri d'avoir ajouté de nouveaux jurons à votre vocabulaire déjà très fleuri. Mais vous n'avez pas répondu à ma question. Connaissez-vous le programme de Mr. Ware pour ce dimanche ?

— Il déjeune avec Mrs. Rosalind Denny, lâcha Garrett. Je le sais parce qu'elle me l'a dit. Ce sera tout, Horatio ? J'aimerais aller me raser.

— Auriez-vous l'amabilité de me donner l'adresse de cette personne ?

— *Jolie Polly, jolie Polly*[1]…, fredonna Ananias.

Dès qu'il obtint les renseignements demandés, Mr. Smith raccrocha le combiné et alla gratter l'animal derrière l'oreille.

— Tais-toi, Ananias…

1. Vieille chanson du folklore anglais. *(N.d.T.)*

XII

Après avoir fini ses saucisses et s'être arraché au flot de paroles de sa logeuse, Jeremy sortit de chez lui et suivit l'étroite bande pavée qui courait entre les maisons de Nym's Row.

Mr. Evans, qui, au dire de Lizzie Walker, aurait dû occuper, sinon un cercueil, du moins un lit dans l'hôpital le plus proche, était appuyé contre son taxi et fumait paisiblement une cigarette. Un homme brun, avec des yeux en boutons de bottine et une voix grave, marié à une femme maigrichonne. Les habitants de Nym's Row étaient partagés en deux camps : ceux qui croyaient qu'Evans battait sa femme et ceux qui soutenaient que c'était elle qui lui tapait dessus à coups de bâton. Tous deux hurlaient au maximum de leurs possibilités vocales lorsqu'ils se disputaient, mais ni l'un ni l'autre n'arboraient jamais de cicatrices ni de contusions d'aucune sorte. Le problème n'avait donc jamais été résolu.

De l'autre côté de la ruelle, Mr. Brown nettoyait son taxi. Il portait une salopette bleue et tournait le dos à Jeremy. Nouveau venu dans le quartier, il répondait en général aux salutations des voisins par un grognement. Un type bourru, moustachu et barbu, à l'aspect négligé, avec des cheveux noirs trop longs et des sourcils si broussailleux que l'on distinguait à peine ses yeux. Il entretenait mieux sa voiture que lui-même et, toujours selon Lizzie Walker, c'était quelqu'un de savant. Mrs. Beamish, sa logeuse, racontait que sa chambre était « farcie de livres ».

C'était une de ces matinées brumeuses qui peut tourner à la purée de pois ou bien, comme par magie, se métamorphoser en journée radieuse. Jeremy se rendit à Chiswick pour voir Jardine, le rat de bibliothèque, mais celui-ci n'était pas chez lui. Jeremy avait hâte d'aller déjeuner chez Rosalind Denny. Il se demandait s'il devait évoquer devant elle les étranges événements de la nuit. S'il commençait à les lui raconter, il finirait par tout lui dire. Il avait vraiment besoin de se confier, pour clarifier ses idées, mais se sentait incapable de parler à quiconque de Rachel, même à Rosalind. La jeune fille avait surgi d'un rêve qui le hantait encore ; Jeremy était ému, sous le charme, mais son image restait confuse. « J'ai vu une jeune fille qui marchait dans son sommeil. » Un constat bien banal et pourtant exact. Cependant, Rachel l'avait bouleversé, avec sa petite voix et ses yeux qui regardaient sans voir.

Le repas chez Rosalind fut un échec sur toute la ligne. Rosalind avait d'abord prévu un déjeuner en tête à tête avec Jeremy Ware. Or, à dix heures du matin, après une nuit agitée, elle décida qu'elle ne pouvait rester seule avec lui ; les horribles soupçons de Frank Garrett concernant l'ancien secrétaire de Gilbert envahissaient insidieusement son esprit et empoisonnaient son sommeil. Éveillée, elle pouvait les combattre, mais endormie, d'affreux cauchemars la hantaient à nouveau. La cicatrice s'était rouverte…

Rosalind espérait que ces ignobles soupçons fondraient comme neige au soleil en présence du jeune homme, mais le dimanche matin, prise de panique, elle lança des invitations à déjeuner ; trois personnes s'excusèrent de ne pas être libres. En désespoir de cause, elle se rabattit sur son ancienne gouvernante, Miss Mary West, et sur son cousin, Frank Garrett.

Pas étonnant dans ces conditions que le repas fût un échec retentissant. Les convives n'avaient absolument rien à se dire. Le fait que tous trois aimassent Rosalind ne changeait rien à cela, au contraire : ni Garrett ni Jeremy ne voulaient parler en présence de l'autre du sujet qui leur tenait à cœur. Et l'admiration sans bornes que Miss West vouait à Rosalind embarrassait tout le monde. En résumé, Garrett se montra d'une brusquerie frisant la grossièreté ; Jeremy, sans doute pour la première fois de sa vie, resta muet. Miss West n'en finissait plus de vanter l'intelligence, la générosité de Rosalind, le don de Rosalind pour les langues, tandis que la pauvre Rosalind tentait vainement d'endiguer ce flot dithyrambique. Sa couardise était bien punie ! La lueur sardonique qui brillait dans les yeux de son cousin était une punition suffisante. Quant au silence de Jeremy, il ne faisait qu'alimenter les affreux soupçons que Garrett avait instillés dans son esprit.

Mary West soliloquait toujours. Aussi la fin du repas fut-elle un soulagement incommensurable. Rosalind fit passer ses invités au salon, pour le café. C'est alors que l'incident se produisit.

Rosalind versait le café, assise sur le canapé, Miss West à ses côtés. Celle-ci venait de dire que le brouillard s'était levé et que l'après-midi allait être beau. Son ton laissait supposer que ce changement de temps était entièrement dû à l'intervention de sa chère Rosalind. Sa capeline tenait à peine sur ses cheveux ternes et frisottés, encadrant un long nez qu'elle avait oublié de poudrer. Ses yeux bleuâtres et son sourire mièvre débordaient de tendresse. Pendant que Jeremy faisait passer les tasses, Garrett furetait dans la pièce comme un fox-terrier aux trousses d'un lapin.

— Trois morceaux de sucre, s'il vous plaît, dit Miss West.

Jeremy lui tendit une tasse. À cet instant, Garrett revint vers la cheminée et ouvrit son poing droit. Jeremy sursauta en voyant sur la paume tendue un escargot modelé dans une argile vert bleuté ; sur la tête levée, les cornes pointées le regardaient.

— Avez-vous déjà vu un objet similaire ?

La voix dure de Garrett résonna dans ses oreilles. Jeremy se sentit rougir. Il s'accrocha à l'anse de la tasse, pour ne pas trembler, regarda l'escargot, puis Garrett, avant de s'adresser à Rosalind :

— Où l'avez-vous acheté, Mrs. Denny ? Il est superbe.

Rosalind se mordit la lèvre. Elle était furieuse à la fois contre Garrett et contre Jeremy. Cet escargot était le dernier cadeau de Gilbert, Frank le savait, et cependant il osait le montrer devant tout le monde ! Jeremy n'y était pour rien, elle ne devait pas lui en vouloir. Puis elle se souvint que Garrett avait associé ce bibelot à la mort de Gilbert. Non, c'était impossible ! Impossible !

— Gilbert me l'a offert, dit-elle en pâlissant. J'ignore où il se l'est procuré.

Garrett faisait face à ses deux interlocuteurs, mais c'était à Jeremy qu'il s'adressait. Celui-ci soutint son regard sans ciller.

— Et vous ? insista Garrett.

— Je l'ignore aussi.

Il y eut un bref silence, très vite brisé par Miss West.

— Quel dommage ! Il doit exister d'autres spécimens de ce genre. Les réunir tous, ce serait charmant ! Je possède une ravissante collection d'animaux en laiton, que May Crocksley m'a envoyés d'Inde – j'ai travaillé pour les Crocksley pendant trois ans, après avoir quitté le service de Miss Rosalind, se crut-elle obligée d'expliquer. Le laiton est une matière de qualité, mais si difficile à faire briller ! Tous ces produits nettoyants vous abîment les mains. Avoir de belles mains est un atout primordial pour une femme, vous ne croyez pas ? Quoique cette mode des ongles peints en rouge incarnat me déplaise souverainement. Miss Rosalind a toujours eu de belles mains.

Pour Jeremy, Frank Garrett et Mary West étaient deux inconnus plutôt antipathiques ; mais soudain, sans explication aucune, Rosalind Denny lui était aussi devenue étrangère. S'efforçant de masquer son désarroi, il termina sa tasse de café en parlant de la pluie et du beau temps, puis prit rapidement congé.

De toute évidence, Miss West aurait rêvé de demeurer en tête à tête avec sa chère Rosalind, mais Garrett, qui faisait mine de lire le journal d'un air grognon, était déterminé à occuper seul le terrain. Miss West jacassa encore quelques minutes, refusa une tasse de café, demanda à Rosalind si elle continuait à jouer du piano, l'embrassa affectueusement et s'en alla.

Dès qu'elle eut passé la porte, Garrett jeta son journal.

— Cette créature a-t-elle déjà séjourné dans un hôpital psychiatrique ? grommela-t-il.

— Dis-tu cela juste parce qu'elle m'aime bien ? protesta Rosalind. Franchement, Frank, tu me désespères !

Elle alla tirer sur le cordon de la sonnette.

« Une jolie fille, ma cousine, songea Garrett. Surtout quand elle est en colère. » S'il avait été assez idiot pour se marier, c'est une femme de cet acabit qu'il aurait épousée.

La bonne débarrassa les tasses à café et s'éloigna discrètement. Sitôt seuls, Garrett reprit ses récriminations.

— Mais pourquoi diable ta mère a-t-elle engagé cette femme comme gouvernante ?

— Miss West est une perle, Frank. Elle parle français et allemand à la perfection, elle joue du piano comme un ange.

— On dirait une brebis simplette, dit-il d'un air féroce.

Rosalind ne put s'empêcher de rire.

— Cher Frank, tu es vraiment l'homme le plus rustre que je connaisse !

Garrett ébaucha une grimace amusée. C'était un des traits de caractère qu'il appréciait chez sa cousine – elle montait comme la soupe au lait et, trente secondes après, sa colère retombait. Une femme qui boude, c'est pire que du pudding froid.

Soudain, il fronça les sourcils, prit l'escargot sur le manteau de la cheminée et le lui tendit.

— As-tu observé la tête de Ware quand il a vu cette bestiole ?

— Je ne te suis pas, Frank.

— Oh que si, tu me suis ! triompha Garrett. Ce n'est pas la première fois qu'il voit un objet de ce genre, mais il ne l'avouera pas. S'il n'a pas renversé son café, c'est qu'il maîtrisait le tremblement de sa main. En revanche, il ne pouvait contrôler la couleur de ses joues : il a piqué un sacré fard ! Je suppose qu'il s'en mord les doigts. Je suis bien content de ne pas souffrir d'érubescence. C'est un véritable handicap.

Il se dirigea vers la porte.

— Au revoir, chère cousine. À ta place, j'éviterais de voir ce Jeremy Ware trop souvent.

XIII

Jeremy marchait d'un pas rageur. Il était furieux, et vexé de s'être ridiculisé devant ce maudit Garrett. Pourquoi Rosalind l'avait-elle invité à déjeuner ? Pourquoi lui avait-elle à peine adressé la parole pendant le repas, en le regardant comme si elle le connaissait à peine ?

Il ressentit le besoin de se dégourdir les jambes et se dirigea vers Regent's Park. Cette vieille pie de Miss West avait raison : le brouillard s'était levé et le soleil brillait dans un ciel bleu strié de gracieux filaments de brume.

Après une marche revigorante, Jeremy sentit sa colère tomber. Il repensa à l'escargot ; le bibelot appartenait certainement à la même famille que le petit hibou que Rachel avait perdu la nuit de leur première rencontre. Il n'y avait là rien d'extraordinaire : si Rachel et Rosalind en possédaient un exemplaire, des dizaines d'autres personnes devaient en être également détentrices. Pourquoi diable Garrett s'était-il attendu que lui, Jeremy Ware, reconnût cet objet ? Il lui était littéralement tombé dessus, à l'affût de sa réaction, et comme l'âne bâté qu'il était, Jeremy avait rougi jusqu'aux oreilles. À quel jeu jouait Garrett ? Rosalind avait dit qu'il s'intéressait à lui. Pour quelle raison ?

Il s'assit sur un banc et tenta d'y voir plus clair. Il n'aimait pas du tout la tournure que prenait l'affaire ; elle lui rappelait les écheveaux de coton perlé de sa vieille cousine Emily. Quand parfois il restait chez elle après l'école, cousine Emily avait le don de sortir sa boîte à ouvrage, au moment où Jeremy était plongé dans un livre passionnant, et de dire avec cette gaieté forcée que beaucoup d'adultes, par ailleurs très gentils, se sentent obligés d'employer quand ils s'adressent à un enfant : « Qui va se rendre utile et démêler le pauvre coton de cousine Emily ? C'est Jeremy ! » Là-dessus, elle exhibait une boule grosse comme un ballon de football, faite de petits écheveaux multicolores et brillants, affreusement emmêlés.

Cette affaire lui paraissait tout aussi embrouillée que les fils de coton, avec leurs boucles sans fin, leurs extrémités enchevêtrées et leurs nœuds serrés à vous rendre fou : le morceau de papier tombé du livre bleu, le coffre-fort ouvert alors qu'il était certain de l'avoir verrouillé, la lettre laissée dans le même coffre-fort et retrouvée dans le tiroir de son propre bureau, Rachel, somnambule passe-muraille, les figurines en argile, et ce colonel Garrett qui cherchait à le piéger. Rosalind l'avait-elle invité afin que Garrett puisse le prendre dans ses filets ? Non, Rosalind n'aurait pas fait une chose pareille – pas la Rosalind qu'il connaissait ! Mais la Rosalind de ce dimanche lui était devenue étrangère…

Il décida de ne plus penser à tout ça. Souvent, il lui était arrivé de fourrer à la hâte les écheveaux emmêlés de cousine Emily dans la boîte à ouvrage pour ne pas avoir à les jeter au feu ! À cette minute, il ressentait exactement la même colère. Il résolut de mettre cet embrouillamini de côté et de s'intéresser à ce qui se passait autour de lui.

Sur sa gauche, une allée gravillonnée longeait une vaste pelouse, et à droite une rambarde courait le long d'une haie de lilas. Des arbres aux branches dénudées émergeaient de massifs de conifères nains. Une jeune fille y était appuyée. Jeremy remarqua les bas de soie et les ravissants escarpins qui chaussaient ses fines chevilles ; il se demanda s'il lui était déjà arrivé d'en voir d'aussi ravissantes. Puis son regard découvrit le bas d'un manteau, un vieux manteau de serge bleue, si élimé, délavé et taché que même la plus pauvre des cousettes de la capitale n'aurait jamais osé le porter. On eût dit qu'il avait été repêché après un long séjour dans l'eau de mer. La demoiselle était coiffée d'un bonnet de laine rougeâtre, tout effiloché, qui jurait autant que le manteau avec le raffinement des escarpins et des bas.

Jeremy ne voyait d'elle que ses cheveux bouclés dépassant du col de son manteau. Elle se mit à siffloter. Il tendit l'oreille : il ne s'agissait pas d'une mélodie, mais plutôt d'un appel flûté. Quelques secondes plus tard, la réponse parvint des buissons. Jeremy aperçut, le temps d'un éclair, le pelage gris d'un écureuil qui dévala agilement le tronc d'un lilas, tourna la tête de tous côtés, agita sa queue touffue, sauta sur la rambarde et courut se poster, pattes avant dressées, à quelques centimètres de la jeune fille. Celle-ci tendit vers lui une paume ouverte sur laquelle était posé un morceau de sucre. Jeremy étouffa une exclamation. Il aurait reconnu cette petite main entre mille. Rachel !

L'écureuil émit un léger sifflement, attrapa le sucre d'un geste vif et entreprit de le déguster en le tenant délicatement entre ses griffes, tout en lançant des regards furtifs à droite et à gauche. Dès qu'il eut terminé sa friandise, il siffla à nouveau pour signaler qu'il était prêt à poursuivre ce déjeuner.

Rachel plongea la main dans sa poche et en sortit un autre sucre. Jeremy la voyait maintenant de profil ; mais alors que la veille il avait eu affaire à une sorte d'apparition impassible, aujourd'hui, le visage de la jeune fille offrait toute une palette d'expressions : ses lèvres s'entrouvrirent, impatientes, en voyant l'écureuil hésiter, lui sourirent d'un air encourageant quand il s'avança ; elle éclata d'un joli rire lorsqu'il se saisit du sucre avant de détaler.

Jeremy avait l'impression que ce charmant spectacle n'était destiné qu'à lui seul ; il avait vécu un rêve étrange la nuit précédente et croisait l'un des personnages de ce rêve à trois heures de l'après-midi dans Regent's Park. Les promeneurs n'existaient plus. Fasciné, il contemplait Rachel, qui à cet instant regardait l'écureuil revenant mendier.

Sans plus réfléchir, Jeremy se leva de son banc et marcha à pas lents vers la rambarde, où il s'accouda, à quelques mètres de la jeune fille. Dès qu'il perçut son approche, l'écureuil se laissa glisser au sol et fila dans le buisson de lilas. Rachel lança à l'intrus un regard noir.

— Vous lui avez fait peur !

— Je… je suis désolé, bredouilla Jeremy.

Pour la seconde fois de la journée, il rougit jusqu'aux oreilles et s'en voulut de rougir.

En fait, loin de le desservir, sa réaction lui permit de trouver grâce aux yeux de la jeune fille. S'il n'avait pas changé de couleur, elle se serait désintéressée de lui.

— Ne vous inquiétez pas, il va revenir, murmura-t-elle d'un ton radouci. Vous ne l'avez pas fait exprès.

Jeremy la dévisageait. Il l'avait vue deux fois, la nuit, endormie, et elle était là devant lui, éveillée. Dans un rêve, rien n'est anormal, les conventions n'existent pas. Jeremy constata qu'à la lumière du jour ses yeux étaient d'un joli brun mordoré.

Elle ne rougit pas, ne détourna pas le regard, mais progressivement la lumière dorée s'éteignit, laissant place à une expression troublée. Ses lèvres frémirent quand elle chuchota :

— Vous ai-je déjà rencontré ?

— Je ne sais pas, dit Jeremy, mais moi je vous ai vue.

Elle posa un doigt sur sa lèvre inférieure, comme une petite fille qui réfléchit. Quel âge pouvait-elle avoir ? Dix-huit ans ? Vingt ans, tout au plus.

Elle agrippa la rambarde, sans quitter Jeremy des yeux.

— C'est curieux... je connais votre voix... Vous arrive-t-il parfois d'avoir la sensation de vous souvenir de quelque chose et puis, soudain, plus rien ? Quand vous m'avez parlé, j'ai cru reconnaître votre voix.

— Je vous ai déjà parlé, en effet.

Ils se tenaient côte à côte. S'il avait déplacé sa main de quelques centimètres, il aurait pu la toucher. Ils bavardèrent à voix basse, familièrement, comme de vieux amis.

— Où vous ai-je vu ? demanda-t-elle d'un air perplexe.

— Je ne suis pas certain que vous m'ayez vu.

— Mais vous m'avez parlé. Que m'avez-vous dit ?

Jeremy hésita. Comment réagirait-elle s'il lui donnait son nom ? Il voulait d'abord qu'elle lui dise comment elle s'appelait, où elle habitait, et s'il pourrait la revoir.

— Je vous en prie, dites-moi votre nom.

Un imperceptible sourire naquit au coin de ses lèvres. Elle baissa les paupières – ourlées de longs cils noirs et soyeux.

— Je vous en prie… Rachel…

Elle releva vivement les yeux. Son regard trahissait un mélange de peur, d'étonnement et d'autre chose aussi, tout à fait indéfinissable, comme si elle avait reconnu l'intonation de sa voix. Elle porta à nouveau son doigt à ses lèvres, d'un air pensif, puis répéta son propre nom.

— Rachel… Comment connaissez-vous mon prénom ?

— Nous nous sommes peut-être rencontrés en rêve…

Elle rit, mais son regard restait effrayé.

— C'est impossible !

— Ne rêvez-vous jamais ?

Il vit un peu de rose revenir à ses joues. Pourquoi était-elle toujours si pâle ? Quels cauchemars la poussaient-elle à déambuler dans son sommeil ?

— Oui, il m'arrive de rêver, haleta-t-elle, comme si le fait de prononcer ces simples mots l'oppressait.

— Moi aussi.

Il pensa à son rêve de la nuit précédente, dans lequel Gilbert Denny, de la fenêtre d'un train, lui criait qu'il était en danger. Il n'avait sans doute pas tort…

— Dites-moi votre nom, Rachel…

— Je ne peux pas.

Il posa sa main sur la sienne.

— À quoi avez-vous rêvé, la nuit dernière ?

La petite main se mit à trembler. Rachel la retira vivement.

— Qui êtes-vous ? demanda-t-elle, affolée. Dites-le-moi ! Vous ne voulez pas me le dire ?

— Je m'appelle Jeremy Ware.

Le visage de la jeune fille perdit toute expression. Jeremy se souvint avoir vu un jour un homme réagir ainsi après avoir reçu un coup violent. Ses yeux le fixaient sans le voir. Au bout d'un moment, ses lèvres s'entrouvrirent, laissant échapper un léger gémissement, puis avec une rapidité qui le surprit, Rachel s'enfuit en courant.

— Rachel… je vous en prie, revenez !

En quelques foulées, il la rattrapa. Sans cesser de courir, elle tourna vers lui un visage terrifié.

— Non ! Non !

— Rachel, arrêtez-vous !

— Je ne peux pas, je ne peux pas !

Jeremy était aux cent coups. On ne poursuit pas une jeune fille dans un parc sans finir par attirer l'attention.

— Pour l'amour du ciel, arrêtez-vous ! Je ne vous ennuierai plus, c'est promis ! Vous ne voulez pas que nous nous fassions remarquer par les gardiens ?

Elle cessa aussitôt de courir et resta là, pantelante.

— J'ai… j'ai eu tort de m'enfuir, mais vous… vous m'avez fait si peur ! Allez-vous me laisser tranquille ?

— Promis. Mais d'abord j'aimerais vraiment vous parler.

Elle secoua la tête.

— Je n'ai pas le droit. Je n'aurais pas dû venir. J'ignorais que vous seriez là. Laissez-moi partir.

— Laissez-moi vous revoir.

— Non.

— Rachel… pourquoi ?

La jeune fille regarda le ciel. Le soleil éclairait le col de son vieux manteau, son bonnet élimé, ses longs cils soyeux, le brun doré de ses yeux. La peur avait disparu de son visage.

— Feriez-vous quelque chose pour moi ?

— Oui, bien sûr.

Elle s'approcha de lui et effleura son bras.

— Allez-vous-en, lui chuchota-t-elle à l'oreille. Tout de suite. Quittez votre travail. Quittez Londres, s'il n'est pas déjà trop tard.

— Je ne peux pas, Rachel. D'ailleurs, je suis sûr qu'il est trop tard…

Il vit son visage se troubler.

— L'endroit est dangereux, murmura-t-elle.

Jeremy sursauta. C'était exactement les paroles que Gilbert Denny avait prononcées, dans son rêve.

— J'ignore si je suis en danger ou non, répondit-il. Tout ce que je désire, c'est vous revoir.

— Il ne faut pas. Je ne peux vous aider et… vous ne pouvez rien pour moi. S'il vous plaît, laissez-moi. Vous l'avez promis.

— Reviendrez-vous ici demain ?

— Non.

— Après-demain, peut-être ?

— Non. Je ne reviendrai pas. Si vous me suivez, je cours à ma perte. Vous ne me suivrez pas, n'est-ce pas ?

— Non, promit Jeremy, désespéré.

Elle glissa dans sa paume une main tremblante et glacée. Il la retint d'un geste ferme. Oserait-il y déposer un baiser ? Comme si elle avait deviné ses pensées, elle la retira vivement. Ses lèvres murmurèrent « au revoir ». Ses yeux le suppliaient.

Elle tourna les talons et courut le long de l'allée jusqu'à disparaître de sa vue.

XIV

Jeremy rebroussa chemin et retourna s'asseoir sur le même banc. Il avait besoin de réfléchir. Pour la troisième fois, il voyait Rachel, pour la troisième fois, elle se volatilisait ! Elle refusait de parler d'elle et dès que Jeremy avait mentionné son nom, elle s'était enfuie, terrorisée, en lui interdisant de la suivre.

Pourquoi ?

Jeremy n'avait pas de réponse. Il savait seulement, au plus profond de lui-même, qu'il serait amené à la revoir. Jamais encore il ne s'était trouvé aussi proche d'un être humain : il éprouvait ses peurs, ressentait son trouble, comme s'ils étaient siens. Il semblait n'y avoir aucune barrière entre eux. Comment pouvait-elle vouloir le fuir puisqu'ils étaient si proches ?

Arrivé à ce stade de réflexion, il se sentit rasséréné, l'esprit clair, sûr de lui. Rien d'autre ne comptait que Rachel. Le soleil brillait haut dans le ciel.

En tournant la tête, il se rendit compte qu'il n'était plus seul. Un homme d'un certain âge, à l'air distingué, avait pris place à l'autre bout du banc ; le nez chaussé de lunettes à monture d'écaille, il lisait un petit livre à la couverture usée. Un étui à lunettes en cuir grenu était tombé à ses pieds. Jeremy se pencha pour le ramasser et le lui tendit.

— Cet étui vous appartient-il, monsieur ?

L'homme leva le nez de son livre et répondit d'un ton courtois mais distrait :

— Oui ! Merci infiniment. L'avais-je laissé tomber ?

— Il était par terre.

— Mon Dieu, où ai-je la tête ? Je suis plongé dans l'œuvre du révérend Henry Harte, qui, il y a plus de deux siècles, écrivait qu'il était dérangé par le gaspillage des « dons de la Providence ». Je le cite : « Sur les branches des arbres sont perchés quantités d'oiseaux insouciants occupés à pépier et à gazouiller, alors qu'ils nous seraient fort agréables au palais transformés en tourte à la viande – en particulier les alouettes et les rossignols. »

— S'agit-il d'un livre de cuisine ?

Par-dessus ses lunettes, l'homme posa sur Jeremy un regard gris rêveur.

— Euh… non. Votre question, je le crains, aurait horrifié l'auteur de ce livre intitulé *Discours et méditations assortis de diverses observations sur le gaspillage, la prodigalité, le mensonge, la malveillance et autres péchés criants, comme le prouveront divers passages des Écritures saintes, par le révérend Henry Harte, docteur ès lettres*. À cette époque, la mode était aux longs titres. Aimez-vous ce genre d'ouvrage ?

— Oui, répondit Jeremy, intrigué.

Ce distingué gentleman qui se promenait avec un livre de sermons datant du XVIIIe siècle ne pourrait-il pas efficacement remplacer son ami Jardine ? Il paraissait érudit et connaissait sans doute l'histoire du vieux Londres.

— Le révérend Henry, poursuivit ce dernier en feuilletant le petit livre, déplorait les débordements de la jeunesse, observant que des enfants âgés de cinq, six ou sept années étaient autorisés à s'ébattre et à folâtrer bruyamment au lieu de se rendre utiles ou de se consacrer à l'étude. Il prédisait un Jugement dernier imminent et considérait que la fin du monde pourrait avoir lieu dans les quelques années qui suivraient la parution de son ouvrage. À mon avis, le révérend n'avait pas d'enfants.

— Je l'espère pour eux, fit Jeremy dans sa barbe.

Pouvait-il lui demander à brûle-pourpoint, sans passer pour un rustre, s'il était détenteur d'un plan du vieux Londres ? Certes, la bibliothèque du British Museum possédait ce genre de plan, mais pour y accéder, une autorisation spéciale était exigée, et Jeremy était pressé. Aussi décida-t-il de se jeter à l'eau.

— Vous m'avez demandé si j'aimais les livres anciens. Je m'intéresse tout particulièrement au vieux Londres. En fait, je cherche un plan…

L'inconnu tourna encore une page avant de répondre d'un ton indifférent :

— Sur quel quartier portent vos recherches, jeune homme ? Et quelle époque ?

— Eh bien, je m'intéresse à une maison de la fin du XVIIIe siècle… J'aimerais savoir s'il existait un autre bâtiment à cet endroit avant sa construction.

Le distingué gentleman feuilletait les pages jaunies de l'œuvre du révérend Harte avec d'autant plus de flegme qu'il était attentif aux propos de son interlocuteur.

— Un plan de Londres du XVIIe… j'en ai un, oui… ou du début du XVIIIe, oui… Tenez, voici ce que dit le révérend Henry à propos des fleurs : « De mauvaises herbes aux couleurs criardes qui poussent inconsidérément. Elles ne donnent pas le bon exemple : tout comme les méchants, elles épuisent le sol qui les nourrit et sont incapables de produire des fruits. »

— Un vrai rabat-joie, votre révérend, remarqua Jeremy.

— Pendant quarante ans, il fut le chapelain privé de Selina, comtesse de Brockington, une dame qui cherchait à se racheter d'une jeunesse scandaleuse par une vieillesse contrite. Si… si vous souhaitez voir le plan dont je vous ai parlé, je… je serais ravi de vous le montrer.

— C'est extrêmement aimable à vous, monsieur.

Celui-ci sortit d'un vieux portefeuille en cuir de Russie une carte de visite qu'il tendit à Jeremy.

BENBOW COLLINGWOOD HORATIO SMITH

L'adresse était inscrite en bas à droite du bristol.

— Passez donc me voir un soir de la semaine, jeune homme.

— C'est vraiment très aimable à vous, monsieur. Je m'appelle Jeremy Ware. Je n'ai, hélas, pas de carte à vous donner en retour. Je suis secrétaire et je ne sais jamais par avance à quelle heure se termine ma journée de travail…

Il s'interrompit, se souvenant que, justement, l'allocution de l'Albert Hall était prévue pour le lendemain. Il était donc à peu près certain d'avoir sa soirée.

— Mais je pense pouvoir me libérer demain, conclut-il à la hâte.

— Demain soir ? Parfait. Quand il vous plaira, à partir de huit heures et demie. Je possède… de nombreux plans de l'ancien Londres.

Smith rangea son portefeuille, remit ses lunettes sur l'arête de son nez et se replongea dans la lecture des œuvres du révérend Henry. Jeremy se leva et s'éloigna, sans se douter que l'inconnu du parc le suivait des yeux d'un air pensif.

Smith était content de lui. Son instinct ne l'avait pas trompé. Il était convaincu de pouvoir bientôt lancer à Frank Garrett un triomphal : « Je vous l'avais bien dit ! »

Il imaginait le commentaire de Garrett s'il lui racontait la scène à laquelle il avait assisté un peu plus tôt : Jeremy Ware accostant une jeune fille pauvrement vêtue qui parlait aux écureuils, et la fuite éperdue de cette dernière. Le garçon l'avait rattrapée, et, après une brève conversation, était revenu s'asseoir sur le banc, tout déconfit. Garrett aurait certainement échafaudé les pires conjectures. Mais le regard clairvoyant de Mr. Smith avait perçu l'attirance entre les deux jeunes gens. Il avait vu la tendresse dans les yeux de la jeune fille avant qu'elle prenne peur et, bien qu'il se demandât ce que Jeremy Ware avait pu lui dire, il ne le soupçonnait pas de lui avoir manqué de respect.

L'habillement incongru de la demoiselle n'avait pas davantage échappé à Smith : les ravissants escarpins et le bonnet élimé, les bas de soie et le manteau miteux. Là encore, Garrett aurait trouvé une explication rationnelle, par exemple qu'un homme lui avait fait cadeau des escarpins et des bas et qu'un autre ne tarderait pas à lui offrir un manteau neuf et un chapeau. Mr. Smith ne partageait pas ces théories expéditives : cette jeune fille lui paraissait fort pudique et réservée. On disait parfois que Smith sautait à des conclusions hâtives, mais on oubliait d'ajouter qu'elles étaient toujours exactes.

Il s'attarda sur le banc pour jouir de la caresse du soleil, en remerciant le révérend Henry de lui avoir permis d'aborder Jeremy Ware. À présent, restait à prier pour que celui-ci vienne voir ses plans.

« Je me demande ce qu'Ananias pensera de lui », songea-t-il.

Car Ananias aussi possédait un instinct infaillible.

XV

Le lendemain, Rosalind Denny déjeuna chez Mimosa Vane. Mimosa recevait en général des invités si dissemblables que souvent chacun se demandait ce que l'autre faisait là. En revanche, tous s'accordaient à dire que Miss Vane avait une table excellente et qu'elle était toujours prête à partager avec vous de croustillants scandales.

Rosalind se trouva placée aux côtés de Mr. Geoffrey Deane, petit homme terne et maniéré, portant pince-nez. Elle se demanda si ses cheveux étaient naturels ou s'il s'agissait d'une perruque blonde. Sans nul doute, le parfait secrétaire. Rosalind avait beau chercher à éviter le sujet, chaque propos échangé les ramenait immanquablement à Bernard Mannister, même la plus inoffensive des remarques sur le temps qu'il faisait. Deane lui expliqua qu'il avait pris froid et qu'il avait dû garder la chambre ; il remerciait Mr. Mannister d'avoir eu la bonté de lui accorder quelques jours de congé.

— Oh, vous êtes donc le secrétaire de Bernard Mannister, se crut-elle obligée de renchérir.

Deane passa la main dans ses cheveux.

— L'un de ses secrétaires. Mr. Mannister est un homme excessivement occupé. Je crains que mon absence n'ait apporté un surcroît de travail à mon collègue, mais j'espère être de retour demain. J'aurais dû reprendre ce matin, mais Mr. Mannister s'est absenté en province et ne rentrera que dans l'après-midi. Vous n'êtes pas sans savoir qu'il doit prononcer une allocution à l'Albert Hall, ce soir ?

« Pourquoi diable devrais-je le savoir ? » songea Rosalind, agacée. Geoffrey Deane distillait un ennui mortel, qui vous engluait comme une nappe de brouillard. Il parlait sans cesse, d'une voix aiguë et monocorde, toujours à la recherche du mot précis pour décrire des choses d'une banalité confondante. Il raconta une histoire interminable à propos d'un discours prononcé par Mannister, sans parvenir à se rappeler si ledit discours avait eu lieu le 15 février 1928 ou le 12 février 1927. Cet oubli paraissait beaucoup le troubler. Il avait, disait-il, une excellente mémoire et espérait que cette grippe ne l'avait pas affectée. S'ensuivit une longue description de ses symptômes, puis il revint sur le discours de Dulwich.

La fin du repas apporta à Rosalind un soulagement indescriptible. Mimosa en profita pour l'accaparer.

— Chérie, il ne t'a pas trop barbée ? Je me demande pourquoi j'ai invité ce garçon ! Tu sais ce que c'est, je l'ai croisé je ne sais où et je lui ai proposé de venir déjeuner chez moi. Tu sais ce qu'il m'a répondu : « Volontiers, quel jour vous convient-il ? » Et voilà ! Je sais, je sais, c'est un affreux raseur, et tellement démodé... Toi, tu es si affable, je savais que tu ferais semblant de l'écouter ; si je l'avais placé à côté de Vinnie, il aurait rendu l'âme avant la fin du repas. T'a-t-il parlé de Bernard Mannister ?

— Il n'a parlé que de lui, soupira Rosalind.

— Et de Jeremy Ware ? Oh, mais tu sais déjà tout de lui ! Enfin, si l'on peut être sûr de connaître les gens... Un garçon plutôt mystérieux, non ? Qu'en penses-tu ?

— Voyons, Mimosa, ne dis pas n'importe quoi !

Celle-ci exhala une volute de fumée parfumée. Une lueur méchante brillait dans ses yeux.

— Chérie ! Je ne portais pas de jugement ! Je pensais seulement à ce que Gilbert en disait…

— *Gilbert ?* Je serais curieuse de savoir ce qu'il en disait !

Mimosa hocha la tête et partit d'un petit rire acide.

— Trésor, je ne m'en souviens pas ! Mais j'ai eu l'impression… qu'il n'avait pas entièrement confiance en lui. Moi, tu me connais, je fais confiance à tout le monde. Cela laisse ressortir les bons côtés des gens, c'est ce qu'affirme Asphodel. Tu es allée la consulter ?

— Non, répondit Rosalind d'un ton sec.

— Je me demande ce qu'elle a pu raconter à Gilbert. C'est curieux, non, qu'il ne t'en ait pas parlé ? Les hommes sont tellement secrets ! En tout cas, si tu vas la voir, donne-lui un faux nom, comme ça elle ne sera pas influencée. J'ignore si elle savait qui était Gilbert. Moi, à ta place, je mourrais d'envie de connaître la raison de sa visite à Asphodel ! Mais il est vrai que tu sais si bien maîtriser tes émotions… Bon, chérie, je dois parler à Mouse. Regarde-la : elle est affreuse dans cette robe verte, on ne voit que ses cicatrices. Elle est folle de se montrer en public ! Enfin, de toute façon, elles ne disparaîtront pas… Tu veux que je t'envoie Cruffles, comme antidote à ce pauvre Deane ? La censure a coupé une partie de sa dernière pièce ! Il faut avouer que certains passages étaient plutôt chauds…

— Merci, mais je dois partir, l'interrompit Rosalind.

— Le numéro de téléphone d'Asphodel, c'est Park 000686, chuchota Mimosa en l'étreignant. Au cas où…

Rosalind rentra chez elle à pied. Quelle idiote elle avait été d'accepter ce déjeuner, tout simplement pour ne pas rester seule ! Mimosa avait le don de lui saper le moral. Depuis quelques jours, elle se sentait oppressée et cette sensation ne faisait que s'accentuer. Elle avait l'impression que tout concourait à lui faire revivre la tragédie qui avait brisé sa vie. Les questions qu'elle se posait depuis deux ans revenaient sans cesse, obsédantes : pourquoi Gilbert s'était-il donné la mort ? Qui l'avait poussé au suicide ? Pour quelle raison était-il allé consulter une diseuse de bonne aventure et que lui avait-elle dit ?

Avant même d'arriver chez elle, sa décision fut prise : elle irait voir Asphodel. Elle prendrait rendez-vous par téléphone, mais n'appellerait pas de son appartement et se présenterait sous un faux nom. Elle dépassa l'entrée de son immeuble et poursuivit son chemin jusqu'à une cabine téléphonique. Soudain libérée d'un énorme fardeau, elle composa le numéro et introduisit deux pence dans la fente de l'appareil, avec la sensation de brûler ses vaisseaux.

— Oui ? fit une voix lointaine.

Rosalind inclina le combiné contre son épaule.

— J'aimerais voir…

Elle hésita. Devait-elle dire Asphodel ou Madame Asphodel ?

— … Madame Asphodel, cet après-midi.

— Vous avez rendez-vous ? fit la voix lointaine.

Rosalind n'était pas tout à fait sûre que ce fût une voix de femme.

— Non.

— Quel nom ?

— Je préfère ne pas le donner.

— Ne quittez pas, je vais me renseigner.

Rosalind entendit un bruit de pas à l'autre bout du fil. L'attente lui parut interminable. De temps en temps, elle répétait « Allô ! Allô ! ». La cabine sentait le renfermé, mais il y flottait un parfum sucré, et aussi une odeur de bonbon à la menthe.

La voix dit soudain : « Quatre heures moins le quart », puis Rosalind entendit le déclic d'un combiné que l'on raccrochait. Elle sortit de la cabine ; le temps était brumeux, doux et humide. Elle prit une profonde inspiration et consulta sa montre : trois heures et quart.

Elle rentra chez elle, chercha Tilt Street sur un plan de Londres et décida de marcher jusque-là, pour arriver juste à l'heure. Elle ne supportait pas l'idée d'avoir à faire le pied de grue chez une diseuse de bonne aventure ; il lui était plus facile de prendre le taureau par les cornes que d'attendre qu'il lui fonce dessus.

Elle demanda deux fois son chemin avant de trouver Marsh Street, une rue dont le nom lui disait quelque chose… Oui, Bernard Mannister habitait au numéro 29. Rosalind observa la façade de cette respectable demeure, sa porte d'entrée fraîchement repeinte et son gros heurtoir en cuivre étincelant. Elle leva la tête, se demandant si Jeremy était là, assis à son bureau, derrière les hautes fenêtres.

La maison de Mannister faisait l'angle de Marsh Street et de Tilt Street. Rosalind tourna le coin de la rue et vit aussitôt la plaque métallique du numéro 1, apposée au-dessus d'une porte peinte en noir. Elle sonna ; une femme aux lèvres pincées, les cheveux gris coiffés en chignon vieillot, vint ouvrir. Elle était vêtue de noir et ne portait ni bonnet de dentelle ni tablier. Sans mot dire, les yeux baissés, elle fit entrer Rosalind dans un vestibule à la peinture écaillée et la précéda dans l'escalier. Arrivée sur le palier, elle poussa la porte qui leur faisait face. Rosalind resta un instant sur le seuil avant de s'avancer jusqu'à un salon plongé dans l'obscurité, car non seulement les fenêtres mais aussi les murs étaient recouverts de tentures de velours noir. Une maigre ampoule luisait dans un globe d'albâtre suspendu au plafond, peint en noir lui aussi.

Rosalind sourit intérieurement. Elle aurait dû s'attendre à ce genre de décor. Une créature se faisant appeler Asphodel ne pouvait qu'utiliser des artifices de charlatan.

La femme lui fit signe de s'asseoir dans un fauteuil placé à l'aplomb du plafonnier et se retira, toujours muette. Rosalind s'assit, songeant qu'une personne douée de vrais pouvoirs n'aurait pas eu recours à de tels procédés, destinés à tromper des âmes crédules. Comment avait-elle pu redouter de venir jusqu'ici ?

Elle se détendit et consulta sa montre : quatre heures moins le quart. Son regard se porta sur le mur tendu de velours noir, en face d'elle. Il était si près qu'elle pouvait presque le toucher, en se penchant en avant. À ce moment, elle ressentit comme un coup de poignard dans le cœur : Gilbert avait certainement occupé ce même fauteuil ! Elle fit un effort surhumain pour chasser son visage de ses pensées. Non, elle ne laisserait pas cette femme la manipuler ! Elle devait se vider l'esprit ou le remplir d'images futiles, pour l'empêcher de sonder son âme. Au lieu de cela, elle laissait des souvenirs douloureux envahir sa conscience.

Rosalind se redressa et croisa les doigts très fort pour se donner du courage. Soudain, le plafonnier s'éteignit, plongeant la pièce dans les ténèbres.

XVI

Rosalind, immobile dans son fauteuil, remarqua à peine la disparition de la lumière ; elle ne ressentait que la douloureuse absence de Gilbert. Puis elle entendit un cliquetis d'anneaux glissant sur une tringle métallique ; un courant d'air passa sur son visage. Elle eut une brusque sensation de vide et comprit que le rideau noir devant lequel elle était assise venait d'être tiré. Elle plissa les yeux, cherchant en vain à percer la pénombre.

Soudain, la lumière revint. Tout d'abord, Rosalind vit une boule de cristal suspendue dans l'air, comme maintenue par un fil invisible, puis un mince rayon étincelant, pareil à une lame de poignard, qui provenait d'une lampe couverte d'un abat-jour opaque posée sur une table, et se concentrait sur la boule. Enfin elle aperçut une femme, assise derrière la table, la boule entre ses mains – des mains blanches comme la cire, aux ongles vernis et pointus, qui ne semblaient pas appartenir à un être humain. Au majeur gauche brillait un œil-de-chat gros comme une noisette. Le visage de la voyante, penché au-dessus du cristal, semblait flotter entre deux eaux : blafard, avec des traits aigus, des joues creuses, une bouche livide, de longs cheveux roux peignés en arrière, des yeux pâles et fixes. Le reste du corps était drapé dans des replis de velours noir.

Une vision de cauchemar, qui fit frissonner Rosalind de la tête aux pieds. Toutefois, elle parvint à se reprendre, en se disant que si cette voyante cherchait à l'effrayer, il fallait avouer qu'elle y avait réussi ! Une actrice de premier ordre ! Mais on peut mourir de peur au grand guignol tout en sachant qu'il s'agit d'une farce… Elle se redressa dans son fauteuil pour assister au spectacle.

Le silence s'installa dans la pièce, dense comme le brouillard. Les doigts de cire ne bougeaient pas. Les yeux pâles fixaient toujours la boule illuminée. Rosalind serra avec force ses mains l'une contre l'autre et se décida à parler. Elle articula « s'il vous plaît… », mais ne put continuer car elle n'avait plus de souffle. Alors elle attendit.

Asphodel finit par prendre la parole.

— Je vois quelque chose dans le cristal, chuchota-t-elle d'une voix atone. La brume se dissipe… Une maison à flanc de colline, toute blanche, avec des piliers blancs. Le soleil brille. Il fait très chaud. La lumière fait mal aux yeux. Des ombres noires… Des hommes noirs…

Rosalind sentit les battements de son cœur s'accélérer : la maison de son enfance, en Virginie, toute blanche avec ses piliers blancs, son porche ombragé, les serviteurs noirs. Asphodel lisait-elle dans ses pensées ? Impossible. D'ailleurs, à cette minute, Rosalind ne pensait pas à la maison. Et puis Asphodel ignorait son identité.

— Je vois un homme, reprit la voix inexpressive. Grand, blond, sur un cheval noir. Il s'en va, mais il ne reviendra pas.

Rosalind retint sa respiration. À seize ans, elle avait perdu son père ; celui-ci était parti un matin avec Satan, son étalon noir. Le cheval s'était emballé et avait projeté le cavalier contre un mur de pierre.

— Je vous vois debout entre deux piliers, poursuivit Asphodel. Vous portez une longue tresse attachée par un ruban de velours noir. À côté de vous, une femme en deuil, qui pleure. Je ne vois pas son visage.

Rosalind chercha à se raisonner : oui, les choses intensément vécues et ressenties restent gravées dans votre mémoire. La maison aux piliers blancs, l'homme grand et blond et la femme en pleurs étaient des images qui demeureraient à jamais imprimées dans son esprit. Comment Asphodel pouvait-elle les voir dans sa boule de cristal, elle l'ignorait, mais si Lawrence Randolph lui apparaissait, pourquoi ne pourrait-elle pas voir Gilbert Denny ?

La voix s'était tue et le cristal soudain terni. Rosalind se pencha en avant.

— Vous ne pouvez pas m'en dire davantage ?

— Non, je ne crois pas.

— Vous ne voulez pas essayer ?

Pour la première fois, Asphodel bougea. Ses mains disparurent dans les plis de ses draperies.

— Les images ne viennent pas si facilement, dit-elle en éloignant la lampe de son visage.

Rosalind vit réapparaître une main, puis un bras caché par une large manche en velours. Les traits de la voyante lui semblaient flous. Elle hésita : puisqu'elle n'avait rien appris d'intéressant, autant partir. Elle se leva.

— Je m'en vais…

— Pas encore, dit Asphodel. Dites-moi ce que vous désirez savoir…

Elle marqua une pause avant d'ajouter :

— Ou préférez-vous que je vous le dise ?

Rosalind se rassit, incapable de répondre.

— Voulez-vous des nouvelles de quelqu'un qui n'est plus de ce monde ?

— Oui, répondit Rosalind dans un souffle.

Cet effort l'épuisa. Elle sentait la sueur perler à ses tempes.

— Je vais essayer la transe, reprit Asphodel. Ne bougez pas, quoi qu'il arrive. Je ne peux prévoir ce qui se passera. Vous pourrez me poser des questions, mais j'ignore quelles seront les réponses. Je ne vous promets rien, j'espère que vous me comprenez ?

— Oui, murmura Rosalind.

Il y eut un déclic. Asphodel avait éteint la lampe. Un autre déclic et Rosalind vit une faible lueur au plafond venant d'une ampoule camouflée par un tissu noir. Dans cette quasi-pénombre, il lui était impossible de discerner les contours de la table, pas plus que la silhouette drapée de la voyante, dont elle n'entrevoyait que l'ovale du visage, légèrement penché. À nouveau le silence, le plus lourd des silences, soudain brisé par une brève inspiration suivie d'un cri surpris.

— Qui êtes-vous ? fit la voix d'Asphodel.

La réponse sortit de sa bouche, mais ce fut la voix de Gilbert Denny qui prononça ces deux syllabes :

— Gilbert.

Rosalind se cramponna aux accoudoirs du fauteuil. Elle s'entendit crier :

— Gilbert ! Gilbert !

Il lui parla tout naturellement, à voix basse.

— Rosalind ? Tu es là ?

La tête lui brûlait, ses pieds étaient glacés.

— Il faut que je te parle, poursuivit la voix de Gilbert. Je veux te dire… j'ai essayé… je n'ai pas pu… trop difficile… tu ne dois pas faire confiance…

La voix s'éteignit.

Rosalind agrippa le bois du fauteuil. Ses lèvres sèches prononcèrent encore une fois le prénom de son mari. « Pose des questions, vite ! », se dit-elle, mais elle ne put que répéter ce prénom, encore et encore. La pénombre parut bouger devant elle. La voix de Gilbert sortit à nouveau des lèvres blêmes de la voyante.

— Tu es en danger, Rosalind… à cause de moi… Tu dois payer pour ce que j'ai fait…

Un affreux grognement sortit de la gorge d'Asphodel.

— Ne fais pas confiance… à Jeremy Ware…

Bouleversée, Rosalind tendit les mains, à tâtons, mais ne rencontra que le vide. Les paroles de Gilbert résonnaient à ses oreilles, mais Gilbert était hors de sa portée. Pour la première fois, elle eut l'impression de le perdre.

— Ne fais pas confiance… à Jeremy Ware…

Une petite voix lui chuchota encore : « Allons, reprends-toi, Rosalind, ce n'est qu'une farce ! » Une rage froide s'empara d'elle.

— Et pourquoi ne puis-je pas lui faire confiance ? lança-t-elle.

La voyante poussa un cri aigu :

— Je veux revenir !

Puis à nouveau la voix de Gilbert :

— Rosalind… je ne peux pas rester…

Il émit un douloureux gémissement.

Rosalind tremblait de tout son corps. Asphodel fit un brusque mouvement de côté et leva les bras en l'air. Un hurlement strident monta de sa gorge, suivi de phrases inintelligibles prononcées dans une succession de graves et d'aigus.

Soudain elle parut s'étouffer. Les mains de cire se tordirent, battirent l'air, les yeux pâles se révulsèrent, ne montrant que le blanc. De la bouche déformée jaillirent des sons rauques, inhumains. Et puis cette vision de cauchemar cessa brusquement. Dans un grand soupir, Asphodel revint à la réalité. Ses mains s'immobilisèrent. Sa tête cessa de s'agiter. Elle prit trois ou quatre inspirations avant de déclarer d'une voix épuisée :

— Vous avez eu ce que vous vouliez ? Quand j'entre en transe, je ne me rends compte de rien, je vous l'ai dit. Vous n'êtes pas obligée de me répondre.

— Merci, dit Rosalind. Je vous dois combien ?

Asphodel soupira à nouveau.

— Je ne suis pas autorisée à accepter de l'argent. Phoebe va vous raccompagner. Si vous voulez conserver un souvenir de votre visite…

Elle n'acheva pas sa phrase. Rosalind se leva et entendit dans son dos le bruissement de tentures que l'on refermait. Elle se dirigea vers la porte, dans l'obscurité, chercha la poignée à tâtons. La lumière du palier l'aveugla. Phoebe l'attendait, l'air compassé, debout à côté d'un guéridon sur lequel étaient étalées une demi-douzaine d'aquarelles.

— Êtes-vous intéressée par l'une d'elles, madame ? demanda-t-elle d'un ton mécanique.

— Je vois… fit Rosalind. Elles sont à vendre, je suppose ?

— Cinq guinées pièce, madame.

Rosalind saisit la première qui lui tombait sous la main, le genre d'aquarelle insipide que l'on apprend à barbouiller dans les cours de peinture : une falaise blanche, une bande de sable jaune et une mer bleue.

— Je prends celle-ci.

Elle sortit de son porte-monnaie un billet de cinq livres et deux demi-couronnes. Phoebe enveloppa l'aquarelle dans un papier d'emballage qu'elle attacha avec une ficelle. Puis elle précéda Rosalind dans l'escalier, et la raccompagna jusqu'à la porte d'entrée.

Dehors, il faisait très froid et presque nuit. Rosalind avança d'un pas lourd vers Marsh Street. Au coin de la rue, un réverbère était allumé. Elle crut le voir bouger, puis il lui parut s'éloigner. La tête lui tournait tant qu'elle dut s'arrêter et prendre appui contre la façade de la maison de Bernard Mannister.

Une voiture remontait la rue derrière elle. Si par chance il s'agissait d'un taxi… Rosalind tenta de mettre un pied devant l'autre, de faire un geste de la main pour le héler, mais ses membres ne répondaient pas. Elle resta là, paralysée, tandis que la lumière du réverbère éclatait en myriade de petites étoiles. Elle se sentit glisser vers le sol.

Mr. John Brown, au volant du taxi qui arrivait, freina brusquement et bondit hors de son véhicule. Il arriva juste à temps pour la rattraper avant qu'elle chute. Elle s'appuya un moment contre son épaule, presque inconsciente. Il la prit dans ses bras et la chargea dans le taxi.

Quand elle rouvrit les yeux, Rosalind se demanda où elle était. Elle avait perdu connaissance, il faisait nuit, elle avait froid. Elle se rendit compte qu'elle était assise dans un taxi et que le chauffeur, debout près de la portière, la regardait. Elle distingua des épaules, une casquette, une barbe… Curieux, un chauffeur de taxi barbu. Qu'elle était bête ! Évidemment, l'homme attendait qu'elle lui donne une adresse. Elle prit une profonde inspiration, pour maîtriser le tremblement de sa voix. Des larmes coulaient sur ses joues.

— 11 b, Caradoc Mansions, dit-elle dans un souffle.

L'homme ne bougea pas. Croyant qu'il n'avait pas entendu, elle répéta l'adresse.

Mr. John Brown ferma la portière et se mit au volant. Rosalind se laissa aller contre la banquette. Les larmes coulaient toujours sur ses joues, mais elle éprouvait une bizarre sensation de paix et de sécurité. Le cauchemar était fini. Un léger courant d'air frais passa par la vitre entrouverte. Elle se redressa brusquement. L'aquarelle pendait toujours à son poignet, maintenue par une ficelle. Elle s'en débarrassa et la jeta par la vitre.

Quand le taxi s'arrêta devant l'entrée de Caradoc Mansions, le compteur marquait dix-huit pence. Rosalind chercha son porte-monnaie dans son sac. Ses cheveux blonds, ses cils encore mouillés de larmes accrochaient la lumière du réverbère. Elle sortit une demi-couronne et la donna au chauffeur.

— Merci beaucoup, dit-elle avant de gravir les marches du perron.

John Brown monta dans son taxi et retourna à Nym's Row.

XVII

Bernard Mannister rentra chez lui environ une heure après que Rosalind Denny se fut trouvée mal devant sa maison. Jeremy commençait à se dire que le brouillard avait retardé le train quand il entendit claquer la porte d'entrée. Mannister s'avança dans la bibliothèque, interpellant le majordome par-dessus son épaule.

— Du thé, James. Le plus vite possible.

Il se dirigea vers la cheminée, mains tendues.

— Quel froid de loup ! J'espère que l'Albert Hall sera plein malgré tout. Vous avez recopié mon discours ?

Jeremy réprima une grimace. Recopié ! Alors qu'il avait passé des heures à le remanier !

— Oui, monsieur, il est prêt.

Mannister se planta devant l'âtre, prit une pose d'orateur et se mit à feuilleter le manuscrit d'un air important.

— Vous avez fait des coupures !

— Votre allocution ne doit pas dépasser dix minutes, monsieur.

— Que voulez-vous que je dise en dix minutes ! se récria Mannister, qui se mit à déclamer le texte d'une voix de stentor.

James apporta le thé au moment où il achevait de lire la dernière page.

— Dix minutes et trente secondes, dit-il en jetant un coup d'œil à la pendule de la cheminée.

Il but une tasse de thé fumant sans prendre la peine de s'asseoir. Entre deux gorgées, il demanda à Jeremy combien de temps il lui faudrait pour mémoriser le discours. Sans attendre la réponse, il affirma qu'en général il lui suffisait de lire deux fois un texte pour le retenir, la première fois pour le sens général, la seconde pour les détails.

Il relut le manuscrit en marmonnant d'une voix inaudible, se versa une autre tasse de thé et, lançant les feuillets à Jeremy, entreprit de lui prouver qu'il connaissait son texte par cœur.

Le spectacle fut plutôt bon. Jeremy lui exprima son admiration, après quoi Mannister se servit une troisième tasse de thé et se laissa choir dans un fauteuil.

— Ce sera tout, Ware. Laissez le manuscrit sur la table. Je le relirai une dernière fois avant de partir. Oh, encore une chose : il doit y avoir dans le coffre une lettre que j'aimerais montrer au Premier ministre. Pouvez-vous la sortir ? Tenez, voici la clé.

Il lui tendit son trousseau.

Tout en faisant pivoter le pan de bibliothèque qui masquait le coffre-fort, Jeremy se remémora les événements : entre minuit et une heure du matin, dans la nuit du samedi au dimanche, il avait vu Rachel ouvrir le coffre avec cette même clé. Comment était-elle arrivée entre ses mains ? Mannister avait la clé sur lui le samedi à quatre heures ; à minuit, elle était en possession de Rachel, et le lundi à cinq heures, Mannister l'avait à nouveau sur lui.

Il introduisit la clé dans la serrure.

À quatre heures, le samedi après-midi, une enveloppe bleue contenant une lettre de la plus haute importance se trouvait dans le coffre. À minuit, Jeremy l'avait découverte dans un tiroir fermé à clé de son propre bureau et remise à sa place dans le coffre. À cinq heures ce lundi, il se demandait si elle y était encore.

Toutes ces pensées traversèrent son esprit en une fraction de seconde. Quoi qu'il arrivât, il ne devait pas hésiter. Mannister l'observait avec attention, depuis son fauteuil.

Jeremy ouvrit la porte du coffre et demanda par-dessus son épaule :

— Quelle lettre voulez-vous, monsieur ?

Il fut heureux de constater que sa voix n'avait pas tremblé. Mannister scruta l'intérieur du coffre et fronça les sourcils.

— La bleue, là… juste devant vous ! fit-il d'un ton dur et impatient.

Jeremy tourna la tête et vit l'enveloppe, sous son nez, là où il l'avait laissée à une heure du matin, dans la nuit de samedi à dimanche. Il la prit et regarda à nouveau par-dessus son épaule.

— Dois-je refermer le coffre, monsieur ?

— Évidemment ! Quelle question !

Jeremy repoussa le pan de bibliothèque, apporta l'enveloppe à Mannister et lui rendit son trousseau de clés.

— Ce sera tout, monsieur ?

Mannister prit la lettre et les clés, le front plissé.

— Oui, ce sera tout, fit-il sèchement. Vous pouvez y aller.

Jeremy ne demandait que ça !

À neuf heures, il sonnait à la porte de Mr. Benbow Collingwood Horatio Smith. Il avait pris soin de consulter le *Who's Who* à son sujet. Il se souvint que son essai, *Le Problème européen,* se trouvait en bonne place dans la bibliothèque de Gilbert Denny. Gilbert lui avait souvent parlé de son auteur.

Miller, le valet de Smith, prit son chapeau et son manteau avec solennité, ouvrit une porte sur la droite du vestibule, annonça « Mr. Ware » et se retira sans bruit.

Smith, qui se tenait devant la cheminée, s'avança pour lui serrer la main. Depuis son perchoir près de la fenêtre, Ananias, anormalement silencieux, contemplait le visiteur.

— Aimez-vous les perroquets ? s'enquit Mr. Smith.

— Je ne saurais vous répondre, monsieur. C'est la première fois que j'en vois un.

Smith s'approcha de la fenêtre, gratta le volatile derrière l'oreille et dit sans se retourner :

— Je vous présente Ananias.

L'oiseau pencha la tête vers Jeremy. Il ouvrit le bec, mais aucun son n'en sortit.

— Eh bien, Ananias, j'attends ! Tu ne salues pas notre hôte ?

Jeremy avança la main. Ananias la regarda de côté de son œil noir brillant cerclé de rouge. Mr. Smith observait l'animal avec grand intérêt. Le perroquet souleva lentement une patte écailleuse, saisit l'index de Jeremy et le serra avec force. Puis il souleva l'autre patte, prit appui sur la main de Jeremy et grimpa le long de sa manche. Quand il atteignit son épaule, il se balança en roucoulant *Johnny vient à Hilo*[1]. Ensuite il prit le lobe de l'oreille de Jeremy dans son bec et commença à tirer doucement dessus.

Mr. Smith, après avoir contemplé la scène avec un plaisir évident, remit Ananias sur son perchoir. Celui-ci manifesta son désaccord en jurant en arabe et en espagnol.

Smith retourna vers la cheminée.

— Voyons… Ah oui ! Les plans… Au fait, pourquoi suis-je supposé penser à une carte ?

1. Célèbre chant de marins américain. *(N.d.T.)*

Il ôta ses lunettes et les essuya avec un mouchoir en soie.

— N'êtes-vous pas venu me voir à propos d'une carte ?

— Si, monsieur. L'autre jour, dans le parc, vous m'avez aimablement proposé…

— Dans le parc ? En effet, je me souviens… un plan de Londres du XVIIe siècle.

Il se dirigea vers le mur de droite, couvert de livres du sol au plafond, et monta à l'échelle coulissante. À ce moment, la porte s'ouvrit sur Miller, qui apportait le café. Il déposa le plateau sur une table basse entre deux fauteuils et sortit. Jeremy admira encore la façon dont il referma la porte sans faire de bruit.

Mr. Smith descendit de l'échelle, un livre à la main et un autre coincé sous le bras. Il prit place dans l'un des fauteuils et se mit à tourner les pages du premier.

— À quel quartier vous intéressez-vous ?

— Marsh Street et ses alentours.

Smith fronça les sourcils, prit l'autre livre, déplia une carte et fit signe à Jeremy de s'approcher. Celui-ci désigna un point.

— C'est là, monsieur.

— Marsh Street… la rue du Marais… un nom ancien… Il n'y a plus de marais depuis longtemps…

Son regard suivit le doigt de Jeremy.

— Tilt Street, la rue du Champ-Clos. Des tournois et des joutes devaient s'y dérouler. Tiens, et celle-là, Nym's Row. Vous vous souvenez de Nym, Bardolph et Pistol[1] ? Je ne pense pas que le nom ait survécu au XVIIIe siècle. Curieux que Nym soit la contraction d'Edmund. J'ai toujours voulu savoir pourquoi.

Il laissa la carte glisser par terre et prit l'autre ouvrage.

1. Noms de trois soldats apparaissant dans *Henri V*, de Shakespeare. *(N.d.T.)*

— Ce n'est pas celle-là, celle-là non plus… Ah, j'y suis ! Regardez : voici Marsh Road, et Tilt Street, avec une auberge au coin, *Au lion d'or.* Et puis voilà le marais… Et ce groupe de maisons, là, se trouve plus ou moins sur l'emplacement de Nym's Row. Attendez, ils disent quelque chose sur l'auberge…

Il feuilleta quelques pages.

— Voilà… un champ clos, une auberge datant du XIVe siècle, célèbre pour ses immenses caves voûtées… détruite en 1770. La maison actuelle fut construite sur ses ruines, selon Henry Isaacson, l'auteur de cette monographie écrite en 1832. Je saute un passage assez ennuyeux dans lequel il exprime sa satisfaction à voir « un marais désert et méphitique transformé en quartier avenant habité par des personnes respectables, parmi lesquelles on compte un éminent théologien et au moins un membre de la noblesse ».

Ananias poussa un cri perçant et s'écria :

— *Ô Seigneur, ô Seigneur, ô Seigneur !*

Smith tourna son doux regard vers son visiteur.

— Est-ce tout ce que vous désiriez savoir ?

— Oui, monsieur. Merci infiniment.

Ananias battit des ailes et dit d'une voix câline :

— Johnny vient à Hilo… *Oh, le pauvre homme !*

Mr. Smith referma le livre et le tendit à Jeremy.

— Si vous voulez l'emporter chez vous… Henry Isaacson est un auteur assommant, mais un collecteur minutieux et un bon dessinateur. Cet ouvrage est un exemplaire unique. Je n'en connais pas d'autre sur le marché.

Ananias allait et venait sur son perchoir en battant des ailes et en scandant *Johnny vient à Hilo…*

— Vous lui plaisez énormément, remarqua Mr. Smith. Très surprenant.

— Ah ?

— Sans aucun doute. Il réserve *Johnny vient à Hilo* à quelques rares personnes, dont ma chère nièce Susan. Voulez-vous du café, jeune homme ? Noir ou avec du lait ?

— Noir, s'il vous plaît.

Le breuvage était délicieux.

— Ananias, fit Mr. Smith par-dessus son épaule, si tu n'arrêtes pas de crier, tu n'auras pas de sucre.

Le perroquet rentra la tête dans ses épaules et se mit à marmotter :

— *Mumbo Jumbo, Mumbo Jumbo t'envoûtera.*

— Tiens, tiens, cela me rappelle… reprit Mr. Smith. Mon Dieu, je perds la mémoire… (Il imaginait le sourire sardonique de Frank Garrett en l'entendant.) Auriez-vous par hasard connu un certain Gilbert Denny ?

— J'étais son secrétaire.

— Ah, tout s'explique ! Quand j'ai entendu votre nom… Je n'ai pas eu le plaisir de rencontrer Denny, mais un membre de sa famille est un vieil ami à moi. Voilà pourquoi votre nom me disait quelque chose.

— *Mumbo Jumbo t'envoûtera*, répéta Ananias d'un ton boudeur.

Puis il reprit, plus guilleret :

— *Johnny vient à Hilo !*

— Tais-toi, Ananias…

Mr. Smith regarda au-delà de Jeremy, comme s'il attendait quelque chose. Sans savoir pourquoi, celui-ci se sentit obligé d'ajouter :

— Je travaille pour Mr. Mannister, à présent.

— Bernard Mannister ?

— Oui, monsieur.

— *Le pauvre homme !* fit Ananias d'un ton attendri.

Jeremy éclata de rire.

— Il parle vraiment bien !

— Ananias ? Il parle trop. Mais il a du flair. Un flair indubitable.

Jeremy cessa brusquement de rire. « Le pauvre homme… », avait dit le perroquet. Où avait-il entendu… Rachel ! « Pauvre Jeremy Ware… »

— Ananias se passionne pour Vachel Lindsay en ce moment. Connaissez-vous le poème *Le Congo* ? Je le lui ai appris. Il l'adore ! « Regarde où tu mets les pieds », hein, Ananias ?

Le perroquet écoutait, bec ouvert, découvrant une langue noire et calleuse.

— Mannister, hein… reprit Smith en buvant une gorgée de café. N'avez-vous pas un collègue qui s'appelle Deane, Geoffrey Deane ? J'ai connu un Deane, il y a fort longtemps… Pourriez-vous me le décrire ?

— Je ne suis guère doué pour les descriptions… Voyons… pas très grand, plutôt blond, des lunettes, travailleur, pointilleux…

— Je vois… une agréable compagnie…

— En réalité, nous nous croisons rarement. Il s'occupe des affaires privées de Mr. Mannister, de ses déplacements. Et depuis quelques jours, il est absent pour raison de santé.

— Vous vivez tous deux chez votre employeur, je suppose… fit Mr. Smith du ton ennuyé qu'emploie un homme d'âge mûr à court de conversation avec une personne beaucoup plus jeune que lui.

— Moi, non ! Dieu merci… répondit Jeremy. Je loue un meublé dans une petite rue derrière Marsh Street.

— Et ce Mr. Keen…

— Deane, monsieur. Eh bien, oui et non…

— Vous voulez dire qu'il aurait un don d'ubiquité ? Ce doit être palpitant ! La difficulté à mon avis réside dans la synchronisation des deux expériences

– ou plutôt dans leur manque de synchronisation. Comment les faire coïncider sans risquer de se casser la figure ?

Jeremy sourit. Il appréciait l'humour de Mr. Smith.

— Je ne pense pas que ce pauvre Deane mène une vie bien palpitante. Il a une chambre chez Mr. Mannister parce que celui-ci aime à l'avoir sous la main, mais il loue un garni où il se réfugie quand Mr. Mannister n'a pas besoin de lui. Ce dernier est souvent en déplacement…

— Je vois…

Mr. Smith semblait avoir perdu tout intérêt pour Geoffrey Deane.

Jeremy posa sa tasse et se leva.

— Encore merci de cette invitation, monsieur. Je prendrai soin de votre livre. Puis-je dire au revoir à Ananias ?

— Cela le comblerait d'aise.

Ananias lui fit de grandes démonstrations d'amitié en lui mordillant doucement le doigt. Quand la porte se referma derrière Jeremy, il poussa un cri furieux. Mr. Smith resta à ses côtés et le caressa d'un air absent.

— Je comprends ce que tu ressens, murmura-t-il. Patience, Ananias, patience…

XVIII

Jeremy revint à Nym's Row et trouva le voisinage particulièrement paisible. Chez les Evans, les lumières étaient éteintes, ainsi que chez les Walker. Un rai filtrant sous un store baissé suggérait que Mr. John Brown n'était pas encore couché.

Jeremy monta dans sa chambre, alluma la lumière et s'assit dans son fauteuil miteux pour lire la prose d'Henry Isaacson. Comme l'avait dit Mr. Smith, c'était un auteur prolixe et ennuyeux. Pas étonnant que si peu d'exemplaires de sa monographie aient été conservés ! D'une masse impressionnante de verbiage, Jeremy parvint à extraire quelques détails intéressants : Isaacson, ayant habité au 20, Marsh Street, commentait abondamment la vie du quartier. Marsh Street s'appelait à l'époque Marsh Road et contournait le marais. L'auberge du *Lion d'or* avait mauvaise réputation : un certain Nicholas Marsden, impliqué dans la Conspiration des Poudres, y avait logé. Plus tard, on parla de disparitions mystérieuses de voyageurs. Voleurs et vauriens la fréquentaient pour la qualité de ses alcools, vieillis en fûts dans ses immenses caves voûtées. Mr. Isaacson avait ajouté une note de bas de page, imprimée en caractères minuscules :

Mr. L., longtemps valet chez Sir H. P., m'a informé vers 1810 que ces caves, situées sous la maison de

Sir H. P. et celle du révérend docteur S., existent toujours. Selon lui, elles possèdent des plafonds en plein cintre ressemblant à ceux que l'on peut voir dans de vieilles églises. Quand je lui ai demandé si ces caves communiquaient, il m'a répondu qu'elles étaient séparées par des murs et que Sir H. P. disait en plaisantant que pour rien au monde il ne les ferait abattre, car qu'est-ce qu'un éminent théologien comme le révérend docteur S. ferait d'une cave aussi immense ?

S'ensuivait une anecdote interminable au sujet de Sir H. P.

Jeremy poursuivit sa lecture, sans trouver d'autres renseignements intéressants. De temps en temps, il allait jeter un coup d'œil à sa fenêtre.

La chambre de Bernard Mannister donnait dans Marsh Street, mais la fenêtre de son dressing ouvrait sur Nym's Row. À minuit moins le quart, la lumière s'alluma ; une vague lueur filtra à travers le store et les rideaux tirés. Au bout de dix minutes, le store fut relevé et la fenêtre s'ouvrit. Jeremy devina la silhouette de Mannister, entre les rideaux écartés. Celui-ci resta là, immobile, environ une minute, puis rabaissa le store et éteignit la lumière.

À minuit et demi, Jeremy Ware prit la torche qu'il avait achetée dans l'après-midi, escalada le mur et pénétra une nouvelle fois dans l'arrière-cuisine du 29, Marsh Street. Il descendit directement dans la cave où Rachel s'était volatilisée. À la lumière de la torche, il examina les murs, un solide appareil de gros blocs de pierre. Il eut beau cogner, frapper, gratter, il ne trouva aucune trace d'un passage secret. Il sortit de la cave, emprunta le couloir sur lequel donnaient trois portes ; l'une d'elles était verrouillée, les deux autres ouvraient sur des pièces vides. Il remonta l'escalier et éteignit la lumière avant d'ouvrir la porte située en haut des marches. C'est alors qu'il entendit un bruit, près des cuisines.

Quelqu'un descendait l'escalier venant du vestibule.

Jeremy courut se cacher dans la cuisine et guetta par l'entrebâillement de la porte : il vit danser un rond de lumière guère plus gros qu'une pièce de monnaie et aperçut une forme humaine, sans distinguer la main qui tenait la lampe électrique. Celle-ci joua sur la porte de la cave, qui s'ouvrit. La lumière éclaira le plafond au-dessus des marches. Une tête encapuchonnée se dessina vaguement, puis disparut derrière la porte.

Ce n'était pas Rachel. Jeremy en aurait mis sa main au feu. Et il n'avait aucune envie de suivre cette petite lueur qui descendait vers les caves. Il rempocha sa torche et se glissa dehors par la fenêtre de l'arrière-cuisine. L'air était froid et brumeux. Il s'apprêtait à escalader le mur qui donnait dans la cour des Walker, quand il sentit bouger derrière lui, sur la droite. Quelqu'un se laissa tomber du mur séparant le jardinet du 29, Marsh Street des maisons de Tilt Street, passa devant Jeremy en courant et grimpa par la gauche le mur que Jeremy s'apprêtait à franchir par la droite. L'homme n'atterrit donc pas dans la cour des Walker, mais dans la cour voisine ; un morceau de verre ou de porcelaine craqua sous son pied.

Jeremy attendit un moment avant de regagner sa chambre.

L'appartement voisin appartenait à Mrs. Beamish, corpulente veuve d'un respectable cocher. Elle n'avait ni fils ni frères. Elle louait la chambre de devant à John Brown, le chauffeur de taxi. Si Brown aimait jouer les monte-en-l'air la nuit, il savait qu'il ne risquait pas de déranger sa logeuse ; Mrs. Beamish avait coutume de dire que le plus bruyant des réveille-matin ne parvenait pas à la faire sortir des bras de Morphée.

Jeremy regarda par la fenêtre de sa chambre l'alignement des cours sombres et silencieuses, en songeant qu'il était mal placé pour juger des expéditions nocturnes de Mr. Brown. Il avait pris un risque sérieux ce soir-là, pour un résultat des plus maigres : s'apercevoir que Rachel n'était pas la seule personne à se promener dans les caves de Marsh Street ! D'ailleurs, s'y serait-elle aventurée en pleine nuit si on ne lui avait pas montré le chemin ? Elle avait peut-être suivi quelqu'un, un jour qu'elle était éveillée, et refait le parcours dans un état somnambulique.

Mais qui avait-il vu ce soir-là dans les caves ? L'annuaire téléphonique disait que l'occupant du numéro 1, Tilt Street était une certaine Miss P. Dart. À première vue, le nom d'une vieille demoiselle. La façade de la maison ressemblait en tout point à celle des demeures voisines, à l'exception de la plaque indiquant le numéro de la rue ; alors que chacune était en cuivre, le chiffre 1 était peint sur du métal argenté. Jeremy avait aussi noté en passant le velours noir des rideaux du rez-de-chaussée.

De sa fenêtre, il voyait l'arrière de trois maisons de Tilt Street. Rachel vivait donc là, dans un rayon de cent mètres. Jeremy se demandait quelle stratégie adopter. Quelqu'un, très proche, cherchait à le piéger ; il ne fallait pas lui offrir une chance de parvenir à ses fins. Par ailleurs, il ne pouvait quitter son travail sans donner un préavis d'un mois à son employeur ; si ce quelqu'un lui en voulait vraiment, il aurait le mois pour mettre son plan à exécution. Et comment retrouver du travail, s'il quittait son poste dans des circonstances douteuses et si Mannister lui refusait une lettre de référence ? Mais par-dessus tout, il tenait à savoir qui lui tendait ce traquenard et pour quel motif. Il avait beau se creuser la cervelle, il ne trouvait aucune explication.

Jeremy resta longtemps à sa fenêtre, à contempler l'obscurité. S'il avait mieux connu Mr. Smith, il lui aurait volontiers exposé son problème, afin de solliciter son avis – il est plus aisé de confier ses soucis à un inconnu qui ne se laisse pas influencer par ses sentiments personnels à votre égard. Curieusement, Jeremy était convaincu d'être en parfaite sécurité entre les mains de Smith. Mais celui-ci s'imaginerait probablement qu'il était fou.

Il quitta la fenêtre et se déshabilla en fredonnant :

Nous avons tous connu des hauts et des bas
Le destin nous a bien eus...

XIX

Le lendemain matin vers onze heures, le téléphone sonna dans le salon de Rosalind Denny. L'appareil était accroché au mur, dans l'embrasure de la fenêtre, caché par les plis du rideau. Rosalind repoussa le lourd drapé, tout en portant le récepteur à son oreille. Une voix lui parvint, faible et indistincte.

— Allô ! fit Rosalind. Allô ! Excusez-moi, je vous entends très mal.

— Êtes-vous seule, Mrs. Denny ?

Rosalind écarta légèrement le combiné de son oreille. Quelle drôle de question !...

— Qui êtes-vous ? Qui est à l'appareil ?

— Je viens vous parler affaires, Mrs. Denny. Je crois savoir que la succession de Mr. Gilbert Denny est maintenant réglée...

Rosalind fronça les sourcils.

— M'appelez-vous de l'étude de maître Pargiter ?

Le notaire lui avait justement écrit la semaine précédente pour lui dire que le dossier était bouclé.

— Oh, pas du tout, fit la voix.

— Je crains de ne pas comprendre.

— Je vais vous expliquer. Vous auriez pu être contactée plus tôt, mais il valait mieux attendre que la succession soit liquidée.

— Que voulez-vous dire ?

— J'ai sous les yeux une lettre de Mr. Gilbert Denny que vous aimeriez, j'en suis sûr, avoir en votre possession.

— Une lettre ? Pouvez-vous me donner votre nom, s'il vous plaît ?

— C'est du nom de Mr. Denny qu'il est question, pas du mien.

Rosalind sentit ses joues s'empourprer.

— S'agit-il de chantage ?

— Vous avez tort d'utiliser ce mot, Mrs. Denny.

Rosalind lâcha le pan de rideau. Par la fenêtre, elle vit un nuage obscurcir le bleu du ciel.

— Je suppose que vous m'avez téléphoné pour me demander quelque chose ? Je vous écoute.

— Dans cette lettre, Gilbert Denny propose de monnayer certains renseignements. Vous vous souvenez peut-être de la malheureuse fuite qui s'était produite dans son service à l'automne 1929 ? La lettre révèle l'origine de l'indiscrétion.

— C'est faux ! s'insurgea Rosalind. C'est impossible !

— Votre réaction est tout à fait compréhensible. Pourtant je suis sûr que vous vous êtes aperçue que votre mari vous cachait quelque chose. S'il avait vécu, le scandale n'aurait pu être évité. Posez la question au colonel Garrett… Bref, je crois que cette lettre serait mieux entre vos mains. Sa publication vous serait très dommageable… Vous vous retrouveriez dans une situation, disons… délicate.

— Cette lettre n'existe pas, s'entêta Rosalind.

— Vous en recevrez une copie, fit la voix. J'espère que vous serez convaincue…

Il y eut un déclic. On avait raccroché.

Pendant de longues secondes, Rosalind n'entendit plus que les battements précipités de son cœur. Puis elle se calma et parvint à respirer normalement. La peur l'avait quittée, la laissant dans un état de rage froide. D'une main encore tremblante, elle s'empara du combiné et composa un numéro.

Une voix répondit :

— Allô !

— Puis-je parler à Mr. Ware ?

— Mr. Ware est sorti, fit Bernard Mannister dont le ton laissait entendre qu'il n'appréciait pas du tout qu'on dérangeât son secrétaire pendant ses heures de travail.

Rosalind raccrocha vivement et sortit aussitôt envoyer un télégramme à Jeremy Ware, à Nym's Row. « Je dois vous voir sur-le-champ. Je vous attends chez moi. Mrs. Denny. »

Jeremy arriva à sept heures et se trouva face à une Rosalind qui n'était ni l'étrangère chez laquelle il avait déjeuné le dimanche précédent, ni la douce jeune femme qu'il avait toujours connue. Elle tendit la main pour le saluer, mais la retira bien vite, comme si son contact allait la salir, puis se dirigea vers la cheminée, raide et guindée dans sa longue robe de velours noir. Son cou d'albâtre ne portait aucun bijou. Ses yeux étaient cernés. Elle fixa sur son visiteur un regard dur et lança d'un ton accusateur :

— Pourquoi avez-vous mis si longtemps à venir ?

— Je… je n'ai eu votre télégramme qu'en rentrant chez moi, répondit Jeremy, désarçonné. Je suis resté au bureau jusqu'à six heures et demie.

— J'ai téléphoné ce matin, mais vous étiez sorti.

— Oui, Mr. Mannister m'avait envoyé faire une course.

— Et où vous a-t-il envoyé ?

La surprise de Jeremy se mua en agacement. Que signifiaient ce ton inquisiteur et cet air hautain ? Puis surprise et irritation laissèrent place à l'inquiétude.

— Que se passe-t-il, Mrs. Denny ? Qu'est-il arrivé ?

Rosalind ne le quittait pas des yeux.

— Où étiez-vous ce matin à onze heures ?

Jeremy fronça les sourcils.

— Voyons.. Je sortais du métro… Je revenais d'un rendez-vous avec un journaliste… En général, c'est Deane qui se charge des interviews, mais il s'est encore octroyé une journée de congé.

— Êtes-vous passé devant une cabine téléphonique ? l'interrompit Rosalind, sèchement.

Qu'avait-elle derrière le tête ? Jeremy eut l'impression qu'elle était fiévreuse : ses yeux brillaient, ses lèvres semblaient desséchées et deux taches rouges coloraient ses joues.

— Je ne sais pas. Il doit y en avoir une à la sortie du métro.

Rosalind fit un pas en avant.

— M'avez-vous appelée ?

— Non. Qu'est-ce qui vous fait penser ça ?

— M'avez-vous appelée, oui ou non ?

— Je viens de vous dire que non.

Elle continuait à l'observer, l'œil dur et brillant. Jeremy s'approcha d'elle et lui prit le bras.

— Mrs. Denny, vous n'êtes pas bien… Vous ne voulez pas vous asseoir et me dire ce qui se passe ? Qu'est-ce qui vous fait penser que je vous ai téléphoné ?

Il la sentit frémir à son contact. Elle s'écarta d'un geste résolu.

— Très bien, asseyons-nous.

Elle s'installa à un bout du canapé et lui désigna l'autre extrémité.

— Maintenant, dites-moi franchement si vous m'avez téléphoné ce matin.

— Par deux fois, je vous ai répondu. Vous, en revanche, ne l'avez pas fait.

Elle se tenait très droite au bord du canapé.

— Je vais vous répondre, mais écoutez-moi sans m'interrompre. J'ai reçu un appel ce matin. J'entendais à peine la personne au bout du fil. La ligne était mauvaise, ou alors l'homme déguisait sa voix. Au début, je n'aurais même pas pu jurer qu'il s'agissait d'une voix masculine.

— Que vous a-t-il dit ?

— Je pensais que vous le saviez…

Jeremy changea de couleur.

— Attendez… Qu'allez-vous imaginer ? Que je passe des coups de fil anonymes ?

Rosalind ébaucha un geste vers lui, puis se ravisa et ferma les yeux.

— Ce n'était donc pas vous ? fit-elle tout bas, d'un ton hésitant.

Cette fois, Jeremy se fâcha.

— J'ignore de quoi vous parlez ! Je vous répète pour la énième fois que je ne vous ai pas téléphoné ! Ce que vous allez me dire, en revanche, c'est pourquoi vous pensez que je l'ai fait !

Rosalind rouvrit les yeux. Jeremy y lut une détresse qui lui brisa le cœur.

— Racontez-moi…

— Il… il m'a dit qu'il possédait une lettre de Gilbert… et que si celle-ci était publiée…

Jeremy bondit sur ses pieds.

— Du chantage ? Et vous pensiez que c'était moi ? Merci, Mrs. Denny !

— Jeremy…

Il tenta de se dominer. Pendant des années, il avait entretenu avec Rosalind une relation délicieuse : elle le traitait comme un jeune frère, lui éprouvait pour elle une tendresse indéfinissable. Et en une fraction de seconde, cette relation venait de voler en éclats.

Elle l'accusait de la faire chanter, lui qui l'avait placée sur un piédestal !

Rosalind ne bougea pas.

— Jeremy… j'ai peur.

Il la dominait de toute sa taille, sourcils froncés.

— Qu'est-ce qui vous fait penser que c'était moi ?

— La voix. C'était la vôtre.

— Comment cela, ma voix ?

— Au début, elle était presque inaudible. Puis il a parlé plus distinctement. C'était votre voix.

— Tiens donc… Et je vous ai dit quoi ?

La dureté de son ton la fit vaciller.

— Il… il disait qu'il avait une lettre… qu'il m'enverrait une copie…

— Et c'était ma voix ?

— Oui.

Jeremy se mit à arpenter la pièce de long en large. Si quelqu'un était capable d'imiter sa signature, pourquoi pas sa voix ?

Il s'immobilisa devant Rosalind et la dévisagea : ses yeux étaient creux, ses lèvres exsangues, son expression hagarde. Il sentit sa colère fondre.

— Vous persistez à croire que c'était moi ? s'enquit-il, radouci.

— Pas vraiment… J'ai reçu un tel choc… Il fallait que je vous en parle. Si j'avais cru pour de bon que c'était vous, je ne vous aurais pas demandé de venir ici, n'est-ce pas ? Depuis ce matin, je veux vous entendre dire que ce n'est pas vous…

Elle se laissa aller contre les coussins du canapé. Des larmes perlèrent à ses cils et roulèrent sur ses joues. Ému, Jeremy s'assit près d'elle et lui prit la main. Elle était glacée.

— Mrs. Denny, ne pleurez pas. Loin de moi l'idée de vous faire de la peine. Je suis un grossier personnage. Je vous en prie, reprenez-vous. Quelqu'un cherche à nous nuire, c'est évident. J'aimerais vous en parler, mais promettez-moi que vous n'allez pas vous trouver mal…

— Je suis prête à tout entendre. Oh, Jeremy, vous êtes si gentil…

Celui-ci lui tendit son mouchoir.

— Essuyez vos larmes. Ensuite, nous essayerons de découvrir le pot aux roses.

Rosalind s'exécuta docilement, puis se redressa, le mouchoir chiffonné entre les mains.

— J'ai… j'ai peur, répéta-t-elle.

— De ce que vous allez découvrir ?

La voyant baisser la tête sans répondre, Jeremy réfléchit : le coup de téléphone avait été passé vers onze heures du matin ; il serait bientôt huit heures. Une lettre postée à midi aurait largement eu le temps d'arriver.

— Vous avez reçu la lettre, affirma-t-il d'un ton brusque.

Rosalind tressaillit.

— Comment avez-vous deviné ?

— Montrez-la-moi.

Elle hésita un instant, puis sortit une enveloppe de derrière un coussin et la lui tendit. Jeremy examina le cachet : elle avait été postée à 12 h 30, à quelque deux cents mètres de l'endroit où il se trouvait vers midi ! L'auteur de l'appel anonyme devait surveiller ses faits et gestes.

Au moment où il dépliait la lettre, Rosalind poussa un cri.

— Non, Jeremy !

Il releva la tête et vit passer une lueur affolée dans ses yeux. Tout à coup, il se sentit beaucoup plus mûr qu'elle.

— Que craignez-vous, Rosalind ? Il ne faut pas avoir peur. Je vous répète que l'on cherche à nous piéger.

Il étala la feuille devant lui : le nom du destinataire n'y figurait pas, mais la lettre était signée GD, le paraphe si particulier de Gilbert Denny. Quant à l'écriture, pour l'avoir vue des centaines et des centaines de fois, Jeremy l'aurait juré : c'était celle de son ancien employeur.

Il lut la lettre de bout en bout, horrifié.

Très franchement, le jeu n'en vaut pas la chandelle. Augmentez votre offre ou vous n'obtiendrez rien de moi. N'oubliez pas que vous me demandez de mettre ma carrière en danger. J'ignore ce que vous souhaitez obtenir, mais une chose est certaine, vous pouvez payer mon prix. En fait, comme Clive, je suis surpris par ma propre modération : mille livres sur mon compte en banque et le reste en liquide, en petites coupures.

La lettre était datée du 1er octobre 1929.

Jeremy releva vivement la tête.

— Mr. Denny n'a jamais écrit ça !

— Non, chuchota Rosalind, mais son regard effaré démentait sa réponse.

— Vous ne pensez pas sérieusement que votre mari a écrit ce torchon ?

Elle ne répondit pas. Les muscles de son visage étaient crispés, comme si elle s'apprêtait à recevoir une gifle.

Jeremy couvrit sa main de la sienne.

— Écoutez, Rosalind, nous devons mettre tout cela au clair. Il s'agit de l'écriture de Gilbert, mais ce n'est pas lui qui a rédigé cette lettre, d'accord ? Il se trame quelque chose… J'ignore encore de quoi il s'agit. Je veux que vous vous repreniez et que vous m'écoutiez. Vous pourrez pleurer tout votre soûl plus tard, mais pour l'instant, j'ai besoin de votre entière attention.

Un peu de couleur revint aux joues de la jeune femme. Elle prit une grande inspiration et dégagea sa main.

À ce moment, la porte s'ouvrit sur Perry, la gouvernante modèle de Janet Fortescue. Ses formes généreuses étaient prises dans un corset à baleines et une jupe à la mode des années 1900. Elle portait un tablier brodé et un bonnet de dentelle à l'ancienne posé sur une base en crin de cheval autour de laquelle s'enroulaient ses cheveux gris tressés en natte. Elle respirait avec difficulté tant son corset la serrait.

— Mr. Ware va-t-il rester dîner, madame ?

Rosalind se tourna vers son visiteur.

— Voulez-vous dîner avec moi, Jeremy ?

— Je ne suis pas habillé…

— Quelle importance ! Oui, Mr. Ware va rester, Perry. Mais nous ne dînerons pas tout de suite. Nous avons du travail.

Perry se retira majestueusement, non sans lui avoir lancé un regard de reproche.

— Un vrai majordome en jupons ! remarqua Jeremy en souriant dès que la porte fut refermée. Bien, reprenons.

L'intrusion de Perry avait changé l'atmosphère de la pièce ; elle vivait dans un monde où les choses suivaient un ordre immuable et sacré : un jour, elle faisait le salon à fond, le lendemain elle frottait l'argenterie. Chaque matin, chaque midi, chaque soir, elle sonnait la cloche des repas à heure fixe. Curieusement, son apparition sur le seuil de la porte avait fait davantage pour convaincre Rosalind de l'innocence de Gilbert que tous les arguments déployés par Jeremy : ces horreurs n'existaient pas dans l'univers ordonné et rassurant de Perry.

Jeremy sortit alors de la poche intérieure de sa veste une feuille de papier déchirée qu'il posa sur les genoux de Rosalind. Elle y vit sa signature, « Jeremy Ware », répétée à plusieurs reprises.

— Qu'est-ce que c'est ? demanda-t-elle en fronçant les sourcils.

— Justement, j'aimerais bien le savoir. Qu'en pensez-vous ?

— C'est votre signature.

— Vous la reconnaissez ? C'est bien la mienne ?

— Oui, sans aucun doute.

— Et pourtant, elle n'est pas de ma main. Pas plus que la lettre de votre mari n'est de la sienne.

— En êtes-vous certain ?

— Tout à fait. Écoutez, ce matin, quelqu'un vous a téléphoné en imitant ma voix avec une telle perfection que vous étiez persuadée que c'était moi, et prête à m'accuser de chantage. Je ne vous ai pas appelée et je ne vous ai pas envoyé cette lettre, que d'ailleurs Gilbert n'a jamais écrite. M'avez-vous compris ? C'est très important, Rosalind.

Plusieurs secondes s'écoulèrent avant qu'elle réponde à voix basse :

— Mais pourquoi, Jeremy ? Pourquoi ?

— C'est ce que nous devons découvrir.

XX

Pendant le long silence qui suivit, Jeremy rangea le feuillet déchiré dans son portefeuille, puis prit la lettre de Gilbert Denny et la plia en quatre.

— J'aimerais la garder, si vous n'y voyez pas d'inconvénient, dit-il en la glissant auprès de la feuille de papier.

Une méchante petite voix chuchota à l'oreille de Rosalind : « Il te l'a envoyée et il veut la récupérer. » Mais une autre voix, celle de son cœur, lui conseillait de faire confiance à Jeremy.

— Pourquoi voulez-vous la garder ? murmura-t-elle.

Il rempocha son portefeuille en riant.

— Je ne suis pas de ceux qui prétendent que les coïncidences n'existent pas ! Une coïncidence, passe encore… Comme disait la Reine blanche : « Il m'est arrivé quelquefois de croire jusqu'à six choses impossibles avant le petit déjeuner[1]. »

En l'entendant citer Lewis Carroll, Rosalind songea qu'elle ne serait pas assise à ses côtés si Jeremy était un ignoble maître chanteur, et non l'adorable garçon qu'elle avait toujours connu.

— Je veux bien croire à une chose impossible, reprit-il, mais pas à deux, et encore moins à trois. Or

1. *À travers le miroir*, chapitre 5. *(N.d.T.)*

nous en avons trois : une lettre que Gilbert n'a pas écrite, une signature qui n'est pas de ma main, ma voix qui vous appelle alors que ce n'est pas la mienne. Et je ne vous ai pas tout dit ! Si je vous racontais ce qui m'est arrivé cette semaine, vous me traiteriez probablement de menteur.

— Non, Jeremy. Nous réagissons différemment aux événements. Pour ma part, s'il m'arrive une chose étrange, puis une autre, la première me semble moins étrange que la seconde, et à la fin plus rien ne me surprend. Voulez-vous me dire ce qui vous est arrivé ?

Jeremy fronça les sourcils.

— Je ne sais pas... Je ne tiens pas à vous entraîner plus loin dans cette histoire. Je crois... je crois qu'au point où nous en sommes, nous avons besoin d'une aide extérieure.

La voyant tiquer, il ajouta très vite :

— Avez-vous déjà entendu parler de Mr. Benbow Collingwood Horatio Smith ?

— Oui, en effet. Un nom tout à fait extraordinaire.

— Une amirauté à lui tout seul ! plaisanta Jeremy. Que savez-vous de lui ?

Rosalind porta sa main à sa joue et réfléchit.

— Voyons... il a écrit un livre... Frank – Frank Garrett – parlait souvent de lui avec Gilbert. À l'époque, je n'y prêtais guère attention, mais oui, maintenant, ce nom me rappelle quelque chose...

— Et qu'en disaient-ils ?

— Attendez... Cela va me revenir... Oui, Frank disait que cet ouvrage était très intéressant... et Gilbert lui a fait remarquer que ce Mr. Smith était intuitif et perspicace. Je me souviens de sa phrase : « un observateur inspiré qui voit le jeu de tous les protagonistes ». Frank lui a répondu : « Nous aurions été battus une demi-douzaine de fois si Smith n'avait pas été là. » Que voulait-il dire, Jeremy ?

« Nous », dans la bouche de Frank Garrett, signifiait évidemment les services secrets de Sa Majesté. Jeremy se mit à rire. Il se sentit soudain sûr de lui et prêt à tout.

— Je crois que la plus grande des coïncidences aura été pour moi de rencontrer Mr. Smith sur un banc de Regent's Park.

Il se leva, comme mû par un ressort.

— Puis-je utiliser votre téléphone ?

Rosalind s'affola.

— Pour quoi faire ?

— Téléphoner à Mr. Smith !

Il avait traversé la moitié de la pièce quand elle le rappela.

— Attendez ! Qu'allez-vous lui dire ?

Il revint près d'elle.

— N'ayez pas peur, Rosalind, tout se passera bien. Je vais lui expliquer la situation. Cet homme est un sage. Il parle peu et sait écouter.

Elle le retint par la manche.

— Jeremy, rendez-moi cette lettre ! Il ne faut pas qu'il la lise !

— Et pourquoi ?

Elle s'accrocha à lui, avec désespoir.

— Je vous en supplie, Jeremy, n'allez pas le voir ! Non, ne partez pas si vite !

Elle tirait sur sa manche de toutes ses forces.

— Pourquoi ? répéta-t-il.

Comme elle ne répondait pas, il ajouta :

— Avez-vous une bonne raison ? Ne croyez-vous pas qu'il serait temps de me le dire ?

Elle le lâcha et se laissa aller contre les coussins, en murmurant :

— Attendez encore un peu… Ne vous précipitez pas…

— J'attends, en effet, que vous me donniez des explications.

— Jeremy… Je suis si fatiguée… Je ne parviens pas à penser clairement, mais je crains que cela ne soit pas raisonnable. Frank Garrett pense que vous…

— Il vous a mise en garde contre moi, n'est-ce pas ? s'exclama-t-il d'un ton coléreux.

— Ne vous fâchez pas… murmura-t-elle, épuisée. Je ne le supporterai pas.

— Il vous a dit de vous méfier de moi, c'est ça ? Voilà pourquoi vous étiez si distante dimanche, pendant le déjeuner. Dans ces conditions, il vaut mieux que je m'en aille. Au revoir, Mrs. Denny.

Il se dirigea vers la porte. Rosalind savait que s'il partait elle demeurerait seule et désespérée. Et puis n'avait-elle pas dit à Perry qu'il restait dîner ? Elle ne se sentait pas le courage d'affronter la désapprobation de l'auguste servante.

— S'il vous plaît, ne partez pas…

Jeremy revint sur ses pas, encore furieux, et s'adressa à elle comme un père qui sermonne sa fille.

— Le problème avec vous, Rosalind, c'est que vous ne faites confiance à personne. Nous nous connaissons depuis plus de trois ans, mais vous êtes prête à croire que je suis un maître chanteur ! Et si vous voulez m'empêcher de montrer cette lettre à Mr. Smith, c'est parce que vous n'êtes pas certaine de l'innocence de votre mari. Osez prétendre le contraire !

À peine eut-il terminé sa phrase qu'il se demanda comment elle allait réagir. Il aurait bien aimé la voir se mettre en colère, mais elle lui lança un regard de chien battu qui le bouleversa.

— Non, vous avez raison.

La rage de Jeremy s'évanouit. Il se sentit honteux, comme s'il avait frappé une créature trop faible pour se défendre. Il s'agenouilla devant elle et lui baisa la main.

— Je vous en prie, Rosalind, ne dites pas de bêtises.

— C'est ma nature. Vous savez, Gilbert était victime d'un maître chanteur. L'autre jour, Frank Garrett m'a pressée de questions : Gilbert paraissait-il soucieux ? Avais-je remarqué quoi que ce soit ? Je lui ai expliqué que j'avais surpris une conversation téléphonique. Il m'a alors demandé pourquoi je n'avais pas interrogé Gilbert. J'ai inventé une réponse, mais la vraie raison, Jeremy, c'est que j'avais peur. Si mon mari avait fait quelque chose de mal, je ne voulais pas le savoir. Oui, j'étais terrorisée, au point de ne plus supporter de rester en tête à tête avec lui. J'invitais des gens tous les jours. Nous ne nous voyions pratiquement jamais. Mon Dieu, s'il avait pu s'ouvrir à moi de ses soucis, il ne serait peut-être pas mort !

Jeremy étreignit sa main, très fort. Elle poursuivit d'une voix brisée :

— Frank m'a dit de ne pas vous faire confiance, et cette voyante me l'a dit aussi. Je ne les crois pas, bien sûr, mais je ne peux oublier leur avertissement. Je vous aimais comme si vous étiez mon frère et puis j'ai commencé à douter…

Elle rejeta la tête en arrière et retira sa main de la sienne.

— Vous voyez, vous aviez raison. Gilbert est mort par ma faute. Je l'ai tué. Si je lui avais fait confiance, il serait en vie.

Jeremy se releva.

— Vous n'en savez rien. Il n'aimerait pas vous entendre dire cela. Nous devons agir de notre mieux pour comprendre ce qui se trame autour de nous. Et je regrette sincèrement de vous avoir blessée.

Elle eut un petit sourire.

— Ne soyez pas désolé. Au contraire, vous m'avez fait du bien.

Il traversa la pièce d'un air décidé.

— Dans ces conditions, j'appelle Mr. Smith.

Rosalind ouvrit la bouche, puis la referma. Elle leva la main mais la laissa retomber, trop fatiguée pour se battre. Elle se sentait honteuse d'avoir manqué à ses engagements vis-à-vis de Gilbert. Rappeler Jeremy reviendrait à le trahir une seconde fois. Elle se tassa dans un coin du canapé pendant qu'il téléphonait.

— Allô ! Pourrais-je parler à Mr. Smith ? Oui, juste une minute... De la part de Mr. Ware.

Il y eut un silence. Le doute l'assaillit. Son cœur cognait dans sa poitrine. Pourquoi lui avait-elle permis de téléphoner ? Était-il trop tard ?

La voix de Jeremy résonna à nouveau.

— Je suis désolé de vous déranger, monsieur. Je suppose que vous êtes à table. Voilà... Puis-je venir vous voir ? Ne croyez pas que je cherche à profiter de votre bonté...

Nouveau silence.

— Oui, monsieur, c'est assez urgent. Puis-je amener Mrs. Denny avec moi ? Oui, l'épouse de Gilbert Denny... Merci, monsieur. Dans une heure ? C'est très aimable à vous. Au revoir, monsieur.

À la mention de son nom, Rosalind avait bondi, les joues en feu. Puis les mots suivants avaient tout changé : « l'épouse de Gilbert Denny ». En disant cela, Jeremy avait ouvert la porte qui la ramenait vers ses années de bonheur. Jeremy était le seul être au monde à pouvoir dire « l'épouse de Gilbert Denny ». Pour les autres, elle était sa veuve.

Pour la première fois depuis sa conversation avec Garrett, elle reprit confiance en lui.

Juste au moment où Jeremy raccrochait, la cloche du dîner résonna dans le vestibule.

XXI

— Oui, dit Mr. Smith, brisant un silence qui durait depuis plusieurs minutes. Oui…

Un bon feu brûlait dans la cheminée, baignant le salon d'une lumière dorée. Ananias ronflait paisiblement dans sa cage recouverte de feutre vert. Mr. Smith était assis dans son fauteuil, face à l'âtre. Rosalind Denny avait pris place sur sa gauche. Son manteau de fourrure blanc reposait sur l'un des accoudoirs du fauteuil. Jeremy, debout, s'appuyait contre le linteau de la cheminée.

Il releva le menton et s'adressa à Mr. Smith.

— Je vous avais dit qu'il s'agissait d'une histoire abracadabrante !

Son hôte esquissa un geste élégant de la main droite.

— Mais pas du tout…

Jeremy haussa un sourcil surpris.

— Je n'ai réalisé à quel point elle était invraisemblable qu'en vous la racontant. Mais franchement, monsieur, si j'avais voulu l'inventer, j'aurais imaginé un scénario plus crédible, non ?

— Un point pour vous, opina Mr. Smith.

Paupières mi-closes, Rosalind ne disait rien. Posés sur les accoudoirs, ses bras blancs sortaient des manches évasées de sa robe noire. L'auréole de ses cheveux blonds se détachait sur le cuir sombre du fauteuil.

Mr. Smith croisa les mains et, comme chaque fois qu'il réfléchissait, porta son regard vers la gauche de la cheminée, sur la rangée supérieure des livres de sa bibliothèque.

— Revenons à ces choses impossibles et allons à l'essentiel. La vérité, comme dit l'adage, est sortie nue du puits… J'aimerais vous poser quelques questions, Mr. Ware.

— Bien entendu, monsieur.

— Parfait, reprenons dans l'ordre. Épisode numéro un : vous pénétrez dans le domicile de Mr. Mannister par la fenêtre de l'arrière-cuisine car, alors que vous dîniez en compagnie de Mrs. Denny, vous vous êtes souvenu que vous aviez oublié du travail dans votre bureau… En avez-vous parlé à Mrs. Denny ?

— Oui, oui, il m'en a parlé, confirma Rosalind.

— Ç'aurait pu être un leurre, remarqua Jeremy.

— Cela ne m'a pas échappé, nota Mr. Smith. Bien, vous entrez dans la maison. Alors que vous travaillez dans la bibliothèque, vous voyez apparaître un fantôme qui s'avère être une jeune fille somnambule. Vous la suivez dans les sous-sols où elle disparaît comme par enchantement. Je comprends mieux à présent votre intérêt pour la topographie du quartier au XVIIIe siècle. Ces caves sont les celliers du *Lion d'or*. Avez-vous désormais une idée plus claire de l'endroit exact où la jeune personne s'est évaporée ?

Jeremy sortit une feuille de papier et un crayon, dessina un plan à grands traits et s'approcha de son hôte.

— Voilà, ici vous avez Marsh Street, et là, Tilt Street, la rue perpendiculaire. La maison de Mannister fait l'angle. Cette croix, c'est le départ de l'escalier qui descend dans les caves. Et voilà l'endroit où

Rachel a disparu. J'y suis retourné avec une bonne lampe électrique, mais je n'ai trouvé ni ouverture ni passage secret. Les murs sont solides et le sol dallé.

— Selon vous, s'il y avait un passage, il aboutirait dans les caves d'une maison de Tilt Street ?

— Absolument. Celles du numéro 1, affirma Jeremy en pointant son crayon à l'endroit précis où finissait le mur de Mannister.

À la mention de l'adresse, Rosalind releva vivement les paupières et observa les deux hommes, poings crispés.

— Et qui vit au numéro 1 ? s'enquit Mr. Smith.

— Le nom dans l'annuaire est Dart. Miss P. Dart.

Rosalind referma les yeux et détendit ses poings. Elle avait eu si peur d'entendre le nom d'Asphodel ! Cependant, cette Miss P. Dart pouvait être Phoebe, la femme aux cheveux gris qui lui avait ouvert la porte.

— Passons à l'épisode numéro deux, reprit Smith. Je tiens à vérifier la chronologie exacte des faits. Corrigez-moi si je me trompe. Samedi midi, Mr. Mannister reçoit une enveloppe bleue, venue de l'étranger ; il précise que ce courrier est extrêmement important, avant de vous demander de l'enfermer dans le coffre. Est-ce la dernière fois que vous l'avez ouvert ?

Jeremy réfléchit.

— Non… Avant de me conseiller d'aller faire un tour, il m'a demandé d'en sortir une lettre venant de Suisse. L'enveloppe bleue était sur la même étagère ; j'ai dû la soulever pour prendre celle que Mannister désirait.

— Et vous l'avez remise à sa place, dans la même position ?

— Oui, j'en suis certain.

— Mannister vous observait-il ?

— Voyons… Non, je ne crois pas. Il me tournait le dos.

— Donc vous auriez eu la possibilité matérielle de sortir l'enveloppe bleue du coffre ?

— Oui, en effet.

Le regard songeur de Mr. Smith glissa sur Jeremy avant de se fixer sur les étagères de la bibliothèque.

— Bien, poursuivons… Vous dites avoir rendu la clé du coffre à Mannister avant qu'il quitte son domicile, vers quatre heures ?

— Oui, monsieur.

— Est-il parti à pied ?

— Non, il a appelé un taxi. Je l'ai regardé partir. Il devait prendre le train de quatre heures vingt-cinq pour Bournemouth. S'il l'avait manqué, il ne serait pas arrivé à l'heure à son meeting. Or, il y était, tous les journaux en ont parlé.

— Cependant, vers minuit, votre fantôme est revenu avec la clé du coffre. Celui-ci était ouvert et l'enveloppe bleue ne s'y trouvait plus ; elle reposait au fond de l'un des tiroirs de votre bureau, fermé à clé. Pouvez-vous le prouver ?

— Non, monsieur.

— Attendez, ne confondons pas vitesse et précipitation. La chronologie n'est pas mon fort. En général, les événements se présentent à moi groupés, plutôt qu'à la queue leu leu. Pour preuve, j'ai omis l'épisode numéro trois, au moment où, samedi soir vers minuit, dans la bibliothèque, une feuille de papier couverte de votre signature est tombée d'un livre appartenant à Mr. Mannister ; vous m'assurez que jamais vous n'avez signé cette feuille.

— Je pense que ma bonne foi ne résisterait pas devant un jury, fit Jeremy d'un air morose.

— Sans doute pas… Mais pour quelle raison vous imaginez-vous déjà devant un jury ?

Rosalind sentit son pouls s'accélérer. Elle rouvrit les yeux, interrogeant les deux hommes du regard.

Jeremy releva la tête avec vigueur.

— Eh bien, monsieur, de deux choses l'une : je suis un menteur, ou bien quelqu'un cherche à me mettre dans un sacré pétrin. J'ignore pourquoi on a imité ma signature.

— Avez-vous récemment consulté vos relevés bancaires ?

Jeremy se mit à rire.

— Je ne vois pas qui imiterait ma signature pour tirer de l'argent en mon nom ! J'ai ouvert voilà quinze jours un compte en banque avec les vingt livres qui restaient sur mon compte épargne de la poste, afin de déposer le chèque de Mr. Mannister ; il avait été scandalisé d'apprendre que je ne possédais pas de compte bancaire !

— Voilà qui est intéressant. Je vous conseille d'en vérifier rapidement le solde. Passons maintenant à l'épisode numéro quatre, où entre en scène une damoiselle qui non seulement marche mais parle dans son sommeil. Êtes-vous convaincu qu'elle était bien endormie ?

— Oui, répondit Jeremy sans l'ombre d'une hésitation. La preuve, elle ne m'a pas reconnu lorsque nous nous sommes rencontrés au parc. Mais dès que je lui ai dit mon nom, elle a paru terrifiée. Vous nous observiez, monsieur. N'avez-vous pas remarqué sa frayeur ?

Mr. Smith hocha la tête.

— Encore un point pour vous. Mais comment vous êtes-vous rendu compte qu'elle était somnambule ?

Jeremy réfléchit, le front plissé, cherchant ses mots.

— Si vous l'aviez vue, vous auriez tout de suite compris ; elle… elle était là, perdue dans son rêve. J'aurais pu la toucher sans qu'elle réagisse. Quand elle a prononcé mon nom, on aurait dit qu'il n'y avait aucun lien avec moi, alors que je me trouvais devant elle.

— Je comprends… Bon, donc elle parlait dans son sommeil. À présent, cherchons à classer ce qu'elle vous a dit, pour en extraire la quintessence. Il faudrait peut-être le coucher sur papier. Prenez un bloc-notes et un stylographe sur mon secrétaire.

Jeremy alla chercher le bloc-notes et revint s'asseoir. Rosalind, pâle et immobile, paraissait endormie.

— Bien, récapitulons, dit Mr. Smith.

« 1) Elle connaît votre nom.

« 2) Elle affirme que le coffre est ouvert et dit : "*Il* a laissé la porte ouverte."

« 3) Ayant cité ce monsieur sans le nommer, elle parle ensuite d'une femme, puisqu'elle déclare : "*Elle* a dit de le laisser ouvert. Mets la lettre dedans et laisse-le ouvert. *Il* l'a laissé ouvert. *Il* dira que Jeremy Ware l'a prise."

« 4) Elle affirme que la lettre n'est pas dans le coffre.

« 5) Elle sort la clé du coffre-fort. Entre-temps, vous vous apercevez qu'il est effectivement ouvert et que l'enveloppe bleue a disparu.

« 6) Elle affirme que l'enveloppe se trouve dans le tiroir du bureau de Jeremy Ware. "Ils la trouveront là. C'est ce qu'*il* a dit."

« Vous remettez donc l'enveloppe à sa place dans le coffre ; elle le ferme à clé et s'en va. Avez-vous la moindre idée de l'identité de cette "*Elle*" ?

— Non, pas la moindre.

— Et l'homme dont elle parlait ?

— J'ai pensé qu'il pouvait s'agir de Mannister.

Mr. Smith hocha la tête.

— Cela nous amène à l'épisode numéro six, le numéro cinq étant votre rencontre avec Miss Rachel à Regent's Park, mais nous y reviendrons ultérieurement…

— Eh bien… c'est difficile à expliquer… Je ne le jurerais pas… d'autant qu'il m'a aussitôt demandé d'un ton brusque de lui donner au plus vite l'enveloppe et de débarrasser le plancher. Mais pendant un bref instant, j'ai eu l'impression qu'il était… soulagé, oui, c'est ça, soulagé. Cela paraît insensé…

Jeremy se laissa tomber dans un fauteuil et se prit la tête entre les mains.

— C'est terrible, dès que j'essaie de la formuler à haute voix, cette sensation m'échappe. À présent, je ne suis plus sûr de rien…

XXII

Mr. Smith se leva pour aller mettre deux bûches dans le foyer et revint s'asseoir.

— Les nuits sont fraîches, remarqua-t-il. Ananias déteste l'hiver.

Son regard glissa sur Rosalind puis se posa sur Jeremy.

— Revenons à nos moutons, à savoir l'épisode cinq, qui m'intéresse à plus d'un titre, car j'en ai été témoin. Je fais référence, bien sûr, à votre conversation avec Miss Rachel dans Regent's Park. Selon vous, cette rencontre était-elle purement fortuite ?

— Oui, monsieur.

— Disons que, de votre côté, vous ne vous attendiez pas à la voir…

Jeremy sursauta.

— Voyons, comment aurait-elle su que j'irais me promener dans le parc ? Je ne le savais pas moi-même !

— Elle s'est adressée à vous la première…

— Parce que j'avais effarouché l'écureuil ! fit Jeremy, soudain décontenancé.

Mr. Smith hocha la tête. Une langue de feu jaillit d'une bûche, telle une oriflamme rouge et or.

— Avez-vous remarqué les bas et les souliers de Miss Rachel ?

Jeremy sourit.

— Oui, monsieur. Vous aussi, je suppose ?

— Contraste frappant avec l'apparence miteuse du manteau et du « chapeau ». Chapeau est d'ailleurs un bien grand mot ; je dirais plutôt bonnet ou béret. Qu'avez-vous remarqué de particulier à leur propos ?

Jeremy réfléchit.

— Eh bien, on aurait dit qu'ils avaient séjourné dans l'eau de mer.

— Exact. Qu'en concluez-vous ?

— Je me suis demandé si Rachel... si cette jeune fille n'était pas retenue prisonnière, auquel cas elle n'avait que ce vieux manteau pour se vêtir.

— Il doit y avoir une explication plus logique, mais elle ne nous a pas sauté aux yeux, donc oublions-la pour l'instant et revenons aux éléments les plus intéressants de votre conversation avec Miss Rachel :

« 1) Elle ne vous reconnaît pas.

« 2) Quand vous l'appelez par son prénom, elle se montre stupéfaite et vous demande comment vous le savez.

« 3) Quand vous lui demandez à quoi elle a rêvé la nuit précédente, son trouble s'intensifie.

« 4) Quand vous lui dites vous appeler Jeremy Ware, elle prend ses jambes à son cou.

« Ces quatre éléments se tiennent et confirment qu'au moment de ses deux visites nocturnes à la bibliothèque, la demoiselle était en pleine crise de somnambulisme. Mais poursuivons : vous la rattrapez et, au cours d'une brève conversation, elle vous annonce que vous êtes en danger, vous supplie de quitter la capitale, refuse de vous revoir et vous implore de ne pas la suivre. Fin de l'épisode cinq. Restent quelques données – fort peu concluantes – de l'épisode sept, dans lequel vous retournez visiter la cave de Mr. Mannister, sans rencontrer la demoiselle ni découvrir de passage secret. Quant à l'ombre que vous avez vue passer, nous ne pouvons pour l'instant l'identifier.

Jeremy faillit dire qu'il avait surpris John Brown en train d'escalader le mur mitoyen, mais songea que ce serait injuste vis-à-vis de son voisin. Il l'avait simplement entraperçu dans le noir et n'aurait même pas pu jurer qu'il s'agissait de lui. Le chauffeur de taxi pouvait avoir de bonnes raisons de se promener la nuit – chercher le chat de Mrs. Beamish ou aller conter fleurette à une domestique du quartier – péchés bien véniels.

— À présent, reprit Mr. Smith, je solliciterai la coopération de Mrs. Denny.

Il désigna le morceau de papier couvert des signatures de Jeremy.

— J'appelle ceci pièce à conviction B, la pièce à conviction A étant le petit hibou d'argile que Miss Rachel a laissé tomber lors de sa première apparition dans la bibliothèque. Mrs. Denny, je crois savoir que vous possédez un bibelot de même facture ?

— Le mien représente un escargot.

— Et celui de Mr. Ellinger, un crapaud. Nous avons trois de ces figurines. Je n'en ai vu aucune. Le colonel Garrett, qui a eu le crapaud et l'escargot entre les mains, est convaincu qu'ils sortent du même atelier ; vous, Mr. Ware, avez vu l'escargot et le hibou. Quelle est votre opinion ?

— Sans nul doute l'œuvre de la même personne, affirma Jeremy. À propos, Garrett m'a littéralement sauté dessus samedi, chez Mrs. Denny, en m'agitant l'escargot sous le nez. J'ai manqué renverser ma tasse de café ! Il en a déduit que je me sentais coupable, je suppose.

— Probablement… fit Smith, puis, se tournant vers Rosalind : Mrs. Denny, j'aimerais vous parler de l'appel que vous avez reçu ce matin. Dès que vous avez entendu la voix, avez-vous reconnu celle de Mr. Ware ?

Rosalind se redressa dans son fauteuil, les mains croisées sur ses genoux.

— Oh non ! Au début, elle était si lointaine que je ne parvenais pas à distinguer s'il s'agissait d'une voix d'homme ou de femme.

— À quel moment avez-vous pensé qu'il s'agissait de celle de Mr. Ware ?

— Tout à la fin de la conversation.

— Pourriez-vous répéter ses mots ? A-t-il prononcé une phrase, ou plusieurs ?

— Il a parlé d'une lettre… répondit Rosalind d'un ton las. Il a dit : « Vous en recevrez une copie », puis « J'espère que vous serez convaincue ». J'ai reconnu la voix de Jeremy et j'ai cru m'évanouir.

— Il ne vous est pas venu à l'esprit que si Mr. Ware avait commencé par déguiser sa voix, il était peu probable qu'il se remette à parler normalement ?

— Je n'ai pas réfléchi. J'étais sous le choc.

— Pouvez-vous réfléchir maintenant, Mrs. Denny ? Admettons que quelqu'un souhaite vous persuader que Mr. Ware vous fait chanter. Ce quelqu'un n'a pas pris le risque de soutenir toute la conversation en imitant la voix de Mr. Ware. Il s'est contenté de deux phrases. J'en conclus que ce jeune homme est innocent.

Mr. Smith se pencha en avant et plongea son regard gris dans celui de Rosalind. Il avait perdu son expression pensive.

— Mrs. Denny, pourquoi avoir tout de suite estimé qu'il était coupable ?

Rosalind rougit jusqu'aux oreilles. Elle prit une grande inspiration et répéta d'une voix entrecoupée :

— J'ai reçu un tel choc… je n'ai pas eu le temps de réfléchir…

— Et ensuite, après réflexion ?

— Je l'ai prié de venir me voir.

Si seulement cet homme cessait de la fixer ! Sous l'emprise de son regard perçant, elle se sentait de verre – un verre glacé, transparent et cassant. Pourquoi cherchait-il à lui faire dire ce qu'elle ne voulait pas avouer ? Jamais elle ne parlerait à quiconque de sa visite à Asphodel. Comment expliquer qu'elle avait entendu la voix de son mari dans la bouche d'une voyante ? Bien sûr, c'était un truc… mais en était-ce vraiment un ? Elle avait bien entendu la voix de Gilbert lui dire de ne pas faire confiance à Jeremy Ware. Elle avait froid, de plus en plus froid…

— S'il vous plaît, murmura-t-elle en passant la main sur ses yeux.

— Vous feriez mieux de tout me dire, Mrs. Denny.

Comme elle ne répondait pas, Mr. Smith se perdit dans la contemplation de la flambée qui illuminait l'âtre, avant de poursuivre :

— Examinons la pièce à conviction C, à savoir la copie d'une lettre écrite par Mr. Denny à un destinataire inconnu, en date du 1er octobre 1929. Mr. Ware affirme qu'il s'agit d'un faux. Vous aussi ?

À son ton, Rosalind comprit qu'il ne s'agissait pas vraiment d'une question.

— Oui, fit-elle dans un souffle.

— Il y a de fortes chances pour que cet individu vous contacte à nouveau et vous réclame une certaine somme en échange de l'original. Je… je ne vous poserai pas davantage de questions, Mrs. Denny, cependant laissez-moi vous donner mon sentiment. Vous n'en tiendrez sans doute pas compte, et, à mon âge, je me garde de prodiguer des conseils que fort peu de gens sont enclins à suivre.

Soulagée de ne plus avoir à répondre à d'embarrassantes questions, Rosalind sourit.

— Je fais peut-être partie de ces rares personnes, monsieur. Et même si je ne dois pas suivre vos conseils, je serai heureuse de les entendre.

Smith se leva, ôta ses lunettes et les essuya avec son mouchoir en soie.

— À votre place, Mrs. Denny, je demanderais à Frank Garrett de venir me voir au plus tôt et je lui raconterais tout. Il vous dictera sans doute une ligne de conduite, que vous feriez bien de suivre.

Il chaussa ses lunettes, les remonta sur son front et s'adressa ensuite à Jeremy.

— J'aurais deux conseils à vous donner, Mr. Ware, et j'ose espérer que vous m'écouterez. Premièrement, vérifiez au plus vite le solde de votre compte bancaire ; deuxièmement, si Mr. Mannister vous demande de mettre des papiers importants dans son coffre-fort, assurez-vous de sa présence à vos côtés et faites-lui comprendre que vous vous tenez sur vos gardes. Ne restez jamais seul dans le bureau avec le coffre ouvert ou la clé en votre possession. En bref, comme dit Ananias lorsqu'il cite le fameux poème de Mr. Vachel Lindsay, « Allez-y sur la pointe des pieds ».

Peu après, Mr. Smith raccompagna ses hôtes à la porte. Son regard gris s'attarda avec douceur sur Rosalind.

— J'ai cru comprendre… que vous tenez beaucoup à ce bibelot… cet escargot en argile. Au dire de Garrett, c'est un petit chef-d'œuvre

— En effet, répondit Rosalind, déconcertée. Il est très joli. Mais… pourquoi m'en reparler ?

Mr. Smith lui prit la main, la garda un instant dans la sienne et la lâcha.

— Il se peut… que vous ayez prochainement l'occasion d'acquérir un autre de ces bibelots. Bonsoir, Mrs. Denny.

XXIII

Sitôt la porte d'entrée refermée, Mr. Smith se dirigea vers son appareil téléphonique et composa le numéro du colonel Garrett. À l'autre bout du fil s'éleva une exclamation furibonde.

— Que se passe-t-il, encore ?

— Vous n'avez pas l'air ravi de m'entendre, cher ami.

— Oh, c'est vous, Smith. Figurez-vous que je joue au bridge et le téléphone a sonné trente-deux fois au cours de la dernière partie. Nous avons fini par chuter sur un grand chelem de piques !

— Désolant, commenta Smith. Vous devriez vous remettre au backgammon, mon cher. Je ne vous retiendrai pas longtemps, rassurez-vous. Voilà : j'ai prévu pour vous un rendez-vous matinal. Voyez-vous, j'ai quelques plis d'avance sur vous dans mon jeu, et beaucoup de rois et d'as. Pour l'instant, le valet m'échappe, mais la reine est charmante. Dites-moi, pourriez-vous me procurer l'adresse personnelle de Mr. Geoffrey Deane, ainsi qu'un dossier complet sur lui, et aussi sur les occupants, visiteurs, habitués du numéro 1, Tilt Street ? Mon principal centre d'intérêt étant une certaine Miss P. Dart. Merci, mon cher Garrett… Vraiment, vous devriez surveiller votre langage… Pensez à ce pauvre Ananias, qui dort du sommeil du juste.

En sortant de chez Mr. Smith, Jeremy héla un taxi et donna l'adresse de Rosalind au chauffeur. Dès que le véhicule eut démarré, il se tourna vers la jeune femme, dont il ne distinguait que le pâle profil dans la pénombre.

— Bien, parlons un peu de cette voyante.

Elle tressaillit, puis répondit d'une voix rauque :

— Cette voyante ? Que voulez-vous dire ?

Jeremy était déterminé à aller jusqu'au bout de la conversation. Leur relation avait changé ; même s'il lui restait très attaché, elle n'était plus la Rosalind qu'il portait aux nues. Désormais, il la traitait d'égal à égal.

Il serra les dents.

— Écoutez, inutile de me dire « quelle voyante ? ». Chez vous, tout à l'heure, vous m'avez avoué que le colonel Garrett vous avait prévenue contre moi et vous avez ajouté « la voyante aussi ». Cette petite phrase vous a sans doute échappé. J'ai compris que vous ne vouliez pas en parler à Mr. Smith, mais maintenant, j'exige une explication.

— Je n'ai rien à vous expliquer, Jeremy. Vous m'entendez ? Rien !

— À quoi bon vous entêter, Mrs. Denny ? Je sais pourquoi Garrett vous a dit de vous méfier de moi. Je ne l'aime pas beaucoup, mais j'apprécie sa franchise. Il a de bonnes raisons de vous conseiller la prudence ; mais quand une espèce de médium vous dit la même chose, là j'ai droit à des éclaircissements !

Il lui prit la main et sentit ses doigts se crisper à son contact.

— Qui est cette voyante, Rosalind ? Je vous en prie, dites-le-moi…

Il attendit puis, n'obtenant aucune réponse, relâcha sa main. Il crut même percevoir de sa part un léger soupir de soulagement.

Quand le taxi fit halte devant l'immeuble, Jeremy régla la course au chauffeur. Le temps d'empocher la monnaie, Rosalind avait disparu ! Il la rattrapa dans le hall, devant l'ascenseur. Ils montèrent jusqu'au troisième étage sans s'adresser la parole. Rosalind introduisit sa clé dans la serrure.

— Dites-moi qui est cette femme, je vous en prie…

Elle ouvrit sa porte et se retourna.

— Je ne vous propose pas d'entrer, Jeremy. Je suis fatiguée…

— Loin de moi l'idée de vous importuner. Je veux seulement son nom et son adresse. Tant que vous ne me les donnerez pas, je vous empêcherai d'entrer, dit-il en lui barrant le passage.

Rosalind paniqua ; qu'allait penser Perry ? Elle était épuisée… La lumière jaunâtre du palier dansait devant ses yeux. Elle s'appuya contre le chambranle de la porte.

— Si je vous le dis, me promettez-vous de vous en aller, sans poser de questions ?

— Promis.

Rosalind se redressa.

— Asphodel, chuchota-t-elle.

Aussitôt Jeremy la laissa passer.

— Numéro 1, Tilt Street, murmura-t-elle avant de refermer sa porte.

XXIV

Jeremy rentra à pied à Nym's Row. Il faisait nuit noire, le vent se levait et la pluie n'allait pas tarder à tomber. Mais avec ce qu'il venait d'apprendre, il aurait à peine remarqué un typhon ! Rosalind Denny était allée au numéro 1, Tilt Street, consulter une voyante qui se faisait appeler Asphodel, et cette Asphodel lui avait conseillé de ne pas accorder sa confiance à Jeremy Ware.

Pourquoi Rosalind avait-elle tu cette histoire ? Si la phrase ne lui avait pas échappé à un moment où elle était si bouleversée qu'elle ne savait plus ce qu'elle disait, personne n'aurait jamais entendu parler d'Asphodel. Et surtout, pourquoi n'avait-elle pas réagi quand il avait parlé à Mr. Smith des occupants de la maison de Tilt Street ?

Sa décision était prise : il se ferait dire la bonne aventure par cette Asphodel. Il avait hâte de l'entendre ! « Un grave danger vous menace – bientôt vous partirez pour un long voyage – méfiez-vous d'une femme brune et de trois vendredis pluvieux. » Il se mit à rire, puis son rire cessa net. Une diseuse de bonne aventure n'avait-elle pas annoncé à Gilbert Denny qu'il allait partir pour un long voyage ? Un mois plus tard, ce dernier était mort noyé, au large de Talland, dans une mer d'huile. Cette pensée lui donna des frissons. Qui aurait cru qu'un jeune et brillant sous-secrétaire d'État aux Affaires étrangères aurait consulté un médium ?

Jeremy marchait, sourcils froncés, cherchant à rassembler ses souvenirs. Soudain il revit Rosalind, vêtue d'une robe bleue, une tasse de café à la main… Gilbert et Rosalind se préparant à aller au théâtre… Gilbert s'était décommandé au dernier moment et avait offert son billet à Jeremy. La scène lui revint avec netteté : un bouquet d'iris sur le manteau de la cheminée… Rosalind lui annonçant, en ajoutant un sucre dans sa tasse : « Une diseuse de bonne aventure nous a prédit que nous ferions le tour du monde. Voulez-vous venir avec nous ? »

Ses lèvres souriaient, mais pas ses yeux. Gilbert avait posé son café et quitté la pièce. Jeremy s'était entendu dire : « Ce serait une sacrée bonne idée ! Quand partons-nous ? » La main de Rosalind s'était mise à trembler ; elle s'était dirigée vers la cheminée et avait murmuré, le dos tourné : « Elle a dit à Gilbert qu'il ferait le tour du monde, mais elle n'a pas parlé de moi. » Puis Rosalind avait regardé la pendule et s'était exclamée : « Mon Dieu, nous allons être en retard au théâtre ! »

Il se remémorait la scène avec une netteté extraordinaire. Et le regard sombre de Gilbert… Parti pour un long voyage dont on ne revient pas. La diseuse de bonne aventure était-elle cette même Asphodel ?

Il arriva chez lui un peu avant onze heures. L'appartement des Walker était plongé dans la pénombre, mais les deux autres meublés étaient éclairés.

Pour les Evans, nul besoin de lumière pour deviner qu'ils ne dormaient pas : à peine Jeremy avait-il tourné le coin de la rue que les trilles aigus de

Mrs. Evans lui percèrent les tympans. Quand il passa sous leur fenêtre, une avalanche de sanglots coléreux leur avait déjà succédé, tandis que Mr. Evans, de sa voix de baryton, agonissait son épouse d'injures fleuries. Un duo digne d'un grand air d'opéra ! Le matin même, Lizzie Walker avait dit à Jeremy : « Je me demande comment elle accepte de se faire traiter de tous ces noms d'oiseaux ! Ils pourraient au moins fermer leurs fenêtres, pour pas que des oreilles innocentes entendent des horreurs pareilles ! Moi, mon Joseph, depuis le temps qu'on est mariés, je l'ai jamais entendu dire plus qu'un petit "nom de Dieu" de temps en temps, et encore ! Alors comment la femme d'Evans supporte tous ces gros mots, ça me dépasse. »

À cette minute, la femme d'Evans ne paraissait guère impressionnée par la verdeur du langage de son époux, car elle contre-attaquait sur le même registre ! Jeremy put en profiter, même avec les fenêtres fermées. Survint ensuite un bruit de gifle, suivi d'une explosion de rage de la part d'Evans et d'un hurlement à vous glacer le sang.

Le store de la fenêtre de Mr. Brown se releva, ainsi que la fenêtre à guillotine. John Brown se pencha dans la rue, en bras de chemise, et s'adressa à Jeremy, avec son fort accent écossais :

— Dieu du ciel ! Mr. Ware, vous croyez qu'il l'a tuée, cette fois ?

Jeremy leva la tête : il vit deux ombres enlacées se découper derrière le store des Evans, et entendit des baisers sonores.

— Ce n'est pas encore pour ce soir, Mr. Brown.

— Dommage… soupira celui-ci. J'espérais pouvoir dormir en paix. Bonne nuit, Mr. Ware.

Comme l'avait dit sa logeuse, la chambre de Mr. Brown était pleine de livres, alignés sur des étagères bon marché achetées au marché aux puces d'Islington. Des ouvrages s'empilaient également sur la commode. La chambre était plus joliment décorée que celle de Jeremy : jeté de lit en coton cramoisi et tentures assorties. Brown les tira devant la fenêtre, enfila une vieille veste et se laissa choir dans le fauteuil. Une douce chaleur se dégageait du calorifère situé à l'autre bout de la chambre. Il en émanait une vague odeur de gaz.

Mr. Brown ouvrit un livre, mais ne tarda pas à abandonner sa lecture ; sans quitter son siège, il se pencha pour remettre l'ouvrage en place. Il demeura un moment dans cette position, effleurant le dos des livres, en feuilletant certains, puis reprit sa posture initiale dans son fauteuil. Son manteau était posé en travers d'un accoudoir ; il en sortit son portefeuille, dont il tira un papier plié en quatre qu'il lissa sur ses genoux avant de le porter à la lumière pour le déchiffrer.

La lettre, datée du 1er octobre 1929, était écrite et paraphée de la main de feu Gilbert Denny ; elle n'avait pas de destinataire et commençait ainsi :

Très franchement, le jeu n'en vaut pas la chandelle. Augmentez votre offre, ou vous n'obtiendrez rien de moi.

Brown observa le feuillet pendant cinq bonnes minutes, le replia, puis tendit le bras vers l'un des volumes posés sur l'étagère inférieure de la bibliothèque et glissa la lettre entre deux pages. Il prit ensuite dans sa poche du papier collant, scella les pages et rangea l'ouvrage. Il s'agissait de *La Richesse des nations* d'Adam Smith ; l'œuvre avait peu de chances d'intéresser sa logeuse.

Il alluma sa pipe et resta environ une heure dans son fauteuil, à réfléchir. Vers minuit, il éteignit le poêle et descendit sans faire de bruit au rez-de-chaussée. La porte d'entrée tourna sur ses gonds sans le moindre grincement, comme s'ils avaient été huilés : il la referma et s'enfonça dans l'obscurité de la cour.

XXV

Geoffrey Deane revint travailler le lendemain. Installé dans la bibliothèque, il collait dans un album les coupures de presse concernant Bernard Mannister. De temps à autre, il se retournait pour lire un article à haute voix.

Jeremy supporta le premier avec patience, le deuxième avec ennui, le troisième avec agacement. Au quatrième, il s'exclama, exaspéré :

— Écoutez, Deane, j'ai du travail, moi, si vous n'en avez pas !

Deane lui lança un regard réprobateur par-dessus ses bésicles, toujours posées de travers sur son nez, ce qui conférait une certaine dissymétrie à ses traits réguliers. Ses cheveux blonds et lisses étaient trop blonds et trop lisses pour être vrais, et ses joues rasées de près.

— Mr. Mannister est vraiment un grand monsieur ! s'écria-t-il. J'estime avoir beaucoup de chance de travailler pour lui. Et j'adore ses discours !

Jeremy se mit à rire.

— Celui que vous venez de lire est particulièrement bon, non ?

Il se leva et se frappa la poitrine.

— Normal, c'est du pur Jeremy Ware ! Des milliers d'applaudissements ont salué le travail d'un inconnu !

« Mais travaillons-nous pour la gloire ? » déclama-t-il dans une posture mannisterienne. « Est-ce pour la reconnaissance ou pour l'espoir d'une récompense que nous gravissons avec peine les marches de pierre ? »

Il se laissa choir sur sa chaise au moment où le vrai Mannister entrait dans la pièce.

— Bonjour, messieurs, lança ce dernier, de la voix que Jeremy venait d'utiliser pour l'imiter.

Celui-ci, manquant d'éclater de rire, baissa la tête et fit mine d'écrire furieusement, tandis que Deane, un sourire obséquieux aux lèvres, s'approchait de son idole avec l'album de coupures de presse.

— Je les mets à jour, monsieur. À moins que vous ne préfériez me confier une autre tâche ?

— Non, répondit Mannister. La journée s'annonce calme. Finissez donc de coller ces articles, Deane, pendant que Ware s'occupe du courrier. Je n'aurai pas besoin de vous cet après-midi, messieurs.

Il dicta quelques lettres à Jeremy, qui les prit en sténographie et les tapa à la machine. Cette demi-journée de congé était une aubaine. Il en profiterait pour passer à la banque, chez le coiffeur et se faire dire la bonne aventure !

Il rentra déjeuner chez lui, car Lizzie Walker lui avait apporté le matin du lapin en ragoût.

— Mon Joseph et moi, on va pas en manger toute la semaine ! Et commencez pas à dire que vous aimez pas ça, parce qu'il y a lapin et lapin – celui-là, il arrive tout droit de chez ma sœur Emily, qu'a une ferme près d'Ollington. Je l'ai fait mariner et rissoler avec des oignons, des herbes, des pommes de terre. Le roi George en personne s'en régalerait... Si ça vous plaît pas, je veux bien me faire romanichelle ! Vous savez, ma sœur Emily, celle qui m'a envoyé le lapin, ça lui aurait plu de vivre dans une roulotte, quand on était gamines. Je lui disais : « Emily, comment tu peux dire des bêtises pareilles ? Tout le monde sait que tu détestes avoir les pieds mouillés et que t'as peur du noir ! »

Après ce repas délicieux, Jeremy alla se faire couper les cheveux, puis, entra dans une cabine téléphonique et composa le numéro de la voyante.

Une voix lointaine bredouilla un vague « Allô ! ». Il répondit sur le même ton :

— J'aimerais... rendez-vous... Asphodel...

— Qui est à l'appareil ? fit la voix, un peu rogue.

Il aurait bien aimé lui retourner la question, mais jugea préférable de donner le premier nom qui lui venait à l'esprit.

— Mr. Cheeseman.

— Que voulez-vous ?

— Me faire dire la bonne aventure.

Il y eut un silence au bout du fil, puis la voix répondit :

— Madame ne dit pas la bonne aventure.

— Appelez ça comme vous voudrez, marmonna Jeremy. Je peux avoir un rendez-vous ?

Nouveau silence, qui dura si longtemps que Jeremy se demanda si on ne l'avait pas complètement oublié.

Enfin, la voix résonna à nouveau, un peu essoufflée.

— Venez à quatre heures.

— Parfait, dit Jeremy, et il raccrocha.

Très vite, il regretta d'avoir donné un faux nom ; il aurait mieux fait de marmotter de façon inintelligible. Prétendre s'appeler Cheeseman devant quelqu'un qui le voyait peut-être passer dans la rue au moins quatre fois par jour et qui non seulement connaissait son nom, mais, à en croire Rachel, ne lui voulait pas que du bien, n'était sans doute pas une très bonne idée !

La seule solution, désormais, était de donner corps au dénommé Cheeseman. D'ailleurs, l'idée de se travestir ne lui déplaisait pas.

Il consulta sa montre : il avait largement le temps de se rendre à la banque et de retourner chez un coiffeur, auquel il louerait une perruque grise, des sourcils et une moustache postiches. Il se remémora le joyeux réveillon de Noël 1928, son premier réveillon passé en compagnie des Denny. Ils l'avaient emmené chez les Mallaby, qui avaient invité pour l'occasion leurs enfants, petits-enfants, neveux et nièces ; Gilbert Denny était l'un de leurs neveux. Ils avaient joué devant tout ce petit monde une pièce de théâtre dans laquelle Gilbert tenait le rôle principal ; il avait obtenu un franc succès, à tel point que Barrington, un producteur ami de la famille, lui avait dit en plaisantant à moitié : « Si un jour vous n'avez plus de travail, Mr. Denny, venez me voir, je vous signerai un contrat sur-le-champ. » Jeremy, de son côté, s'était déguisé en avocat à la fine moustache, aux cheveux grisonnants et sourcils épais ; personne ne l'avait reconnu.

Songeant qu'il devrait laisser une caution au coiffeur, il se rendit à la banque, tira de l'argent, en profita pour récupérer ses relevés de compte, puis passa au salon de coiffure prendre les postiches et retourna chez lui.

Au premier coup d'œil sur son dernier relevé, il comprit que quelque chose clochait. Une quinzaine de jours plus tôt, il avait ouvert un compte avec vingt livres. Jusqu'à ce jour, il n'avait ni tiré ni déposé d'argent.

Or le solde se montait à soixante-dix livres.

Le lundi précédent, le compte avait été crédité de cinquante livres. Le conseil de Mr. Smith lui revint en mémoire : « N'oubliez pas de vérifier le solde de votre compte bancaire. Le plus vite possible. » *Comment avait-il deviné ?* Question ridicule. *Smith savait.* Jeremy avait l'impression de s'enfoncer dans une jungle obscure, pleine de chausse-trapes. Il se surprit à transpirer, malgré le froid.

Sa montre marquait trois heures quarante. Il rangea les relevés dans un tiroir, en se promettant de découvrir au plus vite l'auteur du transfert bancaire. Plusieurs années auparavant, sa vieille cousine Emily avait déposé de l'argent sur son compte postal, en deux versements, l'un de dix livres, l'autre de vingt-cinq livres. Mais comment aurait-elle su qu'il venait justement d'ouvrir un compte en banque ? Si le généreux donateur était cousine Emily, il n'avait pas lieu de s'inquiéter ; mais comment Smith aurait-il été au courant ? Le plus simple était de lui téléphoner, pour en avoir le cœur net. En attendant, Mr. Cheeseman, lui, avait rendez-vous avec une voyante.

À quatre heures pile, un Jeremy Ware voûté, cheveux gris, moustache et sourcils broussailleux, le bas du visage enveloppé dans un cache-nez en laine, sonna à la porte du 1, Tilt Street. Il avait pris soin de se fourrer des boules de gomme dans la bouche pour modifier son élocution.

Une femme aux lèvres pincées, au chignon sévère, lui ouvrit la porte. Sur sa robe noire était épinglé un médaillon contenant une boucle de cheveux. « Une vraie porte de prison », songea Jeremy, le cœur serré à l'idée que Rachel vivait peut-être derrière ces murs.

— Cheeseman, j'ai rendez-vous, marmonna-t-il en pénétrant dans le vestibule.

Il nota, à sa gauche, deux portes fermées, et une autre au bout du couloir, menant aux cuisines – et donc aux caves.

La femme le précéda dans l'escalier. Sur le palier, il vit un guéridon sur lequel étaient disposées une demi-douzaine d'aquarelles.

— En désirez-vous une, monsieur ? dit-elle, l'empêchant d'aller plus loin.

Asphodel était rusée. Aucune loi n'empêchait de vendre des aquarelles, fussent-elles affreuses, comme celles-ci.

— C'est combien ? demanda-t-il.

La femme le scruta des pieds à la tête de ses petits yeux délavés. Il se réjouit d'avoir endossé ses vêtements les plus élimés.

— Deux guinées, lâcha-t-elle enfin.

Jeremy sortit l'argent avec toute la mauvaise grâce qu'y aurait mise Mr. Cheeseman.

Elle enveloppa l'aquarelle dans une feuille de papier d'emballage, la ficela grossièrement, puis dirigea le visiteur vers une pièce qui devait être un salon. La lumière, provenant d'un globe d'albâtre, se perdait sur le tapis et les murs tendus de velours noir. On se serait cru dans une chambre mortuaire.

Avant de s'en aller, la femme lui fit signe de s'installer face aux tentures, dans un fauteuil situé à l'aplomb du plafonnier. Cheeseman s'autorisa une jolie quinte de toux, se moucha bruyamment, poussa un profond soupir et se laissa choir dans le fauteuil.

Dès que la porte fut refermée, Jeremy écarta un peu les tentures et s'aperçut que celles-ci cachaient, non un mur, mais une autre pièce, en forme de L, d'où l'on pouvait observer les visiteurs sans être vu.

Ce geste lui permit de réaliser qu'il avait oublié d'ôter la bague qu'il portait à l'auriculaire gauche, une lourde chevalière ayant appartenu à son père et son grand-père, avec un chaton gravé des armoiries de la famille, un poing ganté de fer et les deux mots

« *Be Ware*[1] ». Il recouvrit sa main de son mouchoir, maudissant sa négligence ; puis il se rassura en se disant qu'il y avait fort peu de chances qu'une voyante connût le blason familial.

Un lourd silence régnait dans la pièce. Cheeseman s'éclaircit la gorge, et comme si ce bruit avait été un signal, une voix ténue se fit entendre de derrière le rideau.

— Pourriez-vous me montrer vos mains ?

Là-dessus, le rideau s'écarta, comme au théâtre, quand il laisse entrevoir la tête d'un comédien ovationné pour un dernier salut au public.

Mr. Cheeseman se racla à nouveau la gorge, avança son fauteuil et glissa sa main droite dans la fente du rideau. Une paume dure et glacée s'en saisit.

— L'autre aussi, s'il vous plaît.

La personne derrière le rideau cherchait-elle à examiner sa chevalière ? S'il l'ôtait, il éveillerait peut-être les soupçons… D'un autre côté, une personne venant consulter une voyante se débarrassait sans doute de tout indice susceptible de révéler son identité. Il ôta la bague avec ses dents et l'empocha prestement. Puis il avança encore son siège et passa sa main gauche dans la fente. Les doigts glacés retournèrent sa paume vers le haut, tandis qu'il sentait les plis des tentures retomber sur ses poignets.

Il y eut un silence puis la voix déclara :

— Vous souhaitez connaître votre avenir ?

Cheeseman toussota nerveusement.

— Oui… oui… c'est cela… enfin… je veux dire…

— Pourquoi êtes-vous venu me consulter ?

— Eh bien… je pensais… me marier… et je me demandais… si les auspices étaient favorables…

1. Jeu de mots : *Sois Ware* ou *Prends garde. (N.d.T.)*

— Je vois un mariage dans votre main.

Jeremy resta un instant indécis. Devait-il dire qu'il était veuf ? Il résista à l'envie de lâcher la bride à Cheeseman.

— Les auspices ne sont guère favorables, reprit la voix. Souhaitez-vous réellement connaître la vérité ?

— Oui… oui, bien sûr.

— Vous êtes dans une situation délicate… L'avenir est sombre… Ce mariage dépendra des décisions que vous allez prendre… Si vous choisissez la bonne, l'issue pourrait être positive, mais dans le cas contraire… Êtes-vous sûr de vouloir entendre ce que j'ai à vous dire ?

Cheeseman marmotta un vague assentiment.

— Dans le cas contraire, je crains de ne pas voir d'avenir du tout. Il y a un trou noir.

— Quelle décision dois-je prendre ? Ce que vous me dites est très… déstabilisant. Mais vous n'êtes pas sérieuse, je suppose ?

Avait-il été reconnu ? Recevait-il un avertissement ?

— Il n'est pas dans mes habitudes de donner des conseils, fit la voix, mais le danger me paraît si grand que je me vois dans l'obligation d'enfreindre ma règle.

— Un danger ?

— Un grave danger, oui. Un changement de vie complet pourrait être la solution, mais je n'en suis pas sûre. Quittez la capitale, éloignez-vous de votre entourage et vous serez peut-être sauvé. Sinon, je ne vois que le noir absolu.

— Qu'est-ce que ça veut dire ? bougonna Cheeseman.

— Vous tenez vraiment à le savoir ?

— Seigneur, oui !

— En général, cela signifie la mort.

Jeremy sentit qu'on lâchait ses mains. Il les retira d'un geste vif et écarta les rideaux. Il ne distingua dans la pénombre, sur sa gauche, que le rougeoiement d'une lampe à incandescence, qui s'éteignit aussitôt.

À sa droite, la porte s'ouvrit. La femme au visage sévère qui l'avait accueilli était là, prête à le raccompagner.

XXVI

Le colonel Garrett, assis sur l'accoudoir de l'un des confortables fauteuils en cuir de Mr. Smith, tirait sur sa vieille pipe, qui répandait une odeur détestable. Il portait une chemise couleur moutarde rehaussée d'une cravate moirée flambant neuve, sur laquelle le cramoisi le disputait au bleu électrique. Ses chaussures étaient plus jaunes que jamais, ses chaussettes violettes, imprimées de motifs de pendulettes orange.

Smith, appuyé contre le manteau de la cheminée, ses lunettes à monture d'écaille perchées sur le haut du crâne, contemplait affectueusement Ananias, qui, agrippé à son perchoir, se tenait la tête en bas.

— Bien ! lança Garrett en guise d'introduction.

— Mon cher Frank, le problème est là : est-ce que tout va bien ? Si je devais vous donner un point de vue personnel, et sans me montrer sentencieux, je dirais que la réponse est plutôt négative.

— Vous avez ce que vous voulez, non ? grogna Garrett. Le dossier de Geoffrey Livingstone Deane atteste que c'est un parfait secrétaire, ennuyeux comme la pluie, et ça ne vous plaît pas, parce que vous aimez bien le jeune Ware. Admettez que vous avez misé sur le mauvais cheval, et n'en parlons plus.

Ananias exécuta trois galipettes autour de son perchoir et, content de lui, commença à scander d'une voix de rogomme :

— *Que faire du matelot trouvé ivre au petit matin ?*

— Doucement, Ananias, le morigéna Smith avec affection avant de reprendre, à l'adresse de Garrett : Rien ne vous a frappé dans le dossier de Mr. Deane ?

— Non. Qu'est-ce qui vous frappe, vous ?

— Voilà… Il travaille depuis six ans pour Mannister, qui le loge, mais la plupart du temps, il dort en ville. Or il a changé par six fois d'adresse l'année passée – et le dossier ne dit pas où il habitait auparavant. S'il a changé six fois d'adresse pendant six ans, cela nous ferait… trente-six domiciles à son actif.

— Tout le monde a le droit de déménager, ronchonna Garrett.

— *Qu'on le mette dans la chaloupe pour qu'il dessoûle…*

— Tais-toi, Ananias, soupira Mr. Smith. Très bien, je n'insisterai pas sur ce point, mon cher Frank, puisque vous jugez normal de déménager six fois dans l'année. Passons à la question du numéro 1, Tilt Street.

Garrett plongea la main dans l'une de ses poches et en sortit un foulard aux couleurs criardes, une boîte d'allumettes, un bout de ficelle et un vieux calepin dont il tira une feuille qu'il lut à voix haute :

— Locataire : Miss Phoebe Dart, une cinquantaine d'années, apparemment respectable. Loue une pièce à un médium qui se fait appeler Asphodel. Difficile d'en savoir plus, il n'y a pas de domestiques, Miss Dart s'occupant seule du ménage. Je me suis renseigné à Scotland Yard sur Asphodel. Pratique son commerce depuis des années. Clientèle choisie. Procédés habituels pour contourner la loi. Se définit comme « artiste fantaisiste ». On dit que ses prédictions ont glacé le sang de plus d'un. Refuse d'être payée, mais vend des dessins, des poteries et autres babioles à trois fois le prix du marché.

— Les fluctuations du marché de l'art ne sont pas la spécialité de Scotland Yard, remarqua Mr. Smith. Le véritable nom de cette… Asphodel ?

— Simpson. Original, non ? Maud Simpson.

— Mariée, célibataire ?

— On ne sait pas. Embarquée au poste de police d'Eastbourne en 1919, pour avoir dit la bonne aventure sur la voie publique. Depuis, ne s'est plus fait remarquer. C'est tout ce que j'ai pu recueillir sur elle.

— Et Phoebe Dart ?

— Inconnue des services de police. Comme beaucoup de domestiques à la retraite, elle loue une partie de son appartement pour arrondir ses fins de mois.

Mr. Smith mit une bûche dans le feu et reprit :

— Y aurait-il aussi une jeune fille qui vit dans cette maison ?

— Pas que je sache. Il devrait y en avoir une ?

— Je crois, oui.

— *Qu'on retire la baille pour l'asperger !*

— Suffit, Ananias ! le gronda Mr. Smith avec une fermeté inhabituelle.

La sonnerie du téléphone retentit, au moment précis où la pendule carillonnait cinq heures. Smith décrocha au cinquième coup.

— Allô ! Mr. Smith ? fit la voix de Jeremy Ware.

Ananias pencha la tête, attentif.

— Oui.

— J'ai hésité avant de vous appeler, monsieur, mais je crois que cela vaut mieux.

— Parlez-vous allemand ? demanda Smith d'un ton brusque.

— Euh… oui, bredouilla Jeremy à l'autre bout du fil.

— Allez-y, je vous écoute.

— Je… je suis allé chercher mes relevés bancaires cet après-midi. On a déposé cinquante livres sur mon compte. J'ignore d'où elles viennent. Je retourne à la banque demain pour demander qui les y a déposées. Seule une vieille cousine de mon père aurait pu le faire, mais comment peut-elle savoir que je viens d'ouvrir un compte ? Franchement, je n'aime pas ça.

— Moi non plus, fit Mr. Smith, toujours en allemand. Continuez…

— Ensuite, je me suis rendu chez la personne dont nous avons parlé hier soir, au numéro 1…

Smith l'interrompit.

— Inutile de donner le nom de la rue.

— Après vous avoir quitté, j'ai appris qu'il s'agissait de l'adresse d'une voyante.

Smith l'arrêta à nouveau.

— Je connais son nom. Et qu'espériez-vous trouver là-bas ?

Le rire de Jeremy résonna à son oreille.

— Une soudaine envie m'a pris de me faire lire les lignes de la main !

— Était-ce bien raisonnable ?

— Rassurez-vous, je suis très doué pour les déguisements ! Un type moustachu, chevelu et grognon, qui tousse sans arrêt… Je pensais que personne ne pourrait me remettre…

— Et maintenant, vous avez des doutes ?

— *Johnny vient à Hilo*, roucoula Ananias.

— Mon perroquet, lui, a reconnu votre voix, ajouta Mr. Smith. Alors, avez-vous été démasqué ?

— Je l'ignore. J'avais oublié d'ôter ma chevalière. Il se peut que quelqu'un l'ait vue. J'ai eu l'impression que l'on cherchait à me prévenir…

— Oui ?

— Je n'ai pas vu la voyante. Elle tenait mes mains, par la fente entre les rideaux – toute la pièce était tendue de velours noir. J'ai inventé une histoire de mariage et…

— Et ?

— En gros, elle m'a dit de cesser toutes mes activités, voire de quitter la capitale ; si je ne le faisais pas, la mort serait au rendez-vous.

— Je vois, fit Smith. Merci. Si un certain Robinson vous appelle chez Mr. Mannister et vous demande de l'argent pour une œuvre de bienfaisance, cela voudra dire que j'ai besoin de vous voir.

— *Johnny vient à Hilo !*

— Ananias vous envoie ses amitiés.

— Je l'entends ! Merci de m'avoir écouté, monsieur. Bonsoir.

Après avoir raccroché, Mr. Smith retourna s'asseoir dans son fauteuil et regarda l'étagère qui portait l'*Histoire de la décadence et de la chute de l'Empire romain.*

— C'était Jeremy Ware, fit-il, laconique.

Garrett remplissait sa bouffarde, tassant le tabac dans le fourneau avec son gros pouce.

— Ah… et votre volatile lui envoie ses amitiés, railla-t-il avec une grimace.

— Oui. Ananias s'est beaucoup attaché à Jeremy.

Garrett craqua une allumette sur sa semelle et alluma sa pipe.

— Vous l'appelez par son prénom ?

— Je me fie au flair d'Ananias.

Garrett se renfrogna et regarda le feu sans rien dire, en tirant sur sa pipe. Ce fut Mr. Smith qui brisa le silence.

— Jeremy vient de découvrir que son compte a été crédité de cinquante livres, de façon inexplicable.

— Il vient de le découvrir, hein ? ricana Garrett.

— Oui, cet après-midi.
— Il ne peut expliquer la provenance de l'argent ?
— Non.
Garrett se donna une claque sur le genou.
— Et vous avalez ça ?
— Jeremy lui-même paraît avoir du mal à l'avaler, comme vous dites.
— *Hourra, l'ancre remonte !*
— Ananias, ce n'est vraiment pas le moment.
Smith fixa Garrett droit dans les yeux. Son regard avait perdu son expression rêveuse.
— Quand avez-vous repris l'affaire Denny ?
Garrett ne répondit pas tout de suite.
— Qu'entendez-vous par là ? dit-il en soufflant un nuage de fumée.
— La question est très simple, et appelle une réponse simple. Préférez-vous que je vous la donne ? Je ne connais pas la date exacte, mais je dirais… fin octobre, début novembre.
— *Hourra, l'ancre remonte !* hurla Ananias.
— Faites taire ce maudit animal ! s'exclama Garrett.
Mr. Smith hocha la tête.
— Vous feriez mieux de me répondre, Frank.
Garrett se pencha, les coudes sur les genoux. Son expression féroce se mua soudain en sourire.
— D'accord, d'accord, je baisse les bras. Mais vous aussi devez baisser la garde. Comment avez-vous deviné ? Dites-le-moi, sinon je ne vous répondrai pas. Allons, parlez ! Je n'ai pourtant pas l'impression d'avoir laissé échapper quelque chose dans un moment d'inattention. Je suis prudent.
Mr. Smith sourit à son tour.
— Non, vous n'avez rien laissé échapper…
— Auriez-vous l'obligeance de vous expliquer de façon moins sibylline ?

— L'affaire est sérieuse, Frank. Elle aurait même pu se révéler dramatique pour le jeune Ware… D'ailleurs il n'est pas encore sorti de l'auberge. J'aimerais vraiment savoir quand vous avez rouvert le dossier de Gilbert Denny : fin octobre ou début novembre ?

Garrett ôta sa pipe de sa bouche.

— En octobre.

— Puis-je vous demander ce qui vous a poussé à le faire ?

Garrett partit d'un rire bref.

— Je ne peux vous donner de réponse, simplement parce que je n'en ai pas ! J'avais cessé de m'occuper des affaires de Gilbert, puisque la succession était réglée. J'essayais de ne plus y penser, mais rien à faire, quelque chose me tarabustait. N'y tenant plus, j'ai décidé de tout reprendre de zéro : je suis allé interroger les trois hommes qui se trouvaient avec Gilbert à bord du *Zest*, je me suis rendu dans l'hôtel où il était descendu à Plymouth, j'ai rencontré Ellinger et je me suis aussi un peu intéressé à Lemare…

Il alla vider sa pipe dans l'âtre puis revint prendre place dans son fauteuil. Ses yeux brillaient d'un éclat coléreux.

— Résultat : je n'ai rien appris de nouveau ! Rien de rien ! Voilà pourquoi je ne vous en ai pas parlé. Je ne tenais pas à me ridiculiser. Et pourtant…

Il balaya l'air d'un grand geste, la pipe à la main.

— … pourtant, tout en me traitant d'idiot patenté, j'avais l'impression qu'il y avait quelque chose à découvrir et que j'étais sur le point de mettre le doigt dessus.

— Vous n'êtes pas le seul, apparemment…

— Ce qui veut dire ?

— Eh bien… qu'une personne, au mois d'octobre, craignant justement de vous voir découvrir ce quelque chose, a décidé de le masquer par un écran de fumée. Or, comme dit le proverbe, il n'y a pas de fumée sans feu. Et moi, je veux connaître les motifs de l'incendiaire. Mais cessons de filer la métaphore ; ce quelqu'un cherche à incriminer Jeremy Ware, qui n'est pas une personnalité en vue, mais un jeune secrétaire particulier qui gagne modestement sa vie. Il n'a pas de fortune personnelle, donc on n'a aucun intérêt à le faire chanter. Pourquoi prend-on tant de peine à lui gâcher l'existence ? À mon avis, on cherche à l'atteindre justement parce qu'il travaillait pour Gilbert Denny, dont la disparition demeure un mystère. En tant que secrétaire de Denny, Ware a pu avoir accès au rapport Engelberg. Dès que Bernard Mannister vous a dit que Ware avait été au service de Denny, vous-même avez commencé à le soupçonner, avouez-le. Selon moi, Mannister s'était fixé cet objectif. Plus j'y réfléchis, plus je pense que Jeremy Ware a été embauché par Mannister parce qu'il peut servir de bouc émissaire.

Garrett regarda sa pipe, le front plissé.

— Ce Mannister… maugréa-t-il.

— De deux choses l'une : il est venu vous voir de son plein gré, ou quelqu'un l'a dépêché.

— À votre avis, est-ce un valet ou un imbécile ?

— Je ne suis sûr de rien. Je vais vous dire ce que m'ont raconté hier soir Jeremy Ware et Mrs. Denny. Vous en tirerez vos propres conclusions. Je suis convaincu que votre cousine nous cache quelque chose à propos de cette maison de Tilt Street. Il est possible qu'elle ait consulté la voyante. L'affaire me semble avoir de nombreuses ramifications. Pour l'instant, j'aimerais savoir depuis combien de temps Miss Phoebe Dart vit à Tilt Street, d'où elle vient, et d'où elle tire ses revenus. Et j'aimerais également connaître le patronyme et l'historique familial d'une jeune fille prénommée Rachel…

— Rachel ?

— Le nom vous dit quelque chose ?

— Pas du tout ! Simplement, cela me rappelle… Non, c'est ridicule. Continuez votre histoire.

— Mrs. Denny a-t-elle cherché à vous joindre ?

— Non. Est-elle supposée le faire ?

— Oui, je lui ai conseillé de prendre contact avec vous de façon urgente.

Garrett éclata de rire.

— Vous prétendez donner des conseils à une femme ? À votre âge ? Elle ne vous écoutera pas ! Elles ne nous écoutent jamais.

Il se laissa aller contre le dossier de son fauteuil.

— Bon, reprenons le fil de l'histoire… Je suis tout ouïe.

XXVII

Après avoir téléphoné à Mr. Smith, Jeremy se sentit beaucoup mieux. La voix d'Ananias le saluant d'un « *Johnny vient à Hilo* » l'avait réconforté, et le commentaire de Mr. Smith plus encore. Il rentra chez lui en fredonnant :

— *Les cheveux bien pommadés, un géranium à la boutonnière...*

Au moment où il entrait dans sa chambre, Lizzie Walker sortit du salon, un papier à la main.

— Mr. Jeremy, j'espère que c'est pas trop important... Vous étiez à peine parti qu'un gentleman bien habillé et très poli est venu ici. Il vous cherchait. Je lui ai dit que vous étiez pas là. Il a dit « Quel dommage ! ». Il voulait savoir à quelle heure vous alliez rentrer. « Ben, il m'a rien dit », je lui ai répondu. Alors il m'a donné ce papier pour vous, et il est parti.

Jeremy déplia le papier et reconnut l'écriture de Mannister.

Ware,

Je suis appelé en province ce soir. Il se peut que Brunon téléphone de Paris entre neuf et onze heures. Pourriez-vous revenir au bureau pour prendre la communication ? Dites-lui que j'ai dû partir de façon précipitée, mais que j'ai sa lettre et que l'affaire suit son cours. Il n'appellera plus après onze heures et demie. En vous en allant, claquez la porte derrière vous comme d'habitude.

B.M.

— Vous devez ressortir tout de suite, Mr. Jeremy ? s'inquiéta Lizzie.

— Pas avant neuf heures. Mais je ne veux pas vous déranger, Lizzie.

— Dites pas de bêtises ! J'ai une bonne tourte au colin et aux crevettes dans le four, avec du fromage râpé et de la chapelure – une recette de ma tante Martha.

Tout en se régalant de la tourte, Jeremy repensait à la dernière phrase de Mannister. *En vous en allant, claquez la porte derrière vous comme d'habitude.* La dernière fois qu'on lui avait dit cela, il avait failli être accusé du vol d'une lettre importante. Qu'allait-il arriver cette fois-ci ? S'il devait arriver quelque chose... Votre employeur vous demande de revenir sur votre lieu de travail : vous y allez ou vous êtes viré. Jeremy n'avait pas le choix ! De toute façon, même si Mannister ne l'avait pas prié de venir, il y serait retourné de nuit, en passant par la fenêtre de l'arrière-cuisine. Cette maison l'attirait comme un aimant – ou n'était-ce pas plutôt Rachel ?

De chez les Evans s'élevait la voix de baryton de Mr. Evans, qui chantait :

— *Je dérivais, désespéré, mais au moment où je m'y attendais le moins, je t'ai trouvée...*

L'alto geignard de Mrs. Evans vint couvrir la voix de son époux, qui se mua peu à peu en basse grondante ; puis un objet métallique – sans doute une casserole – cogna la cloison et tomba par terre avec fracas. La dispute du soir commençait...

Quand Jeremy sortit, il faisait nuit noire. Les réverbères de Tilt Street disparaissaient dans le brouillard. Un passant, un homme âgé, le heurta et se rattrapa à lui en toussant, avant de repartir en boitillant. Jeremy se demanda pourquoi un vieil estropié ne restait pas tranquillement chez lui par un temps pareil.

Il se présenta à la porte de Bernard Mannister à huit heures cinquante. James, le majordome, vint ouvrir et le conduisit dans la bibliothèque. Pendant qu'il ranimait la flambée dans l'âtre, Jeremy fit pivoter l'étagère masquant le coffre-fort afin de vérifier si celui-ci était fermé, bien décidé, au cas où il le trouverait ouvert, à appeler James pour le lui faire constater. Cette fois, on ne l'accuserait pas d'avoir dérobé des documents !

Le coffre était correctement verrouillé.

— Avez-vous besoin de quelque chose, monsieur ? s'enquit le majordome.

— Non, merci, James.

— Mr. Mannister m'a dit que vous claqueriez la porte derrière vous, monsieur.

— En effet, James.

— Je vais donc me retirer dans ma chambre, monsieur. J'ai donné congé au personnel à huit heures, puisque Mr. Mannister est parti. Une bonne nuit de sommeil est appréciable, de temps en temps. Donc si vous n'avez plus besoin de moi…

— Allez vous coucher, mon bon James, et faites de beaux rêves. Oh, à propos, rêvez-vous ?

James ressemblait plus que jamais à une fourmi mélancolique. Deux mèches rebelles de cheveux gris se dressaient de chaque côté de son front, telles des antennes.

— Si je rêve, monsieur ?

Son œil triste s'éclaira.

— Oh que oui ! Je rêve chaque nuit, et toute la nuit !

— Et à quoi rêvez-vous, James ?

Le majordome se pencha vers lui.

— Vous ne me croirez jamais, monsieur ! Hier, j'ai rêvé que je brûlais sur un bûcher, et qu'on m'enfonçait mes propres cendres dans la gorge. Mais vendredi dernier, j'étais le tsar de Russie, avant l'arrivée des bolcheviks – je m'installais à mon bureau, je trempais la plume en or de mon stylo dans l'encre et je signais autant d'arrêts de mort que je voulais.

Il toussota et se caressa le menton.

— Cela donne une impression de… pouvoir, si vous voyez ce que je veux dire ; il me suffisait d'apposer ma signature et un homme était mort.

— Ah, je comprends pourquoi vous aimez vous coucher tôt, James ! Mais vous pourriez tout aussi bien être le pauvre diable dont on a signé l'arrêt de mort, non ?

— Certes, il m'arrive de faire des cauchemars, mais ils ne durent pas. Rien ne dure, dans un rêve… Bonne nuit, monsieur.

Jeremy s'installa dans un fauteuil, avec un livre et un verre de brandy, pour attendre l'appel de Paris. Il faisait bon et la bibliothèque lui paraissait miraculeusement silencieuse après l'interminable tir croisé d'injures et de sanglots échangés par les Evans. Quel plaisir de se trouver dans une grande pièce bien chauffée, et non dans un meublé glacial ! Seul le ronronnement d'un moteur de voiture glissant sous les fenêtres venait parfois troubler le silence.

Le temps passait agréablement. Quand la pendule sonna dix heures, Jeremy sursauta. À cet instant précis, la sonnerie du téléphone retentit. Il alla s'asseoir au bureau et décrocha, priant pour que la ligne soit bonne. Brunon serait certainement furieux de l'absence de Mannister et, en règle générale, les gens mécontents bredouillent et s'embrouillent, ce qui ne facilite pas la communication.

— Allô !

La ligne grésillait. Jeremy cria trois fois « Allô ! » avant qu'une voix sucrée lui demande son numéro de téléphone. Puis le grésillement reprit. Au sixième « Allô ! », quelqu'un dit « Ne quittez pas » et soudain la voix de Mannister résonna à ses oreilles.

— Allô, c'est vous, Ware ?

Jeremy écarta le récepteur. Mannister hurlait dans le combiné comme si sa voix devait remplir l'Albert Hall.

— Ware à l'appareil, monsieur.

— Je vous appelle de Rossleigh. J'ai oublié mes clés.

« Le crétin », songea Jeremy qui répondit à voix haute :

— Vos clés, monsieur ? Et où les avez-vous laissées ?

— N'allez pas imaginer que je l'ai fait exprès ! tonna Mannister. Je craignais d'être en retard à la gare. Juste avant de partir, j'ai ouvert le coffre. Je venais de le refermer quand le téléphone a sonné, et au moment où je raccrochais, James m'a annoncé que le taxi arrivait. J'ai dû laisser les clés sur votre table.

Jeremy regarda autour de lui : rien sur le bureau parfaitement ciré.

— Je ne les vois pas, monsieur. Si vous voulez bien ne pas quitter, je vais faire le tour de la pièce.

Les clés n'étaient ni sur le manteau de la cheminée, ni sur les étagères, pas plus qu'elles n'avaient glissé entre les coussins des fauteuils.

Jeremy revint au téléphone.

— Je ne les vois nulle part, monsieur. Êtes-vous sûr de les avoir oubliées ici ?

— C'est évident ! gronda Mannister. Je me suis rendu directement de la bibliothèque au taxi. Elles sont quelque part dans la pièce ; cherchez-les, nom d'une pipe !

— Je vais faire mon possible, monsieur. Ah, M. Brunon n'a pas encore appelé.

Mannister parut ne manifester aucun intérêt pour le dénommé Brunon : il émit quelques borborygmes, et raccrocha.

Jeremy fit de même puis s'approcha de la cheminée pour se réchauffer les mains et réfléchir. Mannister avait – soi-disant – perdu ses clés. Cela ressemblait fort à une variante de l'histoire du coffre-fort ouvert : cette fois, on le ferme, on laisse traîner la clé et on s'arrange pour que le naïf secrétaire soit là, à attendre un prétendu coup de fil de l'étranger. Si un document vient à manquer, qui sera responsable, je vous le donne en mille ? Jeremy Ware.

Cette histoire lui plaisait de moins en moins. Quel imbécile il avait été ! Il jura et donna un violent coup de pied dans l'âtre. Les braises s'éparpillèrent et la bûche s'effondra dans une gerbe d'étincelles.

Jeremy se retourna.

Rachel se tenait au milieu de la pièce, immobile, et le regardait.

XXVIII

À sa façon de le regarder, Jeremy comprit qu'elle ne dormait pas. Cette fois, elle n'avait pas quitté sa chambre pieds nus et en chemise de nuit ; elle portait une robe noire légère, à manches courtes, des bas et des souliers noirs. Pourtant, il ne l'avait pas entendue entrer. Seul un pressentiment l'avait fait se retourner.

Elle avait noué ses longs cheveux en chignon bas soulignant sa nuque gracile et s'était enveloppée d'un châle en soie cramoisie dont les franges traînaient jusque par terre, car il avait glissé de ses épaules. La couleur rappela à Jeremy le coton à broder de cousine Emily. Il se souvint d'un écheveau qu'il avait démêlé, exactement de la même teinte. La voix de sa vieille cousine lui revint nettement en mémoire : « C'est cette nuance-là que j'utilise pour broder les roses damassées. »

Le regard de Rachel croisa le sien ; aussitôt il éprouva une sensation des plus étranges, comme s'il venait d'être effleuré avec douceur sur une zone très sensible. Une sensation exquise, à la limite de la douleur.

Il fit un pas en avant, mais, incapable de trouver ses mots, ne put qu'articuler deux syllabes :

— Rachel.

Elle soutint son regard avec une détermination et un calme mêlés d'inquiétude, comme si elle savait qu'elle le trouverait là. Jeremy prononça la première phrase qui lui passait par la tête.

— Comment êtes-vous entrée ?

Elle lui sourit, d'un sourire adorable, qui illumina son visage. Elle avait de petites dents très blanches, ses lèvres frémissaient, ses yeux brillants se plissaient aux coins.

— Vous ne m'avez pas entendue arriver ? s'enquit-elle d'une voix douce.

— Non. J'ai toujours l'impression que vous surgissez par enchantement ! D'ailleurs, je me demande parfois si vous n'êtes pas le fruit de mon imagination.

Le regard de la jeune fille redevint triste.

— J'étais là, cachée derrière le rideau… dit-elle en tendant un bras laiteux vers la fenêtre.

Curieusement, sa main était hâlée, comme gantée d'ocre pâle ; son front, ses joues et son menton étaient également brunis. « Ce n'est pas en ville qu'elle a pris ces couleurs », songea Jeremy, se souvenant du manteau taché par l'eau de mer qu'elle portait dans le parc.

— Et comment êtes-vous entrée dans la bibliothèque avant de vous cacher derrière le rideau, si ce n'est pas un secret ?

— C'est un secret, justement. Il fallait que je vous voie.

Jeremy s'approcha d'elle, craignant de la voir se volatiliser à nouveau, puis comprit que cette fois elle était venue à lui en pleine conscience.

— Il fallait que je vous voie, répéta Rachel.

— Eh bien, je suis là !

— J'ai quelque chose à vous dire… murmura-t-elle.

Mais elle ne dit rien. Ils demeurèrent longtemps silencieux, proches l'un de l'autre en pensée, enfermés dans une bulle impalpable, bercés par un flot d'émotions délicieuses. Jamais Jeremy n'avait ressenti pareille harmonie avec un être humain.

— Que vouliez-vous me dire, Rachel ? chuchota-t-il enfin.

Aussitôt, elle se replia sur elle-même.

— Ce n'est pas facile…

— Venez vous asseoir près du feu… J'ai tellement peur que vous ne vous envoliez !

Il poussa le canapé vers la cheminée. Rachel s'assit à ses côtés ; elle remit son châle sur ses épaules et croisa les pans sur ses genoux. Le rouge cramoisi de la soie, allié au noir de la robe et au blanc de sa chair, évoquait la Blanche-Neige du conte des frères Grimm : « La reine, qui cousait, assise à sa fenêtre… fit le vœu d'avoir une fille à la peau blanche comme la neige, aux lèvres rouges comme le sang, aux cheveux noirs comme l'ébène… »

— Quel âge avez-vous, Rachel ?

— Dix-neuf ans.

— Vous me faites penser à Blanche-Neige…

Il vit sa lèvre inférieure trembler un peu.

— Hélas, il ne s'agit pas d'un conte de fées, Jeremy.

— Vraiment ?

Elle frissonna.

— Rachel, vous avez froid… Ce sont ces affreuses caves…

— Non… J'ai froid parce que… j'ai peur.

Il prit sa petite main et la serra tendrement. Elle était glacée.

— Racontez-moi…

— Je… je ne peux pas tout vous dire.

— Avez-vous peur de moi ?

— Oh non !

Ce cri du cœur emplit Jeremy d'une joie absurde.

— Vous rendez-vous compte que je ne connais même pas votre nom de famille ? s'écria-t-il.

— Carew. Rachel Carew. Vous ne le direz à personne ?

— Est-ce un secret ?

— Oui, soupira-t-elle. Oh, comme je hais les secrets ! Pas vous ?

— Vous seriez moins malheureuse si vous vous confiiez à quelqu'un.

— Oui… D'ailleurs, je suis venue pour vous parler, répondit-elle en repoussant une mèche de cheveux échappée de son chignon. Me promettez-vous de ne pas m'interrompre ?

— Je ne peux rien promettre, dit Jeremy, soudain sérieux.

— Il ne faut pas me poser de questions. Je vais vous dire pourquoi je suis venue. Vous savez, elles m'enferment à clé dans ma chambre ; elles pensent pouvoir parler et sortir comme bon leur semble. Je suis somnambule, vous savez.

— Oui, je sais…

Jeremy était aux anges. Par une nuit froide de janvier à Londres, il avait l'impression de vivre une matinée de printemps ensoleillée, de ces printemps où la nature exulte.

— Je ne supporte pas d'être enfermée, reprit Rachel. C'est horrible… « Prisonniers et captifs », ce passage me faisait pleurer à l'église, même quand j'étais petite. Un jour j'ai découvert que la clé du débarras ouvrait la porte de ma chambre, aménagée sous les combles. Je l'ai cachée. Personne n'est au courant. Elles pensent que je ne peux pas sortir.

— Je vois. Et qui sont ces femmes ?

Elle secoua la tête.

— Vous ne devez pas poser de questions.

— Est-ce cette Dart qui vous garde prisonnière ?

Elle retira sa main de la sienne, mais il l'avait sentie tressaillir à la mention du nom.

— Rachel… Cette femme vous fait-elle du mal ? s'écria-t-il en lui reprenant les deux mains. Dites-le-moi !

Elle pouffa de rire.

— Phoebe ? Oh non !

— Mais pourtant… elle vous fait peur !

— Pas du tout. Elle m'adore ! C'était ma nourrice.

Jeremy porta les mains de la jeune fille à ses lèvres et les baisa.

— Alors, qu'est-ce qui vous effraie à ce point ?

— J'ai peur pour vous, avoua-t-elle. Jeremy, c'est très gentil de m'embrasser les mains, mais vous devriez arrêter, parce que…

— « Parce que » n'est pas une explication suffisante, mademoiselle.

Le regard de la jeune fille s'assombrit. Elle se pencha vers lui :

— Vous venez de recevoir un appel ?

— Puisque vous étiez derrière le rideau, vous avez dû l'entendre…

— En effet. On vous a demandé de chercher quelque chose, non ? Était-ce une clé ?

— Oui. Un trousseau.

Elle retira ses mains, les porta à son visage, puis les laissa retomber et le regarda droit dans les yeux.

— Il est dans votre poche.

— *Quoi ?* C'est impossible, voyons !

— Je crois qu'il y est. Vous n'avez qu'à vérifier.

Jeremy alla fouiller sa veste, posée sur le dossier d'une chaise. Le trousseau de clés de Mannister était bien dans la poche gauche. Il le pêcha par la chaîne et l'observa, ahuri.

— Ça, c'est trop fort ! Mais comment diable…

Il songea au vieillard qui l'avait heurté dans le brouillard et qui s'était rattrapé à lui. Un vieux truc de pickpocket. Mais cette fois, au lieu de lui vider les poches, l'homme les lui avait remplies !

— Comment… le saviez-vous ? balbutia-t-il.

Rachel rougit et baissa la tête.

— J'ai… j'ai écouté aux portes. Elles vous veulent du mal. C'est affreux ! La première fois, j'ai surpris la conversation par hasard. J'ai compris qu'elles comptent m'envoyer loin, à l'étranger, mais j'ignore où, et cela m'angoisse ; alors, la nuit, je descends écouter. Si elles me surprennent, elles penseront que je fais une crise de somnambulisme. Je cache la clé de ma chambre et je descends au rez-de-chaussée. L'autre soir, elles ne parlaient pas de moi, mais de vous. On allait vous accuser d'avoir volé une lettre que l'on retrouverait dans votre tiroir. C'était affreux ! J'ai réfléchi, réfléchi… Le matin, je me suis réveillée tôt : je serrais la clé du coffre au creux de ma paume. J'ai rêvé que je venais ici, que je vous montrais la clé et que je refermais le coffre. L'ai-je vraiment fait ?

— Oui, Rachel.

Elle le regarda d'un air songeur. Sa main reposait sur la soie cramoisie de son châle.

— C'est bien ce que je pensais… Cela n'est pas convenable, mais je continue d'écouter aux portes. Elles ignorent qui a verrouillé le coffre, elles ne comprennent pas ce qui s'est passé. Alors, elles ont décidé de modifier leur plan : il fallait que vous soyez seul, avec les clés en poche, à attendre un appel téléphonique. Pendant ce temps, quelqu'un irait cacher des documents chez vous.

Jeremy bondit sur ses pieds.

— *Quoi ? Qu'est-ce que vous dites ?*

XXIX

Il resta là, un long moment, mi-incrédule, mi-effaré, les bras ballants. Puis l'indignation prit le dessus ; il fronça les sourcils et lança d'une voix altérée :

— Mais Seigneur, pourquoi ?

— Je ne sais pas, répondit Rachel. Mon Dieu, c'est affreux !

— Vous êtes sûre d'avoir bien entendu ? Des documents devaient être dissimulés chez moi ?

— Oui.

— Qui doit s'en charger ? Et comment comptent-elles entrer ?

— Elles ont une clé…

Rachel bondit du canapé à son tour, lui prit le bras et se serra contre lui. Une lueur affolée brillait dans ses yeux.

— Pourquoi n'êtes-vous pas parti dimanche, quand je vous l'ai dit ? hoqueta-t-elle. Vous auriez dû fuir !

— Moi ? M'enfuir comme un voleur ? Jamais de la vie ! Je veux d'abord les voir brûler en enfer.

Elle se serra plus fort contre lui, palpitante. Il sentait sur sa paume la douceur soyeuse du châle.

— Non, non, vous ne pouvez les affronter tout seul ! Elles vont vous faire du mal ! Je ne veux pas qu'on vous fasse du mal !

Jeremy la prit dans ses bras. La sentir trembler décuplait ses forces. Pour la protéger, il était prêt à combattre le monde entier !

— Rachel chérie, fit-il d'un ton exalté, voulez-vous vraiment que je m'enfuie ?

— Oui, Jeremy, il le faut !

— En vous laissant seule entre leurs griffes ?

Elle retint sa respiration, puis lâcha « oui » dans un souffle.

— Que penseraient les gens, si je prenais la poudre d'escampette ? Autant avouer aussitôt ma culpabilité ! Ne voyez-vous pas que c'est exactement ce qu'ils cherchent !

Tout en parlant, Jeremy songeait : « Nom d'une pipe, c'est ça ! Ils ont très peu de marge de manœuvre et ils veulent me coincer ! S'ils arrivent à leurs fins, ils me colleront l'affaire Denny sur le dos et Dieu sait quelle autre encore. »

— Qu'allez-vous faire, Jeremy ? Je suis si inquiète !

— Eh bien, d'abord, récupérer ces documents. À l'heure qu'il est, ils doivent être chez moi. Ensuite… nous laisserons les clés bien en vue. J'aimerais voir la tête de Mannister quand il les trouvera ! Car je suppose qu'il est complice.

Il la sentit se crisper.

— Rachel, il faut tout me dire… Ensuite, je vous sortirai d'ici.

Rosalind… Oui, Rosalind pourrait l'héberger. Accepterait-elle de le faire ? Certainement.

La jeune fille secoua la tête.

— C'est impossible.

— Et pourquoi ? Je refuse que vous restiez avec ces horribles femmes. Quelle emprise ont-elles sur vous ? Dites-le-moi.

— Je ne peux pas.

Il lui releva le menton, pour l'obliger à le regarder : elle était très pâle et les larmes embuaient ses yeux.

— Cette voyante… Asphodel… murmura-t-il, est-ce votre mère ?

Elle ferma les paupières. Deux grosses larmes mouillèrent ses longs cils et roulèrent sur ses joues. On aurait cru une petite fille.

— Non, dit-elle dans un hoquet.

— Dieu soit loué ! s'exclama Jeremy, soulagé. Cela nous évite des complications. Chérie, ne tremblez pas, tout ira bien. Il est hors de question que je vous laisse retourner chez elles.

Rachel se raidit davantage.

— Non, Jeremy. Je dois rentrer. Vous, vous irez chercher ces documents. Je vous en prie, laissez-moi partir.

— Non.

Il entoura tendrement ses épaules.

— Tenez-vous vraiment à me quitter ?

— Non, mais je le dois.

— Vous n'êtes pas bien dans mes bras ?

Elle rouvrit les yeux et le regarda un long instant. Ils étaient pleins de lumière.

— Si. Je m'y sens en sécurité. Mais il faut que je m'en aille. *S'il vous plaît…*

Jeremy sentit qu'il perdait la tête. Elle était si proche… Il avait l'impression de ne faire qu'un avec elle, de l'avoir toujours connue, toujours aimée. Rien ni personne ne pourrait les séparer. Il s'entendit articuler son prénom d'une voix rauque et hésitante, puis, avant même que ses lèvres atteignissent celles de Rachel, elle l'enlaça. Leurs bouches frémissantes s'unirent dans un long baiser.

Rachel s'arracha brutalement à son étreinte.

— Je… je suis désolé, bredouilla Jeremy. C'était trop tôt… Je ne voulais pas… Quand vous reverrai-je ? Êtes-vous en colère ?

Elle sourit, mais son regard était sérieux.

— Pour quelle raison serais-je en colère ? Je vous ai embrassé aussi ! Ai-je eu tort ?

Bouleversé, Jeremy se mit à balbutier des mots tendres et incohérents. Il porta les mains de la jeune fille à ses lèvres, mais elle les retira très vite.

— S'il vous plaît, Jeremy… Cessez de m'embrasser. J'ai des choses à vous dire.. Nous allons nous asseoir chacun à un bout du canapé et vous allez m'écouter. Quand je suis dans vos bras, je tremble si fort que je ne peux pas réfléchir…

Les joues rosies par l'émotion, les yeux brillants, elle s'assit bien droite sur le canapé et posa ses mains sur ses genoux.

— Je n'aurais pas dû vous laisser m'embrasser. Vous savez, je ne suis pas le genre de fille à se laisser embrasser. Non, non, taisez-vous. Ce que j'ai à vous dire est très difficile ; je vous en prie, ne m'interrompez pas.

Jeremy esquissa un geste dans sa direction, puis renonça et murmura, en essayant de contrôler le tremblement de sa voix :

— Pourquoi m'avez-vous rendu mon baiser ?

Elle soutint longuement son regard.

— Je me sens en sécurité auprès de vous. J'ai l'impression que nous sommes faits l'un pour l'autre. Et je crois que vous ressentez la même chose. Mais j'ai peur.

Il se pencha vers elle, sans la toucher.

— Il ne faut pas. Oui, vous êtes en sécurité auprès de moi et nous sommes faits l'un pour l'autre. Je le sais depuis la première minute où je vous ai vue. J'ai gardé le petit hibou que vous avez perdu.

— C'est vrai ? Comme je suis contente ! Je craignais de l'avoir égaré ! Il me vient de mon père. C'est lui qui les fabriquait et c'est le seul qui me reste. Elles ont pris tous les autres.

Il se rapprocha d'elle.

— Qui sont ces femmes, Rachel ?

— Je ne peux pas vous le dire. Savez-vous à quoi j'ai rêvé, cette nuit-là ? J'étais très triste et j'avais peur, alors j'ai pris mon petit hibou avec moi dans mon lit, en pensant à papa.

Elle s'empara de la main de Jeremy et la serra avec force.

— J'avais surpris cette conversation... On allait vous faire du mal. Vous êtes apparu dans mon rêve. Je ne voyais pas votre visage, mais je savais que c'était vous. Au moment où je me dirigeais vers vous, j'ai entendu ma nounou dire : « Si vous ne venez pas tout de suite, Miss Rachel, j'enverrai une oie marcher sur votre tombe. » C'est idiot, non ? J'étais terrorisée ! J'ai fait demi-tour et j'ai couru. Quand je me suis réveillée, le hibou avait disparu.

— Dois-je vous le rendre ?

— Non, gardez-le. Je... je n'aurais pas dû vous raconter ce rêve idiot. Nous avons si peu de temps...

— Nous aurons bientôt tout notre temps...

Elle secoua la tête et lâcha la main de Jeremy avec un soupir.

— Non. Jamais nous ne pourrons...

— Ne dites pas de bêtises, Rachel !

Il s'agenouilla devant elle et l'entoura de ses bras.

— À moi de parler, à présent. Voilà ce que je devrais vous dire : « Rachel, je suis pauvre comme Job et je n'ai pas le droit de vous demander votre main. » Mais je ne le dirai pas. Je pense au contraire que nous vivons le début d'une merveilleuse aventure... Osez prétendre que vous ne m'aimez pas !

Rachel rougit délicieusement. Ses lèvres s'entrouvrirent pour former un « non » silencieux.

— Alors embrassez-moi.

Elle passa ses bras blancs autour de son cou et l'embrassa avec solennité. Ils n'auraient pu dire combien de temps ils restèrent là, lovés l'un contre l'autre.

Soudain, la pendule carillonna. Jeremy tourna la tête : les aiguilles marquaient dix heures quarante-cinq. Depuis que dix heures avaient sonné, il vivait dans un rêve ; il ne voyait plus la vie sous le même angle, le moindre détail l'émerveillait, la luminosité de l'abat-jour, le chatoiement des coussins, les ombres jouant dans la bibliothèque.

Et puis la petite voix de Rachel, dans son oreille, le ramena doucement à la réalité.

— Laissez-moi partir…

— Non, pas encore !

À cette minute, la sonnerie du téléphone retentit, le tirant pour de bon de sa rêverie. Il alla décrocher le combiné. Qui était-ce ? Mannister avait-il inventé cet appel de Paris, pour l'attirer dans un piège ?

Il parut que ce n'était pas le cas, car dès qu'il porta l'écouteur à son oreille, une voix masculine annonça : « On vous demande de Paris. Acceptez-vous la communication ? »

C'était Brunon, un Brunon furieux d'apprendre l'absence de Mannister. Il exigea de savoir où il était et voulut qu'on lui transmette le numéro où l'on pouvait le joindre. Jeremy l'ayant courtoisement informé qu'il n'était pas en mesure de lui fournir ces renseignements, le dénommé Brunon l'agonit d'injures avant de raccrocher avec une violence à vous faire exploser les tympans. Jeremy reposa le combiné en riant.

— On peut dire qu'il n'était pas content !

Il se retourna et constata qu'il parlait dans le vide.

Rachel avait disparu.

XXX

Il était inutile de chercher à la rattraper, et pourtant, Jeremy ne put s'en empêcher. Il se retrouva à nouveau dans l'obscurité froide et déserte de la cave, avec ce mur qui le narguait ; il se maudit de ne pas avoir tout de suite demandé à Rachel par où elle était passée, pour voler ainsi à son secours si elle avait besoin de lui.

Il revint dans la bibliothèque et réfléchit à la tactique à adopter. S'il n'avait pas trouvé les clés de Mannister dans sa poche, jamais il n'aurait cru que l'on ait délibérément dissimulé des documents chez lui pour lui créer des ennuis. Il devait les récupérer au plus vite et les rapporter dans cette même pièce. Pour rentrer, il passerait par la fenêtre de l'arrière-cuisine.

Il sortit en claquant la porte derrière lui. Dehors, le brouillard était si dense que Jeremy dut avancer quasiment à l'aveuglette jusqu'à Nym's Row. Toutes les lumières étaient éteintes, excepté celle de la chambre de Mr. John Brown. Mr. Brown veillait toujours très tard. Mrs. Beamish, sa logeuse, disait qu'il passait ses nuits à lire, et qu'il le paierait un jour ou l'autre. Elle considérait la lecture tantôt comme une perte de temps, tantôt comme un exercice dangereux pour la santé.

Quand Jeremy arriva en haut de l'escalier, Lizzie Walker l'interpella par sa porte entrouverte.

— C'est vous, Mr. Jeremy ?

Elle paraissait en colère.

— Oui. Que se passe-t-il ?

— Attendez une minute.

Il perçut le bruit feutré de ses pas. Par l'entrebâillement de la porte, il voyait la lueur d'une bougie et entendait les ronflements paisibles de Mr. Walker.

— Que se passe-t-il, Lizzie ? répéta Jeremy.

— Je voulais être sûre que c'était vous.

— Oh, c'est bien moi !

Elle recula d'un pas et l'observa d'un air méfiant. Elle avait tressé ses cheveux pour aller au lit et boutonné jusqu'au menton le gros jabot en dentelle de sa chemise de nuit.

— Sûr que vous alliez au lit comme si de rien n'était !

— Oh, désolé de vous avoir réveillée, Lizzie.

— On peut pas réveiller quelqu'un qu'a pas fermé l'œil ! ronchonna-t-elle. Faudrait avoir un sommeil de rhinocéros pour arriver à dormir quand môssieur Jeremy arrête pas de monter et de descendre l'escalier en faisant un boucan pas possible, ou en essayant de pas en faire, ce qui est encore pire ! J'ai bien cru qu'il y avait des cambrioleurs ! Alors je me lève et je crie : « Qui est là ? », et vous, vous répondez : « Ce n'est que moi, Lizzie. » Je me dis : « Bon, ça va, il va finir par se coucher… » Eh ben non ! Au moment où je vais m'endormir, il ressort, et voilà-t-y pas que je me réveille en sursaut et que je peux plus fermer l'œil jusqu'à ce qu'il revienne pour de bon, et que je sache que c'est vraiment vous.

C'était donc vrai. Quelqu'un s'était introduit dans sa chambre. Et ce quelqu'un avait répondu à sa logeuse en imitant sa voix. Quel dommage que Lizzie n'ait pas jeté un coup d'œil par l'entrebâillement de la porte ! Elle aurait vu en chair et en os l'individu capable non seulement de la leurrer – elle qui connaissait Jeremy depuis l'enfance –, mais également de tromper Rosalind au téléphone et sans doute aussi d'imiter l'écriture de Gilbert Denny.

Il jugea inutile d'effrayer Mrs. Walker.

— Navré, Lizzie, mais je dois ressortir. Je m'excuse de vous avoir dérangée. J'essaierai de faire le moins de bruit possible en revenant.

Il entra chez lui et entendit la porte des Walker claquer furieusement.

Il embrassa sa chambre du regard : fort peu d'endroits étaient susceptibles de receler des documents : la malle, les tiroirs de la commode, le lit, les livres alignés sur la cheminée. Il commença par la malle, qui n'était pas cadenassée – Lizzie Walker eût été offensée qu'un locataire mît un cadenas à une valise dans sa propre maison. Il la vida sur le tapis et entreprit d'en trier le contenu, en se demandant parfois pourquoi il gardait telle ou telle babiole. Comme chaque fois qu'il ouvrait la malle, il se promit de se débarrasser de la moitié d'entre elles.

Il y trouva quelques livres, qu'il secoua par acquit de conscience. Du troisième tomba une lettre griffonnée sur un papier très fin, signée « André Brunon ». Jeremy y jeta un coup d'œil et vit qu'elle contenait bon nombre d'indiscrétions propres à alimenter un scandale. Un bavard à la plume trempée dans l'acide, ce Brunon.

Jeremy s'attaqua ensuite à l'exploration de la commode. Dans les plis d'un maillot de corps rangé dans le deuxième tiroir, il découvrit un document rédigé en italien ; ensuite il trouva, entre les pages d'un volume posé sur la cheminée, trois feuillets couverts d'une curieuse calligraphie.

Il disposa ses trouvailles sur son lit et les observa, mâchoires serrées, sourcils froncés. Jamais il n'avait ressenti pareille colère, une colère qui engendrait une peur sournoise. Quel était ce démon qui savait imiter sa voix, sa signature et celle de Gilbert Denny ? Comment pourrait-il prouver qu'il ne s'agissait pas de sa propre voix, de sa propre écriture ? Quand il irait à la banque le lendemain pour demander comment les cinquante livres avaient atterri sur son compte, il était prêt à parier dix contre un, non, mille contre un, que l'employé lui dirait qu'il avait reconnu sa signature. Comment se sortir de ce pétrin ? Y avait-il un rapport entre cet argent et la première lettre qui avait disparu du bureau de Mannister ? Cherchait-on à faire croire que Jeremy Ware avait vendu un document confidentiel pour cinquante livres ? Et qui accepterait sa version des faits, avec sa propre signature déposée à la banque ?

Il empocha les trois feuillets, ouvrit la fenêtre, se laissa glisser le long de la gouttière et escalada le mur de la cour.

Pénétrer chez Mannister par l'arrière-cuisine fut encore un jeu d'enfant. Le seul risque qu'il courait était d'être vu ; mais Dieu merci, la densité du brouillard l'empêcherait d'être reconnu. Et comme il était supposé avoir passé toute la soirée chez Mannister, il pourrait quitter la maison par la porte d'entrée.

Il arriva sans encombre jusqu'à la bibliothèque. Le problème à présent était de savoir que faire des fameux documents. En principe, ils devaient se trouver dans le coffre-fort. Cependant, les remettre à leur place reviendrait à avouer qu'il avait ouvert le coffre. Mais l'avouer à qui ? À celui ou celle qui les avait dissimulés chez lui. Était-ce Mannister ? Il n'en savait rien. Si ce n'était pas lui, Jeremy pouvait lui dire : « Écoutez, monsieur, quelqu'un a glissé vos clés dans ma poche et introduit des documents importants dans ma chambre. » Mon Dieu, il avait bien peu de chances de l'en convaincre ! Le pauvre Jeremy avait la sensation d'errer dans un château hanté plein de fantômes et de toiles d'araignée.

Après moult hésitations, il remit les documents à leur place dans le coffre et rangea les clés dans le premier tiroir de gauche du bureau de Mannister. Si celui-ci était innocent, il se dirait qu'il les avait laissées là par inadvertance ; mais s'il avait quelque chose à se reprocher, il en aurait une attaque, et ce serait bien fait pour lui. L'idée n'était pas pour déplaire à Jeremy.

Il rentra chez lui en passant par Tilt Street. La nuit devenait plus glaciale à mesure que le brouillard s'estompait. Les lampes des réverbères ressemblaient à de gros cocons jaunâtres diffusant une vague lueur dans l'obscurité. Ces cocons lui rappelèrent son enfance : petit garçon, il élevait des vers à soie. La soie brute collait aux doigts quand on essayait de les dévider ; un jour, il en avait trouvé un très beau, mordoré. En général, ils étaient couleur paille, mais celui-là était presque orange…

Arrivé à Nym's Row, il fit jouer silencieusement la clé dans la serrure de la porte d'entrée. La chambre de Mr. John Brown était toujours éclairée. Jeremy monta l'escalier sur la pointe des pieds, terrorisé à l'idée de réveiller les Walker. Mais un duo de ronflements réguliers provenait de leur chambre. Il se glissa dans son lit et s'endormit aussitôt.

Une demi-heure plus tard, Mr. Brown se laissa tomber du mur du numéro 1, Tilt Street, traversa le jardin de Bernard Mannister et escalada le mur qui donnait sur la cour de Mrs. Beamish. Il passa par la porte de l'arrière-cuisine, qu'il ferma à clé derrière lui, et monta dans sa chambre où la lampe à gaz avait brûlé la moitié de la nuit en son absence.

Il avait l'air d'un homme satisfait de la tâche accomplie.

XXXI

Bernard Mannister ne reparut que vers midi le lendemain. Geoffrey Deane, arrivé à dix heures et demie, pressa Jeremy de questions : Savait-il que Mr. Mannister s'était absenté ? Savait-il quand il rentrerait ? Que devait-on faire si M. Brunon appelait de Paris ?

— Brunon a téléphoné hier soir. J'ai pris la communication. Mr. Mannister m'avait prié d'être là.

Deane tripota ses bésicles, les chaussa, les repoussa sur son front et finit par les remettre de travers.

— Donc vous saviez que Mr. Mannister devait s'absenter ?

— J'ai trouvé un message en rentrant chez moi.

— Mais je croyais que…

— Seigneur ! Il me faut subir un contre-interrogatoire, à présent ?

Jeremy prit la pose, fronça les sourcils, leva un index menaçant et déclara :

— Je porte à votre attention, monsieur le juge, que l'accusé avait l'intention de quitter la ville sans vous en avertir…

Les bésicles de Deane lui tombèrent du nez. Il cligna des yeux et les rechaussa.

— L'accusé ? fit-il, interdit.

Là-dessus, la sonnerie du téléphone retentit. Jeremy décrocha : la voix de Mannister, bizarrement brouillée par une conversation très intéressante entre deux jeunes filles, annonça qu'il arriverait à midi. Jeremy raccrocha à regret.

— Deux filles se disputaient à propos d'un dénommé Podger. Un joyeux luron, apparemment. Ce qu'elles se balançaient à la figure n'était pas triste, mais rien à côté de ce qu'elles racontaient sur Podger.

Deane semblait de plus en plus perplexe.

— Vous connaissez ces gens ?

— Disons que Mannister était le trombone solo, et que les deux autres jouaient en sourdine. Bref, il sera là à midi. Et moi, je sors une demi-heure.

Jeremy se rendit à la banque. Le versement des fameuses cinquante livres avait été accompagné d'une lettre, que l'employé lui montra : on l'aurait dite écrite de sa main. Il fut frappé par la dernière phrase : « Veuillez accuser réception au 29, Marsh Street. »

Il pointa l'index sur la feuille.

— Vous avez envoyé le récépissé, je suppose ?

— Bien sûr, Mr. Ware.

— Écoutez, ce n'est pas moi qui ai déposé ces cinquante livres, pas plus que je n'ai écrit cette lettre, ni reçu d'accusé de réception. J'aimerais que vous en preniez note, car j'ai l'intention d'aller jusqu'au bout de cette affaire.

— Mais, Mr. Ware, pour quelle raison aurait-on…

— C'est ce que je cherche à savoir !

Quand Bernard Mannister entra dans la bibliothèque, Jeremy le jugea un peu pâlot. Mannister y alla de son couplet sur Brunon comme s'il se trouvait encore à une tribune, mais il n'était manifestement pas au mieux de sa forme. Il se fit servir un whisky-soda, puis demanda à Jeremy s'il avait récupéré son trousseau de clés.

— Je l'ai cherché en vain dans toute la pièce, monsieur. Mais je n'ai pas osé fouiller vos tiroirs.

— Elles ne peuvent pas y être, grommela Mannister.

Il but son verre d'un trait et le reposa bruyamment.

Geoffrey Deane se mit à lui tourner autour, telle la mouche du coche, posant des questions sur les clés, soulevant des papiers, retournant des buvards. Déconfit, il se rangea à l'avis de Jeremy.

— Il faudrait peut-être regarder dans vos tiroirs, monsieur.

Mannister s'adressa à lui comme s'il apostrophait un détracteur dans une salle de réunion.

— Mon cher Deane, comment expliqueriez-vous que mes clés soient dans un tiroir que j'ai moi-même fermé avec ces clés ?

Deane essuya la rebuffade, mais s'obstina néanmoins.

— Je me demandais seulement si tous les tiroirs étaient fermés, monsieur. Il faudrait nous en assurer, car il est possible que votre trousseau ait glissé dans celui qui ne l'était pas.

Joignant le geste à la parole, il tira sur le premier tiroir de gauche, qui s'ouvrit sans difficulté, révélant aussitôt la chaîne en acier accrochée au trousseau.

Jeremy, de l'autre côté du bureau, observait Mannister. Celui-ci demeura impassible. Jeremy tendit le bras par-dessus le plateau et saisit la chaîne, au bout de laquelle dansaient les clés.

— Les voilà, monsieur.

Mannister resta de marbre.

— Comment sont-elles arrivées ici ? s'étonna Deane. Elles ont dû tomber sans que vous vous en aperceviez et ensuite vous avez fermé le tiroir… Ou bien alors…

Mannister repoussa sa chaise et se leva.

— Quelle importance ? s'exclama-t-il précipitamment. Je suis débordé, j'oublie tout ! J'ai besoin de repos, voilà ! Pourtant, j'aurais juré… j'aurais juré…

Il arracha les clés des mains de Jeremy, les fourra dans sa poche et sortit en claquant la porte.

Deane parut affligé.

— C'est vrai, il a besoin de vacances. Ce n'est pas la première fois qu'il oublie quelque chose, vous l'avez remarqué ? Mais tel que je le connais, quand il s'arrêtera, il sera trop tard…

Il hocha la tête d'un air entendu et retourna à ses coupures de presse.

À l'heure du déjeuner, Jeremy rentra à Nym's Row avec un sentiment de vide et de découragement. Il aurait dû se passer quelque chose ; or rien ne s'était passé, sinon que Mannister avait quitté le bureau en claquant la porte et que Deane, avec sa manie exaspérante d'asséner des banalités comme s'il s'agissait de paroles d'évangile, avait décrété que son patron avait besoin de vacances. Ensuite, il s'était mis à lire à voix haute des articles de presse encensant Mannister. Jeremy songea que s'il devait continuer à travailler quotidiennement dans le même bureau que Geoffrey Deane, on verrait bientôt en manchette des journaux : « *Meurtre à Marsh Street. Un secrétaire arrêté* ».

En entrant dans sa chambre, il trouva le repas tout prêt, et une lettre posée à côté de son assiette.

— Elle vient d'arriver, lui fit remarquer Mrs. Walker. Regardez, elle est postée de Middleham. Ça me rappelle quand vous étiez petit, vous alliez en vacances là-bas chez votre cousine, Miss Emily. Mais c'est pas son écriture.

Elle lui servit une grosse portion de tourte aux pommes de terre et resta là, à tourner autour de lui, dévorée de curiosité.

— On dirait que ça vient d'un notaire…

Jeremy décacheta l'enveloppe et alla lire la lettre devant la fenêtre. Il resta si longtemps immobile que Lizzie Walker finit par s'inquiéter.

— C'est pas une mauvaise nouvelle, j'espère, Mr. Jeremy ?

Celui-ci se retourna.

— Ma cousine Emily est décédée, Lizzie. C'est la seule parente qui me restait. Je ne l'avais pas vue depuis des années. J'aurais dû…

— Alors il faut que vous alliez à l'enterrement, Mr. Jeremy. Faut vraiment y aller.

Jeremy secoua la tête.

— Trop tard, Lizzie. Il a déjà eu lieu. Je lui avais écrit à Noël…

Il s'interrompit, puis reprit, très ému :

— Lizzie… Elle me laisse sa maison et une rente de mille livres par an.

La logeuse devint toute rose de bonheur.

— Oh, que je suis contente pour vous, Mr. Jeremy ! Et mon Joseph aussi, il sera content d'apprendre ça ! C'est sûr, vous pouviez pas continuer à vivre ici éternellement, quoique… y a pire, hein ! Je connais des logeuses, des vraies harpies qui vous louent des chambres dégoûtantes ! Et leurs filles qui s'habillent et se maquillent comme des actrices de cinéma… Ah, si votre pauvre mère voyait ça ! Elle, c'était une vraie dame, un petit mot gentil pour tout le monde, et aussi polie avec moi et la cuisinière qu'avec Lady Hawkins. Je la vois encore sur son lit de mort, me disant : « Chère, chère Lizzie, vous veillerez sur mon Jeremy, n'est-ce pas ? » Je sais pas si j'ai réussi, mais on peut pas dire que j'ai pas essayé, hein ?

Elle étouffa un sanglot, se moucha bruyamment et se laissa choir dans le fauteuil pour pleurer un bon coup.

Jeremy lui tapota l'épaule, promit de ne jamais épouser la fille d'une logeuse et lui conseilla de pleurer moins fort car les Evans pourraient s'imaginer qu'ils étaient en train de se disputer.

Mrs. Walker produisit alors un son extraordinaire, combinant le grognement et le sanglot.

— Oh, *ceux-là*... lâcha-t-elle avec mépris, avant d'accrocher le bras de Jeremy à deux mains. Croyez pas que je suis pas contente, Mr. Jeremy, parce que je suis vraiment contente pour vous.

— Je n'en doute pas, Lizzie.

— Regardez-moi ça, votre tourte est en train de refroidir, et moi qui me donne en spectacle !

Elle bondit sur ses pieds, se frotta le nez jusqu'à ce qu'il devienne rouge cerise, puis alla s'appuyer contre le chambranle de la porte et égaya le repas de Jeremy en lui racontant tous les enterrements de sa famille. Elle interrompit le récit des obsèques de son père pour aller lui chercher un gros chausson aux pommes, après quoi elle passa sans transition à la controverse entre le pasteur et sa tante Susanna concernant la pierre tombale de l'oncle Thomas, mari de tante Susanna. Était-il justifié d'y inscrire « À un homme aimé et regretté de tous », connaissant la moralité notoirement douteuse dudit Thomas ?

Jeremy écoutait à peine. Cela lui faisait tout drôle de penser que cousine Emily n'était plus de ce monde... Et encore plus bizarre de se dire qu'il héritait d'une maison et de mille livres de rente par an.

— … tante Susanna lui dit : « Écoutez, ce qu'a fait mon pauvre Thomas, c'est pas la question. Chacun ses défauts. On s'attend pas à les voir gravés sur notre tombe. »

Une maison et mille livres par an… Soudain, Jeremy eut une illumination : Rachel ! Il pouvait épouser Rachel !

XXXII

À peu près au même moment, le colonel Garrett répétait pour la sixième fois « Allô ! » dans le combiné de son téléphone et s'apprêtait à le répéter encore quand la voix douce et cultivée de Mr. Smith lui parvint.

— Mon cher Garrett, quel vacarme ! Vous avez réveillé Ananias.

— Pendez-le, saperlipopette ! Dites, savez-vous si votre jeune protégé s'amuse à écrire des lettres anonymes ?

— Je ne pense pas. Puis-je vous demander à qui vous faites allusion ?

— Jeremy Ware. Vous le savez très bien.

— Pour quelle raison écrirait-il des lettres anonymes ?

— Je l'ignore. J'en ai une sous les yeux.

— Et vous venez me la montrer ?

Garrett partit d'un bref aboiement.

— Pas du tout. Je pars à la découverte de fantômes du passé…

— À cause de cette lettre ?

— Oui. Et je vais probablement me tourner en ridicule. Vous ne connaissez pas Ledlington, bien sûr ?

— Euh… non.

— La lettre m'invite à aller consulter trois entrées du registre d'état civil. Deux naissances et un décès. Connaissez-vous Farrow-in-the-Fold ?

— Mon Dieu, non !

— Quarante kilomètres de Ledlington. Il y a même une gare ! Il se peut que je revienne demain.

— Vous parlez par énigmes, mon cher.

— Je dois retrouver mention d'un acte de mariage dans le registre de la paroisse de Farrow-in-the-Fold. Vous ne voudriez pas y aller à ma place, par hasard ?

— Euh… non. Sans façon.

— C'est du gâteau, pourtant. Toutes les dates sont fournies. Il suffit de prendre le train. En fait, j'envoie un de mes gars là-bas, et moi, je me rends à Ledlington. Une question me tracasse, Smith : si ce n'est pas votre protégé qui m'a envoyé cette jolie missive, qui est-ce ? Vous êtes sûr que ce n'est pas lui ?

— Tout à fait.

Garrett raccrocha.

Mr. Smith se tourna vers Ananias, toujours très intéressé par les conversations téléphoniques, et le gratta derrière l'oreille.

— Attendons, Ananias.

Une heure ou deux plus tard, Mimosa Vane étreignait Rosalind Denny. Étreindre est peut-être un bien grand mot : sa main gantée effleura l'épaule de Rosalind, et, tandis que sa pommette gauche approchait le visage de la jeune femme, une mèche blond platine lui chatouilla la joue.

— *Chérie !* Je ne m'attarde pas ! Le temps passe à une telle rapidité ! Non merci, je ne bois rien. Aujourd'hui, c'est mon jour orange – seulement du jus, même pas de cocktail. Sibylla dit que l'alcool fait grossir.

Tout en parlant, elle s'était assise sur une chaise et avait allumé une cigarette. Rosalind l'observa : sa nouvelle poudre de riz lui donnait un teint verdâtre. Ses yeux étaient noircis de fard et ses lèvres peintes en orange vif. Elle portait une mince robe noire sous son manteau de fourrure, et s'était coiffée d'un petit chapeau noir piqué d'une plume rouge. Un sautoir fait d'anneaux en acier étincelants pendait sur sa poitrine creuse.

Rosalind s'interrogeait sur les raisons de cette visite impromptue. Elle lui demanda, mue par une pitié soudaine :

— Tu en fais trop, Mimosa. Tu devrais te reposer.

Celle-ci partit de son horrible rire de gorge. « On dirait de la barbe à papa collante et sucrée », songea Rosalind.

— Me reposer ? Chérie, mais c'est très ennuyeux et ça fait grossir ! On ne reste pas sans bouger, à moins d'avoir renoncé à sa silhouette. Je passais seulement pour savoir si tu étais allée consulter Asphodel. Alors, tu l'as vue ? Elle est merveilleuse, non ?

Rosalind ressentit un grand froid intérieur.

— Oui, je l'ai vue, dit-elle en s'efforçant de contrôler sa voix.

Mimosa chassa la volute de fumée qui flottait devant son visage.

— Oh chérie, raconte ! Que t'a-t-elle dit ?

Rosalind releva le menton et répondit d'une voix vaguement méprisante :

— Pour être franche, elle ne m'a guère impressionnée…

Une fraction de seconde, les yeux bleu pâle aux paupières charbonneuses s'étrécirent. Rosalind eut l'impression d'être transpercée par un poignard. Puis la voix glycérinée reprit dans un murmure :

— Chérie, quel dommage ! Mais tu sais, sans vouloir te vexer, il faut aussi savoir jouer le jeu. Asphodel vit dans l'éther, l'irréel, le sublime ! Si l'on va la consulter dans un état d'esprit bassement matériel…

— À mon avis, tout est truqué ! s'écria Rosalind, soudain furieuse.

Sentant les larmes lui monter aux yeux, elle se leva et alla ajouter du charbon dans l'âtre, espérant que Mimosa ne percevrait pas son trouble. Celle-ci se leva à son tour, papillonna autour d'elle et l'entoura de son bras osseux.

— Chérie ! Cesse de t'agiter ! Pourquoi faire semblant avec moi ? Parfois, le voile se soulève… Je sais que c'est très éprouvant, mais tu serais soulagée de te confier à moi.

Rosalind s'écarta légèrement et se força à rire.

— Mimosa, quel bonheur d'avoir une imagination aussi fertile que la tienne ! Je mettais du charbon dans le feu, voilà tout. À mon avis, mieux vaut ne pas parler d'Asphodel. Toi, tu la portes aux nues, pour moi, c'est une mystificatrice. Nous allons donc finir par nous disputer, et je déteste les disputes.

Mimosa soupira.

— Tu n'es guère charitable, Rosalind. Si nous étions plus gentils les uns avec les autres, le monde irait beaucoup mieux. Je le disais encore ce matin à Vinnie Hambleton. À propos, sais-tu qu'elle est toujours folle d'Emery Stevens ? Et sa femme de chambre a dit à ma Louise qu'elle prend des drogues… de l'héroïne, tu te rends compte ? Évidemment, il ne faut pas toujours croire ce que disent les bonnes. Vinnie a l'air en bonne santé. Enfin, il n'y a pas de fumée sans feu. C'est peut-être de la cocaïne – très difficile à trouver par les temps qui courent, mais avec de l'argent on peut tout acheter. Vinnie roule sur l'or ! Son grand-père aurait fait fortune grâce à une invention volée à l'un de ses employés. Le pauvre homme serait mort dans la misère. Tu ne le répètes pas, hein ? Vinnie est tout à fait charmante, bien sûr, mais tu as vu ses chevilles ? De vrais poteaux… Des chevilles de parvenue, pas des chevilles d'aristocrate ! Crois-moi, les chevilles, ça ne trompe pas. Bon, Rosalind chérie, je te laisse ! J'ai rendez-vous avec Cruffles et je suis déjà en retard !

Dans la rue, Mimosa Vane ne parut guère pressée de courir à son rendez-vous. Elle se dirigea vers une cabine téléphonique. Quand elle obtint la communication, elle parla d'une voix bien moins sucrée que celle dont elle usait en société.

— Allô, c'est toi ? Alors, donne le mot de passe… Comment ? Mais tu me dis toujours d'être prudente ! Oui, j'en viens au fait, si tu me laisses parler… Très bien. Oui, je l'ai vue. Le poisson est ferré… Absolument… Oui, j'en suis sûre ! Non, elle ne sort pas ce soir. Je rappellerai. Les soirées à la maison me donnent le cafard. Oui… c'est tout ce que j'avais à dire. Ah, non ! J'aimerais avoir mon chèque.

Elle raccrocha, se repoudra le nez, remit de l'orange vif sur ses lèvres et quitta la cabine.

XXXIII

Rosalind dîna seule, sans grand appétit. Elle aurait préféré prendre un plateau et grignoter dans le salon, mais Perry se montra intraitable, refusant de déroger à un rituel immuable : elle sonnait l'heure de s'habiller pour passer à table, ensuite elle attendait que Mrs. Denny fasse son entrée dans la salle à manger et y dîne, sous son œil attentif, dans un service en porcelaine.

Mais ce soir-là, le regard inquisiteur de Perry était plus que Rosalind n'en pouvait supporter. Que ferait Perry si elle se mettait à hurler ou si elle posait son front sur la nappe en dentelle et laissait couler les larmes qui lui brûlaient les yeux ?

Elle ne hurla pas, elle ne pleura pas. Elle se contenta de trois cuillerées de soupe, de trois centimètres carrés de poisson et de trois grains de raisin, puis se retira au salon. La visite de Mimosa l'avait bouleversée. Elle lui rappelait cet horrible moment où elle avait entendu la voix de Gilbert sortir de la bouche du médium. Tout ceci était truqué, mais comment ? Elle avait bel et bien entendu Gilbert ! Son besoin de le voir, de le toucher était tel qu'elle se moquait de savoir s'il s'agissait ou non d'une mystification. Si elle rappelait Asphodel, là, tout de suite, elle pourrait peut-être entendre à nouveau la voix tant aimée.

Elle avait traversé la moitié de la pièce en direction du téléphone quand Perry entra, chargée du plateau de café qu'elle posa sur la table basse ; puis elle ranima le feu dans l'âtre, en prenant son temps. Lorsqu'elle quitta la pièce, l'impulsion de Rosalind s'était évanouie, remplacée par un accès de désespoir. Gilbert avait disparu ; elle devait vivre sans lui. Elle ne l'avait pas aidé. Elle n'avait pas non plus soutenu Jeremy Ware.

Elle resta là, perdue dans ses pensées, à contempler le feu. À peine s'aperçut-elle que Perry était revenue chercher le plateau.

Et puis le téléphone sonna. Une voix dit :

— Allô, Mrs. Denny ?

Aussitôt son cœur se mit à battre à grands coups.

— Êtes-vous seule ?

— Oui. Qui êtes-vous ? Mais qui êtes-vous ?

— Vous ne le savez pas ?

Ce n'était pas tout à fait la voix de Jeremy. Ou alors c'était Jeremy déguisant sa voix. À nouveau, la terreur s'empara d'elle, l'angoisse de se tromper – ou de ne pas se tromper. Elle n'avait pas su faire confiance à Gilbert. Elle aurait donné n'importe quoi pour croire à l'innocence de Jeremy, mais c'était au-delà de ses forces.

— Avez-vous reçu la copie de la lettre ? fit la voix. Cette lettre que Gilbert Denny n'aurait jamais dû écrire…

Les lèvres de Rosalind articulèrent :

— Il n'a jamais écrit cette lettre.

Mais son cœur disait : « Gilbert chéri, pourquoi, pourquoi ? »

— Allons, Mrs. Denny. À quoi bon vous mentir à vous-même ? Vous devriez plutôt réfléchir et affronter la réalité. Vous prétendez que votre mari n'a pas écrit cette lettre, mais combien de personnes partageront votre opinion, quand un fac-similé paraîtra dans la presse ?

Rosalind ne répondit pas. Ses lèvres étaient sèches et glacées.

— Ce serait grand dommage de la voir publiée, Mrs. Denny, vous êtes bien d'accord avec moi…

Jeremy avait exactement cette façon de dire « Mrs. Denny ». Elle se mordit très fort la lèvre et murmura :

— Que voulez-vous ?

— Une somme raisonnable. Comprenez bien que la lettre n'est pas en ma possession, sinon, elle serait à votre disposition. Je pense pouvoir me la procurer pour cinq cents livres. Une somme relativement modeste, avouez-le.

— C'est du chantage ! s'écria Rosalind, indignée.

— Je vous avais prévenue de ne pas utiliser ce mot. Les conséquences pourraient en être désastreuses. À présent, écoutez-moi : vous tirerez l'argent sur votre compte, en petites coupures – excusez-moi d'insister – que vous mettrez dans votre sac à main, s'il est assez grand, sinon utilisez un panier à provisions –, et, demain soir à six heures, vous irez vous promener dans Oxford Street. Quelqu'un prendra le sac. Je veillerai à ce que l'original de la lettre soit brûlé. Pardon, vous disiez ?

— Je veux cette lettre ! s'insurgea Rosalind, qui se sentit aussitôt honteuse, car c'était admettre son manque de confiance en Gilbert.

Il y eut un rire – le rire de Jeremy – puis la voix reprit :

— Six heures demain soir, sinon la personne qui détient la lettre s'arrangera pour la faire publier.

Rosalind raccrocha et recula d'un pas. Quelle décision prendre ? Elle pouvait trouver les cinq cents livres – elle venait d'hériter un peu d'argent de sa tante Agatha. *Et Jeremy était au courant.* Mais si elle acceptait de payer, le chantage ne cesserait jamais. Son cousin Frank n'était pas là, et elle savait déjà ce qu'il lui répondrait.

Il fallait qu'elle voie Jeremy, pour en avoir le cœur net. Elle alla se changer, mit son manteau de fourrure et un petit chapeau noir, prévint Perry qu'elle sortait, glissa ses clés dans son sac et descendit les trois étages jusqu'au rez-de-chaussée, sans attendre l'ascenseur.

Il y avait moins de brouillard que la nuit précédente, mais le temps était à la pluie. Rosalind était heureuse de marcher. Il était neuf heures trente. Elle arriverait donc à Nym's Row vers dix heures. Jeremy ne serait pas encore couché.

Et s'il était sorti ? Elle s'arrêta pour réfléchir ; si Jeremy n'était pas là, eh bien, elle en serait quitte pour avoir fait une petite promenade et elle le verrait le lendemain ! Le lendemain ? Impossible ! Son découragement se mua en désespoir. Elle devait le voir ce soir-là, absolument ! Il serait chez lui.

Elle reprit sa route à grands pas, comme si en marchant vite elle pouvait fuir ses peurs ; dans sa précipitation, elle se trompa de rue et se retrouva sur une place inconnue, silencieuse comme une tombe. Les artères alentour étaient également désertes. Par chance, elle croisa un passant qui lui indiqua son chemin. Elle finit par arriver dans Nym's Row à dix heures trente ; elle resta plantée là, se souvenant que la logeuse de Jeremy se couchait très tôt. Si la nécessité de le voir n'avait pas été aussi urgente, elle aurait fait demi-tour.

Elle avança d'un pas hésitant. Jeremy lui avait expliqué que le salon des Walker donnait sur la rue, mais que sa chambre donnait sur une cour, en face de l'arrière de la maison de Mannister. Arrivée devant la porte des Walker, elle leva la tête : tout était éteint. La seule lumière encore allumée venait d'une pièce située au-dessus de la quatrième porte d'entrée, à droite de celle des Walker. Elle vit une ombre masculine passer derrière le store jaune.

Rosalind fixait la façade sombre des Walker avec désespoir ; si Jeremy n'était pas là, à qui pourrait-elle demander de l'aide ? La disparition de Gilbert l'avait laissée seule et sans défense. Elle ne pouvait combattre ces gens-là. Ils avaient brisé son mari, ils la briseraient aussi. Autant les laisser faire, songea-t-elle, vidée de son énergie.

Puis, attiré comme par un aimant, son regard se reporta vers la fenêtre éclairée. Derrière le store, l'homme se rasait ; la mousse déformait le bas de son visage. Tantôt sa silhouette emplissait toute la largeur de la fenêtre, tantôt Rosalind ne voyait qu'une main tenant le rasoir. Quand il eut terminé, il disparut. Rosalind poussa un soupir. Elle devait rentrer chez elle, et n'en avait pas le courage. Elle était épuisée.

Soudain l'homme revint devant la fenêtre en frottant ses joues avec une serviette de toilette, qu'il secoua ensuite avec vigueur. Son visage se découpa alors nettement derrière le store.

Rosalind ouvrit la bouche, voulut crier, mais aucun son n'en sortit. Elle n'entendait que le battement de son sang à ses tempes. Le contour des immeubles devint flou, les façades se mirent à bouger d'avant en arrière. Et puis ce fut à nouveau le silence et l'obscurité. Elle avança en trébuchant vers la porte située sous la fenêtre éclairée et frappa, frappa jusqu'à se faire mal aux phalanges. Sentant sous ses doigts l'anneau glacé d'un heurtoir, elle l'abattit de toutes ses forces.

Des bruits de pas se firent entendre dans l'escalier. Rosalind agrippa le montant de la porte et attendit.

Celle-ci s'ouvrit sans bruit.

Gilbert Denny se tenait sur le seuil, un bougeoir à la main.

XXXIV

Gilbert était mort. Noyé. Et pourtant c'était bien lui. Elle le sut dans son regard quand il la reconnut. *C'est lui*. Ce fut sa dernière pensée avant qu'un voile noir obscurcisse sa vue.

Mr. John Brown – ou plutôt Gilbert Denny, car c'était lui – fit un pas en avant et rattrapa Rosalind de son bras libre. Puis il posa le bougeoir par terre et la serra contre lui.

Ce furent sa voix, ses baisers qui la ramenèrent à elle. Il faisait nuit, une chandelle brûlait dans un bougeoir et Gilbert était là. Vivant. Ses bras l'enlaçaient, son cœur battait contre le sien, sa bouche embrassait la sienne.

Au bout d'un très long moment, il chuchota de sa voix douce, qu'elle aimait tant :

— Je me préparais à venir te voir… Mais je ne peux pas sortir ainsi, en chemise et caleçon ! Montons chez moi, je vais passer un pantalon et un manteau.

Il reprit le bougeoir et la précéda dans l'escalier. Rosalind se demanda s'il y avait du monde dans la maison, craignant de réveiller les dormeurs. Gilbert ouvrit la porte et elle se vit dans une petite pièce chauffée par un calorifère. Le plafonnier éclairait un lit étroit couvert d'une courtepointe rouge, une fenêtre cachée par un store et encadrée de rideaux du même rouge.

Gilbert ferma la porte et tira les rideaux. Rosalind ne le quittait pas des yeux tant elle craignait de le voir disparaître. Rêvait-elle ? Allait-elle se retrouver à nouveau seule ? Mais en rêve, Gilbert l'aurait-il étreinte aussi fort ?

— Tu… tu ne vas pas repartir ? balbutia-t-elle.

— J'allais venir tout t'expliquer ce soir, me faire pardonner ces mois de souffrance… J'ai agi ainsi pour toi, Rosalind. Je n'ai pas trouvé d'autre solution.

Elle s'assit sur le lit. Gilbert s'agenouilla devant elle et posa sa tête sur ses genoux. Tout en caressant ses cheveux, Rosalind songeait : « Je rêve, Gilbert n'était pas brun… »

— Tes cheveux… tu étais blond… Montre-moi ton visage ! Je veux être sûre que c'est toi !

Il leva les yeux vers elle. Oui, c'était bien lui. Mais la pâleur de ses joues contrastait curieusement avec le hâle de son front.

— Je viens juste de raser une belle barbe noire ! Tu ne m'aurais pas reconnu ! D'ailleurs tu ne m'as pas reconnu… Que faisais-tu à moitié évanouie l'autre soir, dans Tilt Street ? Souviens-toi, un homme t'a chargée dans son taxi et t'a raccompagnée chez toi. Vois-tu, je m'appelle John Brown et je suis chauffeur de taxi, conclut-il avec un fort accent écossais.

— C'était toi ! Voilà pourquoi je me sentais en sécurité…

Elle s'appuya contre lui.

— Pourquoi es-tu parti ? Pourquoi m'avoir fait croire que tu étais…

Il se releva, s'assit à côté d'elle sur le lit et lui prit les mains.

— Rosalind, il faut que tu me pardonnes. Te souviens-tu du rapport Engelberg, à l'automne 1929 ?

Elle le dévorait des yeux.

— Oui, bien sûr.

— Il s'est produit une fuite dans nos services. Nous n'avons pas trouvé le coupable. La Bourse a chuté. Nous pensions que les documents avaient été transmis à la France. Et puis il y avait les élections. Rappelle-toi, j'étais débordé, à bout de nerfs. Nous avons pris quelques jours de vacances, bien trop courts. À la fin du mois de janvier, on a commencé à me faire chanter.

Il se pencha vers elle, les traits durcis.

— Il faut que tu me pardonnes, Rosalind. Je vais t'expliquer…

— Rien n'a d'importance, mon chéri, puisque tu es là…

— Un jour, j'ai reçu un appel téléphonique m'annonçant que le rapport avait été dérobé dans ma propre maison, et vendu pour mille livres ; la lettre réclamant l'argent était en la possession de mon interlocuteur et une copie avait été envoyée à mon adresse. Elle est en effet arrivée le lendemain.

Il lui agrippa les mains.

— Rosalind, jamais je ne me pardonnerai d'avoir cru…

Soudain, elle comprit et termina sa phrase à sa place, calmement :

— … que c'était moi qui avais écrit cette lettre ? C'était mon écriture ? Mon Dieu, Gilbert…

Il se leva d'un bond et se mit à arpenter la pièce.

— Je te jure, c'était ton écriture ! Tu étais partie quelques jours avec les Effingham. J'ai cru devenir fou. J'ai payé deux cents livres pour la récupérer – et je savais que ce n'était qu'un début. Le chantage est un marécage dans lequel on s'enfonce un peu plus à chaque pas, surtout si l'on essaie de se débattre. J'ai brûlé la lettre. Tu es revenue. Je ne pouvais pas t'en parler. J'ai pensé que peut-être tu finirais par me dire la vérité, et, en même temps, je priais pour que tu te taises, car j'espérais me tromper. À la fin du mois de février, le même scénario s'est reproduit. Ils m'ont envoyé copie d'une lettre, apparemment écrite de ma propre main. Je l'aurais juré aussi, tout le monde l'aurait juré ! On me réclamait une certaine somme en contrepartie du rapport Engelberg. J'étais coincé ! Je m'étais jeté dans la gueule du loup en payant ces deux cents livres. Plus j'avançais, plus je m'enlisais. En octobre, mon compte en banque était à découvert ; je n'avais pas consulté mes relevés bancaires depuis trois ou quatre mois – tu sais que je ne fais jamais très attention à l'argent. Alors j'ai demandé au misérable qui me téléphonait quel bénéfice j'étais supposé avoir tiré dans cette affaire. « Vérifiez l'état de votre compte », m'a-t-il répondu. Je l'ai fait : le 8 octobre, il avait été crédité de mille livres, payées en petites coupures. Le reçu était signé « A. Meunier ».

— Mille livres… murmura Rosalind en pâlissant. Mille livres… Mais pourquoi ferait-on… ?

Elle ne termina pas sa phrase, car elle commençait justement à entrevoir une explication.

Gilbert cessa de faire les cent pas.

— Oui, pourquoi ? répéta-t-il d'un ton amer. N'est-ce pas ce que tout le monde se serait demandé ? Qui aurait cru en mon innocence ? Qui serait payé mille livres pour rien ? Comment aurais-je pu convaincre le monde entier que je n'avais pas monnayé le rapport Engelberg ?

Rosalind frissonna d'horreur.

— Mais… pourquoi ? répéta-t-elle.

— Ils voulaient me bannir du monde politique, me saigner à blanc. Ils ont eu leurs mille livres en mai, puis encore cinq cents ; ils avaient pris un rythme de croisière. Chaque fois que je payais, je m'enfonçais davantage. Je ne voyais aucune issue. Je ne parvenais plus à dormir. Toi, tu avais changé, tu m'évitais.

Elle leva les yeux vers lui

— Gilbert, attends ! Il faut que je te dise… un jour, j'ai surpris une conversation téléphonique… et puis dans ton sommeil, tu parlais de maître chanteur… J'avais peur… J'ignorais ce que tu avais fait et je ne voulais pas le savoir. Parce que j'étais lâche. Je t'aimais. Je ne supportais pas l'idée de te perdre. Si je n'avais pas été aussi lâche…

Gilbert marcha vers la fenêtre et lui tourna le dos. Les horribles souffrances de ces derniers mois, la désunion, l'éloignement, les soupçons pesaient lourdement entre eux.

Des larmes coulaient sur les joues de Rosalind.

— Tu sais… Jeremy m'a dit que j'étais lâche, murmura-t-elle d'une voix étranglée. Enfin, il n'a pas exactement dit cela. Il m'a reproché… de ne pas faire confiance aux gens. C'est vrai. Je t'ai perdu parce que je ne t'ai pas soutenu. J'ai été bien punie.

Gilbert sentit son cœur se serrer. Rosalind semblait avoir oublié que lui aussi s'était défié d'elle. Il se tut, par crainte de ne pouvoir contrôler sa voix. Il s'avança vers le lit et la prit dans ses bras ; ils restèrent là, accrochés l'un à l'autre, éperdus, silencieux. Rosalind avait l'impression d'être redevenue une petite fille : elle avait fait une bêtise, elle s'excusait, elle était pardonnée.

— C'est fini, soupira-t-elle. N'en parlons plus. Nous allons repartir de zéro.

— Mon Dieu, quel gâchis ! fit Gilbert, bouleversé. Nous avons été aussi stupides l'un que l'autre. J'ai pensé que tu vivrais mieux sans moi. Alors j'ai décidé de prendre le voilier et de me jeter par-dessus bord.

Rosalind poussa un cri déchirant.

— Gilbert !

— Ne pleure pas, ma chérie. Je te l'ai dit, j'avais perdu la tête. Je devais seulement disparaître pendant une semaine. Je ne voulais pas qu'ils s'en sortent à si bon compte. Alors, j'ai commencé à réfléchir…

— Mais… comment as-tu pu faire croire à tout le monde que tu t'étais noyé ?

— Cela n'a pas été trop difficile. Il a fallu que je mette le jeune Lester dans la confidence. Il est allé en moto de Plymouth à Talland, a caché son engin dans une cabane sur la plage. Il m'a laissé une valise avec des vêtements. Je me suis jeté à l'eau, j'ai nagé jusqu'au rivage, je me suis changé et je suis reparti à Plymouth en moto. Je l'ai remisée dans son garage, ni vu ni connu. J'avais un peu d'argent en liquide, cinq cents livres. J'ai teint mes cheveux, je me suis caché le temps de laisser pousser la barbe et la moustache. Ensuite j'ai pris ce travail de chauffeur de taxi sous le nom de John Brown. Avec de surcroît un bel accent écossais, personne ne m'a reconnu. Même Jeremy, alors que nous sommes voisins depuis bientôt deux mois ! Mais tu dois le savoir.

— Oui. J'étais justement venu le voir.

— Pourquoi ?

Elle repoussa ses cheveux en arrière.

— Oh, c'est une longue histoire…

Elle entreprit de lui raconter toute l'affaire : la voix imitant celle de Jeremy, la lettre, qui serait publiée si elle ne payait pas cinq cents livres le lendemain.

Gilbert alla prendre un livre sur une étagère, l'ouvrit et lui montra la lettre qui commençait par : « *Très franchement, le jeu n'en vaut pas la chandelle.*

Augmentez votre offre ou vous n'obtiendrez rien de moi... »

— Voici l'original. Mon écriture est remarquablement bien imitée, n'est-ce pas ? C'est du beau travail.

— Mais comment te l'es-tu procurée ?

— Je l'ai volée. Ce sera l'une des preuves à charge. Je comptais la montrer à Frank Garrett demain. Ce n'est pas pour rien que j'ai simulé la noyade. Je pourchasserai ces misérables jusqu'à la fin de mes jours, s'il le faut. Au bout de dix-huit mois, je pense être en mesure de les piéger. En attendant, j'aimerais savoir ce que mijote Jeremy. Je crois qu'il a mis son grain de sel dans l'histoire. Tu es au courant ?

— Oui.

— Alors, raconte-moi tout, dans les moindres détails.

XXXV

Jeremy eut une dure journée, car Geoffrey Deane ne revint pas travailler après le déjeuner, Mannister l'ayant envoyé faire une course en ville, sans en préciser la nature. Résultat : Jeremy eut droit à Mannister rien que pour lui – un Mannister d'humeur massacrante. D'après lui, Jeremy faisait tout en dépit du bon sens, et il l'obligeait à rectifier chaque courrier. Jeremy pressentit derrière ce harcèlement quelque chose d'anormal, comme s'il se trouvait à côté d'un individu louche dissimulant un poignard sous sa cape.

Il quitta le bureau vers sept heures, alla dîner et se promener avant de s'offrir une séance de cinéma. Il revint à Nym's Row juste avant l'arrivée de Rosalind. Au moment d'entrer dans sa chambre, il fut étonné de voir de la lumière dans la cuisine des Walker. Lizzie était là, tout habillée.

— Dieu merci, vous voilà enfin ! lança-t-elle d'un ton de reproche.

— Que se passe-t-il, Lizzie ?

Elle lui tendit un morceau de papier plié en quatre.

— Vous étiez pas parti depuis une demi-heure quand c'est arrivé. J'ai promis de vous le remettre en main propre. Chose promise, chose due, hein ?

Jeremy le déplia : la lettre était griffonnée au crayon. Dès les premiers mots, il n'entendit plus la voix de Lizzie, mais l'appel au secours de Rachel :

Jeremy, elles veulent m'envoyer à l'étranger. J'ai peur ! Elles sont méchantes. Je sais que je ne reviendrai jamais. *Si j'arrive à sortir, j'apporterai ce mot chez vous. Je vous aime.*

Rachel

Il lut et relut la lettre, se maudissant d'être allé au cinéma. Rachel avait besoin de lui. Tout de suite.

— Qui vous l'a apportée, Lizzie ? s'écria-t-il en lui prenant les mains. Je vous en prie, répondez ! Une jeune fille ?

Mrs. Walker lui fit les gros yeux, sans vraiment parvenir à avoir l'air sévère.

— Comme je vous le disais, vous étiez à peine sorti – je venais de commencer ma vaisselle – quand j'entends toquer à la porte. Je vais ouvrir et je la vois, avec son papier à la main. « Est-ce que Mr. Jeremy est là ? », elle me demande. Je lui réponds : « Ben, il vient juste de sortir. »

Était-ce Rachel ? Était-elle venue en personne ? Pourquoi Lizzie ne l'avait-elle pas retenue ?

— À quoi ressemblait-elle, Lizzie ?

— À quoi, à quoi, qu'est-ce que j'en sais ! Elle portait un vieux manteau tout usé, un bonnet qu'on aurait cru sorti d'un seau à cendres, mais sinon c'était une jeune dame bien comme il faut. Elle me dit : « Oh mon Dieu ! Quand va-t-il rentrer ? » « Dieu seul le sait, mamzelle », que je lui réponds. Elle me regarde comme une petite fille qui aurait perdu son chemin. Alors je lui dis : « Qu'il rentre tôt ou qu'il rentre tard, il aura votre lettre à la minute où il mettra les pieds dans cet appartement, foi de Lizzie Walker. » Je sais pas ce que vous avez fait avec cette pauvre petite, Mr. Jeremy ; en tout cas, j'espère que vous êtes pas allé trop vite en besogne… Je vais pas vous féliciter, hein, parce que j'ai jamais vu demoiselle plus jolie et plus gentille. Et puis bien élevée, en plus.

Jeremy lui lâcha les mains et la serra contre son cœur.

— Lizzie, vous êtes un ange !

— C'est comme ça que vous faites avec cette petite ? Vous savez pas vous tenir, Mr. Jeremy.

— Lizzie, nous allons nous marier ! Rassurez-vous, elle n'est pas malheureuse à cause de moi, mais de ces horribles femmes chez qui elle habite. Il faut que je la sorte de leurs griffes ! Si elle revient, vous la retiendrez auprès de vous, promis ? Je dois y aller !

Mrs. Walker tira sur son chemisier et tapota ses cheveux.

— Moi, je vais me coucher, annonça-t-elle. « Si elle revient » ! Alors qu'il est bientôt onze heures ! C'est pas une heure pour les honnêtes gens !

Mais Jeremy avait déjà disparu.

Il courut jusqu'à Tilt Street avec une seule idée en tête : sauver Rachel. Toutefois, arrivé devant la porte d'entrée, il s'arrêta pour réfléchir. Il devait l'emmener loin d'ici. On était au XXe siècle, après tout ! Même si elle était mineure, de quel droit retenait-on une jeune fille prisonnière ? Il lui paraissait tout à fait légitime d'entrer dans cette maison et d'en ressortir avec Rachel dans les bras. Et ceux qui essaieraient de l'en empêcher en subiraient les conséquences !

Campé devant la porte, il appuya sur le bouton de la sonnette et maintint la pression pendant plusieurs secondes.

Sans résultat.

Il recommença et tendit l'oreille. Aucun bruit ne provenait de la maison, pas même le carillon de la sonnette. Mais celle-ci retentissait peut-être uniquement à la cuisine. Et si la cuisine était située à l'arrière de la maison, il était logique que Jeremy n'entendît rien. Il garda le pouce enfoncé sur le bouton pendant de longues secondes.

Rien ne se produisit.

Au bout de quelques minutes, il arriva à la conclusion que la sonnette ne fonctionnait pas, et que la maison était vide. Il recula afin d'observer la façade : aucune lumière n'était allumée aux étages et l'imposte, au rez-de-chaussée, demeurait obstinément sombre.

Jeremy retourna à la porte, chercha le heurtoir à tâtons et l'abattit avec force contre le chêne. Si quelqu'un demeurait encore dans la maison, il l'entendrait forcément.

Il attendit, en vain.

Jeremy était maintenant convaincu que le numéro 1, Tilt Street, avait été déserté par ses habitantes. Où avaient-elles emmené Rachel ? Les mots de sa lettre lui revenaient douloureusement en mémoire : *J'ai peur ! Elles sont méchantes. Je sais que je ne reviendrai* jamais.

— Ce n'est pas vrai, dit-il entre ses dents. Je te ramènerai, Rachel.

Il lâcha le heurtoir, recula à nouveau pour examiner la porte. Impossible de l'enfoncer d'un coup d'épaule. Il lui fallait de l'aide. Il devait téléphoner à Mr. Smith et lui expliquer la situation.

Il se mit en quête d'une cabine téléphonique et finit par entendre la voix de Miller lui répondre avec courtoisie que Mr. Smith était sorti dîner en ville.

— Puis-je me permettre de savoir qui le demande, monsieur ?

— Mr. Ware, fit Jeremy.

— Mr. Smith peut rentrer d'un instant à l'autre, monsieur.

Jeremy le remercia et raccrocha. Restait à prévenir Garrett. Il n'aimait pas Garrett, qui le prenait pour un infâme maître chanteur ; mais Garrett représentait la loi. La loi ne permettrait pas que l'on fît du mal à Rachel.

Il trouva le numéro dans l'annuaire et bientôt une voix endormie lui dit que le colonel Garrett était parti en province et qu'il ne rentrerait que tard dans la nuit.

— Qui doit-il rappeler, monsieur ?

— Personne ! s'exclama Jeremy en raccrochant rageusement le combiné.

Par acquit de conscience, il retourna dans Tilt Street. Il était maintenant onze heures et demie. Devant l'immeuble sombre et désert, il prit une décision : il allait rentrer chez lui, attendre jusqu'à minuit puis revenir s'introduire chez Asphodel en passant par l'arrière de la maison. S'il ne trouvait pas Rachel, il descendrait explorer les caves ; elle s'y était peut-être réfugiée pour l'attendre.

À l'angle de Nym's Row, Jeremy changea de plan : il patrouillerait entre Tilt Street et Marsh Street afin de s'assurer que personne ne faisait sortir la jeune fille par l'une ou l'autre maison. De toute manière, ses ravisseurs auraient besoin d'une voiture ; le bruit d'un moteur ne lui échapperait pas.

Jeremy ignorait que juste après qu'il fut sorti de la cabine téléphonique, le taxi de Mr. John Brown avait quitté Nym's Row, emportant Gilbert et Rosalind Denny. Ils s'étaient manqués à quelques secondes près.

Il commença à faire les cent pas entre Tilt Street et Marsh Street. Les fenêtres de la voyante étaient toujours obscures. Un enlèvement se préparait-il réellement derrière ces murs ? Il n'arrivait pas à croire que Rachel pût être là, enfermée, droguée peut-être, voire… Il frissonna à la pensée du mot qui lui venait à l'esprit.

Il surveillait les deux maisons. Quinze pas dans un sens, demi-tour, quinze pas dans l'autre. Il n'y avait pas un souffle de vent. Au loin, une cloche sonna minuit moins le quart.

Jeremy attendit encore. Au douzième coup de minuit, il rentra chez lui.

XXXVI

Rachel avait pris un énorme risque en venant voir Jeremy, et il n'était pas chez lui ! La brave femme au teint fleuri qui lui avait ouvert la porte n'avait su lui dire l'heure à laquelle il rentrerait – laissant même entendre qu'il serait absent une partie de la nuit, « en tout bien, tout honneur, hein, pas pour aller courir le guilledou ! Ce pauvre Mr. Jeremy travaille souvent jusque très tard dans la soirée ».

Rachel ne fut pas rassurée pour autant, car elle savait que Jeremy n'était pas à son bureau. Elle le savait car elle était passée par les sous-sols. Sa crainte d'être enlevée était si grande qu'elle n'avait pas hésité à s'aventurer dans les caves alors que les domestiques de Mannister n'étaient pas encore couchés. En haut de l'escalier, elle s'était arrêtée pour écouter les voix qui lui parvenaient des cuisines, de l'autre côté du couloir, puis elle avait poussé la porte sans bruit : le vestibule était désert. Par la porte entrouverte, elle avait jeté un coup d'œil dans la bibliothèque : Jeremy n'y était pas. Elle avait alors quitté la maison par la porte d'entrée ouvrant sur Marsh Street.

Après avoir laissé son message, elle prit congé de la logeuse, le cœur gros, se demandant où elle pourrait trouver Jeremy. Où était-il donc passé ? Elle s'attarda sous l'éclairage du porche et ferma les yeux, priant pour qu'il arrive. Soudain on lui toucha le bras. C'était lui, enfin ! Elle entrouvrit les lèvres, prête à prononcer son nom, et ouvrit les yeux, radieuse.

Une main adipeuse et sale l'empoigna. Un visage aux yeux larmoyants et au sourire mauvais approcha du sien. Rachel prit ses jambes à son cou, mais à peine avait-elle parcouru vingt mètres qu'elle se sentit à nouveau saisie par le bras et cette fois, elle ne reconnut que trop bien la poigne de Phoebe Dart, dont la voix râpeuse résonna à son oreille.

— Tu es folle ! Que fais-tu dans la rue ? Et d'abord, comment es-tu sortie ? Réponds !

Rachel ne répondit pas. Elle suivit Phoebe jusqu'à Tilt Street – elle n'avait pas d'autre échappatoire –, mais lui opposa un silence buté. Chacune des questions était suivie d'une de ces remontrances qui terrifiaient Rachel depuis l'enfance.

— Je me lave les mains de tout ce qui peut t'arriver et je te laisse te débrouiller avec *elle* ! C'est tout ce que tu mérites !

Phoebe l'envoya dans sa chambre sans dîner et l'enferma à clé. Rachel n'avait pas du tout l'intention de se coucher. Une chose était sûre : sa nourrice ne remonterait pas. Quand Phoebe l'avait bien semoncée, elle ne revenait jamais ; elle se contentait de l'enfermer à clé.

La mansarde possédait une petite fenêtre qui donnait sur l'arrière de la maison. Le débarras, lui, donnait sur la rue ; entre les deux pièces, une échelle de meunier menait à la trappe du grenier.

Rachel attendit un peu, puis ouvrit sa fenêtre et se pencha vers la gouttière qui descendait du toit. Un clou était fiché dans le mur, à côté du tuyau, et à ce clou pendait une cordelette au bout de laquelle se balançait la clé du débarras, clé qui ouvrait également sa porte. Rachel n'avait pas trouvé d'autre cachette ; elle ne pouvait rien dissimuler qui pût échapper à l'œil exercé de Phoebe. Elle décrocha la clé, ouvrit sa porte et sortit en chaussettes sur le palier. Elle avança sur la pointe des pieds, dans la pénombre, jusqu'à l'escalier étroit et raide, et tendit l'oreille vers l'étage inférieur : aucun bruit ne provenait des deux chambres. Rachel, qui avait l'ouïe fine, en conclut que l'étage était vide.

Elle descendit l'escalier et se pencha vers le palier du premier étage où se trouvait le salon en L divisé par les tentures. Un très léger murmure montait de la pièce. Rachel reprit la descente sans bruit, l'oreille aux aguets : elle distinguait désormais deux voix, celle de Phoebe et celle d'Asphodel. Elles provenaient du fond de la pièce, là où Asphodel recevait ses clients. Rachel entrouvrit la porte avec précaution. Aussitôt les voix se firent plus claires, même si elle ne percevait pas les paroles. Puis, par la porte entrebâillée, elle entendit Phoebe dire d'une voix brusque :

— Que vas-tu faire d'elle ?

Le cœur de Rachel battait à tout rompre. Elle devait absolument comprendre ce qui se tramait. Elle poussa la porte et se glissa dans le salon. Les tentures de velours noir n'étaient pas tout à fait tirées. Elle écarta un pan de rideau et jeta un coup d'œil par la fente. Le plafonnier éclairait la vieille robe noire de Phoebe Dart et une femme qui, avec la voix d'Asphodel, disait : « Tu veux trop en savoir, Nanou. »

C'était la voix d'Asphodel, mais ses clients ne l'auraient pas reconnue ! Hormis la voix, rien ne laissait supposer qu'il s'agissait de la voyante de Tilt Street : Asphodel avait un teint livide, de longs cheveux roux, et était toujours drapée de velours noir. Or en face de Phoebe se tenait une charmante jeune femme, vêtue d'un tailleur élégant, à la dernière mode de Paris, bibi incliné avec chic sur la tête, cheveux ondulés d'une blondeur de miel, paupières discrètement maquillées, frangées de longs cils noirs. À ses oreilles chatoyaient deux perles fines.

Rachel étudia son visage avec soin : non, décidément, elle n'avait jamais vu cette femme. Et pourtant c'était Asphodel.

Phoebe réitéra sa question, avec insistance.

— Que vas-tu faire d'elle ?

La femme se mit à rire, d'un rire perlé qui s'accordait à la blondeur des cheveux, à l'élégance du tailleur, à la discrétion du rouge à lèvres. Pas le rire grinçant d'Asphodel.

Rachel eut très peur. S'agissait-il d'un ectoplasme ?

— Tu ne me fais pas confiance, Nanou ? dit la voix d'Asphodel.

— Non, répondit Phoebe. Je ne veux pas qu'on lui cause du mal. Je te le dis depuis le début.

— Du mal ? Seigneur, qui parle de lui causer du mal ? Cela dit, elle ne peut pas rester ici… je suppose que tu le comprends ?

— Alors, laisse-la retourner à Talland. Je l'accompagnerai. Ça me reposera de tous ces escaliers.

— Nanou chérie ! Tu pourras te reposer, mais pas à Talland ! Tu ne veux pas aller en prison, tout de même ?

Rachel vit le teint de Phoebe virer au gris. La nourrice recula d'un pas et dit d'une voix tremblante :

— Ne prononce jamais ce mot !

Asphodel prit dans son sac en cuir verni un étui à cigarettes en or et une boîte d'allumettes. Toujours souriante, elle alluma une cigarette.

— Tu n'iras pas en prison si tu fais ce que je te dis, Nanou. En revanche, si tu me désobéis…

Elle ponctua sa phrase d'un haussement d'épaules, puis s'accouda sur la table et souffla un rond de fumée parfait qu'elle suivit des yeux jusqu'à ce qu'il se dissipe.

À travers la fente du rideau, Rachel voyait Phoebe se tordre les mains. Phoebe se tordait toujours les mains quand elle avait peur. Elle avait été la nourrice de Rachel et, bien avant elle, de cette femme qui se faisait appeler Asphodel. Phoebe lui était dévouée corps et âme, et manifestement elle la craignait.

La voix d'Asphodel interrompit ses pensées – ou plutôt sa nouvelle voix, claire et fraîche.

— Écoute, Nanou, je vais te dire ce que tu dois faire. Elle est dans sa chambre ?

— Oui, fit Phoebe d'un ton morne.

— Bon, moi, je m'en vais. J'ai tout réglé cet après-midi. Ce garçon en sait beaucoup trop et j'en ai par-dessus la tête de Bernard et de ses sautes d'humeur ; en outre, j'aimerais savoir comment ce Jeremy Ware a été mis au courant de nos affaires. Je soupçonne ta petite protégée d'y être pour quelque chose…

— Ce n'est pas ma petite protégée ! Il n'y a que toi qui comptes pour moi, et tu le sais !

— C'est très gentil à toi, Nanou. Enfin, j'ai des doutes… Si j'en étais sûre, je…

Elle exhala un autre rond de fumée puis sourit brusquement.

— Écoute, tu vas lui administrer un tranquillisant – seulement pour la calmer. Tu trouveras dans ma chambre un manteau neuf et un chapeau. Tu l'habilles, tu la fais sortir dans Marsh Street, et là tu attends qu'une voiture vienne la chercher. Demain matin aux aurores, tu fais ta valise. Va chez ta sœur dans le Devonshire. Personne n'ira t'ennuyer là-bas.

— Et toi ? demanda Phoebe à voix basse.

— Moi ? Je vais m'amuser ! Il serait temps.

— Et lui ? fit Phoebe en montrant du menton la direction de Marsh Street.

Asphodel fit mine d'embrasser le bout de ses doigts et souffla dessus.

— Lui ? Bon vent !

— Que va-t-il devenir ?

— Je l'ignore et c'est le cadet de mes soucis ! Moi, je pars.

— Tu n'aimes personne, lui reprocha Phoebe d'un ton chagrin.

Elle se dirigea vers le fond de la pièce, toujours en se tordant les mains. Asphodel la suivit des yeux, sourire aux lèvres.

Derrière le rideau, Rachel se mit à trembler : elle aurait dû immédiatement prendre ses jambes à son cou ; pourtant quelque chose l'en empêchait.

— Dis-moi ce que tu vas faire de Rachel, reprit Phoebe.

— Je l'envoie à l'étranger. Elle en sait trop.

— Elle ne part pas avec toi ?

— Certainement pas ! Un ami l'emmènera, en la faisant passer pour sa fille.

Rachel eut pitié de Phoebe. Elle ne la voyait que de dos, mais elle savait qu'elle pleurait. Phoebe pleurait toujours en silence. Asphodel souriait, moqueuse, en soufflant des ronds de fumée.

— Est-ce un homme respectable ? demanda Phoebe entre deux reniflements.

Asphodel éclata de rire.

— Respectable à quel point de vue ?

— Tu sais très bien de quoi je parle.

Asphodel s'approcha d'elle et lui tapota l'épaule. Tous ses gestes étaient vifs et gracieux.

— Ne t'inquiète pas, il est tout ce qu'il y a de plus respectable. Il a lui-même des enfants.

— Elle sera en sécurité ?

Asphodel caressait le bras de Phoebe d'un air distrait, la tête tournée vers le rideau noir. La nourrice ne vit pas son sourire angélique se transformer en rictus démoniaque.

— Tout à fait en sécurité…

Rachel crut que son cœur allait s'arrêter de battre ; manifestement on lui réservait un destin qui n'était pas pour déplaire à Asphodel. Comprenant que le danger était imminent, elle lâcha le rideau, se précipita vers la porte et remonta sans bruit dans sa chambre. Elle savait ce qu'elle devait faire. Elle prit ses souliers, s'enveloppa dans son beau châle chinois, seul souvenir qui lui restait de sa mère, verrouilla sa porte et grimpa l'échelle de meunier.

Elle soulevait la trappe quand elle entendit s'ouvrir la porte du salon, deux étages plus bas. Avant même que Phoebe n'ait gravi la première marche, Rachel s'était hissée dans le grenier et avait rabaissé la trappe. Sous les combles, l'obscurité était complète, mais la jeune fille connaissait l'emplacement de chaque objet : alors que Phoebe la croyait enfermée dans sa chambre, elle montait explorer le grenier, pour occuper ses longues heures de solitude. Il couvrait toute la surface de la maison ; au fil des ans s'y étaient amoncelés les rebuts des occupants successifs : deux tubs en porcelaine, des rouleaux de fils électriques, une demi-douzaine de pare-étincelles en fonte à moitié cassés, des meubles branlants, de vieilles caisses et des emballages en carton de toutes les tailles.

Rachel saisit un lourd pare-étincelles et alla le déposer sur la trappe, en faisant le moins de bruit possible. Puis elle chercha à tâtons l'empilement de cartons, en s'arrêtant de temps à autre pour tendre l'oreille. Phoebe n'était jamais montée au grenier. Elle avait le vertige sur une échelle ; grimper les deux étages pour gagner sa chambre lui suffisait amplement. Asphodel n'y était jamais montée non plus, mais rien ne l'empêchait de le faire. Rachel frémit à cette pensée, puis se reprit et poursuivit son avancée vers les cartons ; il y en avait un volumineux, sur la droite, et d'autres derrière lui, appuyés contre le mur. Entre celui du bas et le mur, un petit espace demeurait inoccupé ; Rachel s'y glissa en tirant les rabats du gros carton vers elle afin de s'y dissimuler. Ici, personne ne la verrait.

Depuis longtemps, elle préparait ce refuge, au cas où elle aurait besoin de se cacher en urgence. Elle avait pensé à étendre sur le sol de vieux rideaux, afin de se protéger du froid. Elle se recroquevilla dans sa cachette et écouta longtemps, en retenant sa respiration, mais aucun son ne lui parvint.

Puis soudain, avec une brusquerie qui la fit sursauter, quelqu'un tenta de pousser la trappe. Celle-ci se souleva de quelques centimètres, mais le poids du pare-étincelles l'empêcha de monter plus haut. Après deux ou trois tentatives, la trappe retomba lourdement.

Rachel se détendit. Ses bras, ses jambes lui semblaient tout ramollis, des larmes coulaient sur ses joues. Elle s'allongea comme elle put, commença à faire ses prières du soir, mais s'assoupit avant de les avoir terminées.

Elle n'aurait su dire combien de temps elle avait dormi – sans doute longtemps, car elle avait fait un rêve délicieux... Les détails lui échappaient, mais Jeremy Ware y était omniprésent. À quatre pattes, elle sortit de sa cachette et s'avança vers la trappe, avec une seule idée en tête : retrouver Jeremy. Elle déplaça le lourd pare-étincelles et s'agenouilla pour écouter. Un silence absolu régnait dans la maison. Elle descendit l'échelle, attendit en haut de l'escalier et se pencha sur la rampe afin d'observer le palier du deuxième étage : la cage d'escalier ressemblait à un puits noir et sans fond.

Elle gagna le premier étage, n'entendit personne, puis descendit à pas de loup au rez-de-chaussée : nulle âme qui vive. La maison était déserte. Rachel tenta de reconstituer le fil des événements : Phoebe était montée la chercher dans sa chambre. Ne l'y trouvant pas, elle avait compris que Rachel possédait un double de la clé. Les deux femmes s'étaient alors mises à fouiller la maison, puis, constatant la disparition de la jeune fille, avaient vidé les lieux, affolées. Rachel en savait beaucoup trop sur elles.

Rien ne l'empêchait de partir, désormais. Elle se précipita vers la porte d'entrée : le verrou n'était pas tiré. Mais en tournant la poignée, elle s'aperçut que la porte était fermée à double tour. Elle était prisonnière d'une maison vide.

Elle s'adossa au mur pour reprendre son souffle et réfléchir. Il lui fallait à tout prix retrouver Jeremy. Elle allait donc à nouveau devoir passer par les caves. À cette heure-ci, il devait être rentré chez lui ; elle n'aurait pas à réveiller la logeuse puisqu'elle avait dans la poche la clé dont Asphodel s'était servie pour pénétrer dans la chambre de Jeremy afin d'y dissimuler des documents.

Rachel glissa la main dans sa poche, serra fort la précieuse clé au creux de sa paume et s'aventura dans l'escalier qui descendait à la cave. Elle n'avait nul besoin de lampe électrique, elle connaissait le chemin par cœur.

Elle arriva bientôt dans la cave vide qui jouxtait celle de Bernard Mannister. Elle marchait en tâtonnant le long des épais moellons. Quand elle eut découvert le bon, elle pesa de tout son poids sur la partie droite. Une section de mur pivota lentement. Rachel se faufila dans l'espace libéré ; la porte de pierre se referma en douceur derrière elle.

Elle se trouvait à présent devant la porte de la cave de Mannister. Elle l'ouvrit. C'est alors que le faisceau d'une torche troua la pénombre.

Rachel se plaqua contre le mur et vit passer devant elle Bernard Mannister qui gémissait bruyamment, comme un homme blessé.

Dehors, dans Marsh Street, l'horloge de St Mary sonnait minuit.

XXXVII

Mr. Smith avait dîné avec un vieil ami, et passé une fort agréable soirée. Il rentra chez lui à onze heures et quart. Dès qu'il referma la porte, son valet de chambre vint à sa rencontre.

— Mr. Ware a téléphoné, monsieur. Il vient juste de raccrocher. Je lui ai dit que vous alliez rentrer d'une minute à l'autre.

— A-t-il précisé si je pouvais le rappeler ?

— Non, monsieur, fit Miller en le débarrassant de son manteau et de son chapeau. D'après ce que j'ai compris, il appelait d'une cabine téléphonique.

Smith hocha la tête et entra dans la bibliothèque, Miller sur les talons.

— Le colonel Garrett a également appelé, monsieur, il y a environ une heure. Il a dit qu'il passerait ici ce soir, dès son retour de province. Il avait l'air pressé de vous voir, monsieur.

Mr. Smith opina du chef, se dirigea vers la cheminée et tendit les mains au-dessus des braises.

— Merci, Miller. Ah, une chose encore : Garrett souhaitera certainement prendre un café.

— Il est prêt, monsieur.

Après le départ de Miller, la pièce parut soudain silencieuse. Ananias dormait profondément dans sa cage, la tête sous l'aile. Rêvait-il des pirates des îles

Caraïbes, ou de sa jeunesse, quand il volait, libre et sauvage, dans la jungle ?

La quiétude du salon fut bientôt brisée par un coup de sonnette véhément, suivi de l'irruption tout aussi brutale du colonel Garrett, qui tapait des pieds et se frottait les mains pour se réchauffer, en pestant contre le mauvais temps anglais. Il jeta deux bûches dans l'âtre, les poussa d'un coup de talon, et asséna une claque sur l'épaule de Mr. Smith.

— J'ai trouvé mes fantômes ! Ils ont même fait des petits !

Mr. Smith chaussa ses lunettes à monture d'écaille et posa sur Garrett un regard doux et interrogateur.

— Des petits ?

Garrett lui asséna une nouvelle claque sur l'épaule.

— J'ignore encore qui m'a envoyé cette lettre anonyme, mais en tout cas, elle a porté ses fruits ! Je les tiens ! Je veux bien être pendu si je ne parviens pas à les piéger !

Au moment où Miller arrivait avec le café, la sonnette de la porte d'entrée retentit.

— Qui est-ce ? lança Garrett.

— Jeremy Ware, sans doute. Il a téléphoné en mon absence.

Le valet de chambre posa le plateau et alla ouvrir. On entendit des murmures dans le vestibule, puis Miller revint annoncer :

— Mr. et Mrs. Denny…

Rosalind et Gilbert s'avancèrent côte à côte en silence. La jeune femme resplendissait, joues roses, yeux brillants, lèvres frémissantes, et pourtant ni Smith ni Garrett ne remarquèrent cette transformation. Ils n'avaient d'yeux que pour son mari, revenu d'entre les morts. Garrett, médusé, fixait le nouvel arrivant avec stupéfaction. En deux enjambées, il le rejoignit et lui broya la main.

Le bruit des voix réveilla Ananias en sursaut. De dessous le feutre vert qui recouvrait sa cage, il poussa un cri interrogateur. Personne ne lui répondant, il se mit à crier au secours, au feu et à l'assassin. Mr. Smith alla découvrir la cage, le gronda gentiment, puis retourna près de la cheminée, suivi par l'œil rond et méfiant du volatile.

Gilbert Denny entreprit alors de leur résumer l'affaire en peu de mots, depuis le début. Quand il en arriva au jour de sa disparition, il marqua une pause et se tourna vers Garrett.

— Eh bien, Frank, vous êtes-vous rendu à Ledlington ?

— J'en reviens à l'instant, grogna celui-ci.

— Qu'avez-vous découvert ?

— C'est donc vous qui m'avez envoyé cette lettre ?

Gilbert hocha la tête.

— On ne croit que ce que l'on voit, n'est-ce pas ? Je me suis dit que vous croiriez ce que vous verriez.

Mr. Smith s'appuya sur la tablette de la cheminée. Son regard songeur passa de Rosalind, assise dans un fauteuil, à Gilbert, debout derrière elle, avant de revenir se poser sur Garrett.

— L'un d'entre vous aurait-il… la bonté… de m'expliquer de quoi il retourne ?

Garrett pivota vers lui.

— Denny m'a envoyé à Ledlington – ou, plus exactement, m'a suggéré, dans sa lettre anonyme, d'aller éplucher le registre de l'état civil pour vérifier certaines dates. J'ai découvert que Geoffrey Livingstone Deane a vu le jour à Ledlington le 20 septembre 1898, son père étant le révérend Geoffrey Arthur Deane, pasteur de l'église St Leonard. Le 1er janvier 1900 lui est née une fille, déclarée sous les prénoms de Maud Millicent. Le 2 juillet 1919, ladite Maud Millicent Deane a convolé en justes noces avec un certain John Harold Simpson. Le révérend Deane est décédé le 1er septembre de la même année. Et, tenez-vous bien...

Il marqua une pause théâtrale.

— ... le 5 octobre 1929 est enregistré le décès de qui ? Je vous le donne en mille : *Geoffrey Livingstone Deane.*

Ananias poussa un léger cri de surprise.

— Geoffrey... Livingstone... Deane ? répéta Mr. Smith, incrédule.

Garrett hocha vigoureusement la tête. Gilbert Denny, mains appuyées sur le dossier du fauteuil de Rosalind, le regardait, un léger sourire aux lèvres.

— Prodigieux, non ? enchaîna Garrett. Une petite enquête de voisinage m'a permis de découvrir que Geoffrey Deane passait toutes ses vacances à Ledlington. Il séjournait chez l'ancien bedeau de feu son père. Celui-ci me l'a décrit comme un modèle de vertu et d'ennui, le parfait secrétaire.

Il s'adressa à Smith.

— Ne vous avais-je pas dit qu'Asphodel s'appelait Maud Simpson ? Son frère Geoffrey était un garçon à la santé fragile. Il a succombé à une mauvaise grippe au domicile du bedeau, le 5 octobre 1929. Il est enterré à St Leonard.

Rosalind se pencha en avant, perplexe.

— Asphodel, dites-vous ?

— Oui, Asphodel ! s'écria Garrett. Maud Millicent Asphodel Simpson ! Maud Millicent Asphodel *Mannister* !

— Quoi ! s'exclama Smith.

— Le bedeau et sa femme se sont montrés très coopératifs, même si leurs souvenirs restent un peu imprécis : Mr. Simpson est décédé environ deux ans après le mariage, et Maud n'est jamais revenue à Ledlington. Personne ne l'y a revue. Physiquement,

Maud et Geoffrey se ressemblaient comme deux gouttes d'eau, mais pour le reste, c'était le jour et la nuit. Les gens du village n'aimaient guère Miss Maud, une jeune femme très intelligente, réputée pour ses dons d'imitatrice, capable de contrefaire toutes les voix. Ah, le bedeau m'en a raconté de belles à son sujet ! À présent, la cerise sur le gâteau : le fin limier que j'ai envoyé à Farrow-in-the-Fold m'a appris que Maud Simpson y avait épousé Bernard James Mannister, le 13 décembre 1929. Un mauvais jour pour lui, à mon avis.

La main de Rosalind chercha celle de Gilbert.

— Je… j'ai consulté Asphodel, avoua-t-elle en rougissant. Mimosa m'avait dit que tu l'avais fait. Cette femme… a imité ta voix ! Je te jure, c'était ta voix !

Gilbert serra sa main.

— Eh bien, ce n'était pas moi. Une sacrée bonne imitatrice, apparemment. Que m'a-t-elle fait dire ?

— De me méfier de Jeremy, murmura Rosalind, honteuse, les larmes aux yeux.

— Oui, c'était son plan, confirma Gilbert. Jeremy devait servir de bouc émissaire, quand les choses commenceraient à se gâter.

— Mannister, reprit Smith, elle a épousé Mannister !

Comme si le nom avait touché une corde sensible, Ananias entonna :

— *Attention où tu mets les pieds, boomlay, boomlay, boomlay boom…*

— Tais-toi, Ananias.

— Mais tordez-lui le cou ! gronda Garrett. Oui, elle a épousé ce nigaud de Mannister. Voilà comment les choses se sont passées, à mon avis : Maud est revenue à Ledlington à l'occasion de l'enterrement de son frère et en a profité pour récupérer ses affaires.

J'ignore comment elle a trouvé le moyen de mettre le grappin sur Mannister ; quoi qu'il en soit, elle a pris la place de son défunt frère en tant que secrétaire particulier ! D'après Mr. et Mrs. Bedeau, elle en est tout à fait capable. Avant son premier mariage, un scandale avait défrayé la chronique de Ledlington : déguisée en Geoffrey, Maud s'était présentée à sa banque pour retirer de l'argent – une banque où chaque employé connaissait Geoffrey et sa signature. Elle a prétendu qu'elle avait voulu jouer un tour à son frère, mais les gens ont commencé à se méfier d'elle. Oui, elle peut imiter toutes les écritures et contrefaire toutes les voix. Je pense que le village entier a poussé un soupir de soulagement quand elle est partie.

Gilbert Denny s'assit sur le bras du fauteuil de Rosalind.

— Je vais vous raconter la suite de l'histoire. J'essaierai de faire court. Je vous donnerai de plus amples précisions ultérieurement, car nous allons devoir passer au plus vite à l'action ! J'ai déjà dit à Rosalind comment j'avais simulé la noyade. Un acte impardonnable, c'est vrai, mais je ne savais plus à quel saint me vouer. Je n'avais qu'une idée en tête : découvrir le monstre qui s'acharnait sur moi. Je n'entrerai pas dans les détails, ce serait trop long, mais je dois avouer que sans un sacré coup de chance…

Voyant son visage s'assombrir, Rosalind lui étreignit la main. Aussitôt le sourire revint aux lèvres de Gilbert.

— J'en avais besoin ! J'étais en effet allé voir Asphodel…

Il hésita et regarda Garrett.

— Une partie de ce que je vais dire ne devrait pas sortir de cette pièce. Dois-je continuer ?

— Allez-y, nom d'un chien !

— *Mumbo Jumbo, Mumbo Jumbo...*

— Tais-toi, Ananias, soupira Mr. Smith. Je vous en prie, Mr. Denny, poursuivez...

— Ma cousine Mimosa Vane s'était efforcée, à de nombreuses reprises, de me présenter Asphodel. Je me demandais pourquoi elle y tenait à ce point et j'ai commencé à me méfier. J'étais attaqué par des forces de l'ombre. J'ai pensé qu'il serait bon d'aller voir à quoi ressemblait cette fameuse voyante...

Il se remémora la pièce sombre, le visage blafard d'Asphodel, ses longs cheveux roux, et la voix apeurée de Rosalind sortant de sa bouche, lui parlant de documents volés et de secrets trahis. Et il s'était laissé abuser ! Oui, pendant un moment cauchemardesque dont il ne tenait guère à se souvenir, elle l'avait convaincu de la traîtrise de Rosalind.

— Cette femme est une diablesse, la ruse personnifiée, reprit-il d'une voix blanche. Mais, comme je vous le disais, la chance m'a souri. Le jour de ma... disparition, après avoir nagé jusqu'au rivage, j'ai changé de vêtements, mis un casque et des lunettes et enfourché la motocyclette laissée à mon intention par Lester. L'engin avait des phares puissants. J'avais à peine roulé deux kilomètres qu'une vieille dame m'est apparue, marchant au milieu de la route. Je roulais à environ soixante-dix kilomètres-heure, et j'ai bien cru voir un fantôme, dans l'état où j'étais. Non, je ne rêvais pas, c'était Asphodel. Par la suite, j'ai envoyé Lester enquêter sur place – un type formidable, ce Lester. Ses pas l'ont mené jusqu'à Talland, et c'est là qu'il a découvert le pot aux roses. Une vieille dame dénommée Maud Deane séjournait en tant qu'hôte payant dans un cottage appartenant à un artisan invalide, un céramiste nommé Carew. Asphodel venait régulièrement s'y réfugier depuis plusieurs années. Ce Carew était le père d'une charmante demoiselle de dix-huit ou dix-neuf ans, prénommée Rachel.

Il marqua une pause.

— J'ai cru deviner que c'est d'elle que notre Jeremy est tombé éperdument amoureux. Le lien entre les Carew et Asphodel a été très simple à établir. Quand Carew s'est retrouvé veuf, il a fait appel à l'ancienne nourrice de Rachel, Phoebe Dart, pour tenir son ménage. Or Miss Dart avait longtemps servi chez le révérend Geoffrey Arthur Deane. Miss Maud la menait par le bout du nez – Phoebe l'adorait et aurait fait n'importe quoi pour elle. Cela arrangeait les finances de Carew d'héberger un locataire ; quant à Asphodel, elle était contente d'avoir un terrier dans lequel se réfugier.

Gilbert se tourna vers Garrett.

— Vous souvenez-vous du Vautour [1], Frank ?

Garrett poussa une exclamation.

— Vous l'avez coincé, mais vous n'avez pas mis la main sur son bras droit, qui n'est autre que Maud Millicent Deane. Sa spécialité, le chantage sur les hommes politiques. L'un des plus brillants faussaires qui soit, capable, comme l'a dit le bedeau de Ledlington, d'imiter toutes les voix et d'endosser n'importe quelle personnalité. Elle s'est fait passer tour à tour pour une voyante, pour son frère et aussi pour une charmante vieille dame vivant dans un cottage en bord de mer. Si elle n'avait pas été éblouie par mes phares, sur la route de Talland, je ne l'aurais jamais identifiée. D'ailleurs, j'ignore comment je l'ai reconnue… le contour du visage, peut-être, l'expression fixe de son regard lorsqu'elle simulait une transe…

Gilbert s'interrompit, se perdit dans la contemplation du feu, sourcils froncés, puis reprit :

1. Voir *L'Appel du danger, op. cit. (N.d.T.)*

— J'ai mis longtemps avant de comprendre… Je viens juste de découvrir que Geoffrey Deane est décédé il y a deux ans et je n'ai eu la preuve de la contrefaçon des lettres que la semaine dernière. En m'introduisant régulièrement la nuit dans la maison de Tilt Street, j'ai découvert bon nombre de choses intéressantes. Je sais écouter aux portes et, à mes moments de loisir, je pourrai pratiquer l'art de la cambriole. Allons, Frank, ne faites pas cette tête !

— Qui a volé le rapport Engelberg ? bougonna celui-ci.

Gilbert eut une grimace dépitée.

— Mimosa Vane… Une affaire de famille, en quelque sorte. À l'époque, elle séjournait chez nous. Selon moi, elle a accroché le dossier à une ficelle qu'elle a fait glisser par la fenêtre de mon bureau, quasiment sous mon nez, sans que je m'en aperçoive. Des complices ont photographié le document et elle l'a remonté discrètement par le même chemin. Elle était assise près de la fenêtre, à jacasser, et moi, comme un imbécile, je me demandais quand elle allait enfin débarrasser le plancher et me laisser travailler. Depuis des années, Mimosa est chargée des tâches préliminaires aux chantages d'Asphodel. Que voulez-vous savoir d'autre ?

— Ces figurines d'argile, d'où viennent-elles ? Elles jouent un rôle dans notre affaire, puisque Ellinger, Rosalind et Jeremy en possèdent chacun une.

— Celle de Jeremy appartient à Rachel, intervint Rosalind, et la mienne m'est arrivée par la poste juste après… le départ de Gilbert.

— Le père de Rachel les fabriquait, expliqua ce dernier. Un artisan de génie qui n'avait aucun sens des affaires. Asphodel lui achetait ses créations pour une bouchée de pain. Elles auraient pu atteindre cinq cents livres sterling pièce. Ensuite, si nécessaire, elle aurait prétendu que les grosses sommes d'argent versées par ses victimes provenaient de la vente d'œuvres d'art. Asphodel savait couvrir ses arrières. Elle avait ouvert un compte bancaire au nom de Carew, de façon que les pistes mènent seulement à lui.

— Qu'est-il devenu ? s'enquit Mr. Smith.

— Il est décédé il y a trois mois. Asphodel a alors loué l'appartement de Tilt Street et s'y est installée avec Phoebe Dart et Rachel. La jeune fille souhaitait travailler, mais Asphodel refusait de la laisser sortir. J'avais beau me montrer prudent, elle se doutait que quelqu'un était à ses trousses. À Talland, elle s'était permis de relâcher son attention, et pour Phoebe et Rachel, elle était Maud Deane. Je me suis rendu compte en écoutant aux portes qu'elle ignore encore ce que Rachel sait exactement. Elle veut l'expédier à l'étranger avec de faux papiers. Une fois hors du territoire britannique, elle la fera disparaître – les hommes du Vautour sont toujours là pour les sales besognes. Phoebe s'oppose à ce départ, mais Asphodel n'en fera qu'à sa tête. Voilà pourquoi il nous reste peu de temps pour sauver cette jeune fille.

Gilbert se leva.

— Frank, il faut la sortir très vite de ce guêpier. Quand le crotale agite la queue, il ne va pas tarder à mordre. Asphodel s'est aperçue que quelqu'un enquêtait sur elle à Ledlington et elle a pris peur. Elle a alors essayé de faire porter le chapeau à Jeremy, mais il a su déjouer ses plans.

— Attendez, attendez… si nous parlions de Mannister ? l'arrêta Garrett. Il a épousé Maud Simpson ! Trempe-t-il dans l'affaire ? S'il y est plongé jusqu'au cou, pourquoi se fait-il remarquer ? Et s'il est blanc comme neige, pourquoi l'a-t-elle laissé venir me voir pour m'annoncer qu'on lui avait volé des documents ?

Après tout, c'est lui qui nous a mis la puce à l'oreille !

— Je.... je vous ai déjà dit pourquoi, lui fit remarquer Mr. Smith.

Gilbert Denny les regarda tour à tour et haussa les épaules.

— Vous me posez des questions auxquelles je ne peux répondre. J'ignore ce que sait Mannister et s'il est impliqué dans cette histoire. Une chose est sûre : il a toujours été la cinquième roue du carrosse. J'ignore à quel moment il s'est rendu compte que son secrétaire n'était pas Geoffrey Deane. Connaît-elle un secret qu'il ne veut surtout pas voir révélé ? Il se peut qu'elle exerce sur lui un chantage moral. À mon avis, Mannister se sent très embarrassé vis-à-vis de Jeremy. Asphodel joue sur sa peur de perdre sa réputation s'il arrivait malheur à Maud Deane, ou si leur union était révélée dans la presse.

Gilbert fit un geste de la main.

— Il lui voue un amour sans bornes, c'est certain, et elle en profite. Il craint de la perdre, il craint ce qui pourrait arriver s'il la perdait, il craint d'apprendre des choses à son sujet...

Son visage s'assombrit à nouveau. Il baissa les yeux et garda le silence. Il connaissait cette torture, propre à tout homme violemment épris.

— Pensez-vous qu'il hésiterait à sacrifier Jeremy ?

Smith hocha la tête.

— Non. Quelqu'un redoutait que l'affaire Engelberg ne soit relancée. Jeremy Ware étant votre ancien secrétaire, s'il pouvait être impliqué dans un scandale concernant des documents volés à son employeur, il serait le premier soupçonné d'avoir vendu ce fameux rapport. J'ai eu l'impression que la visite de Mannister avait pour seul but d'attirer notre attention sur

Jeremy. Oh, à propos, ce jeune homme a cherché à me joindre, vers onze heures. Venez, Garrett…

Les deux hommes s'éloignèrent à l'autre bout du salon, s'arrêtèrent à côté du téléphone et conversèrent à voix basse.

Ananias les observait avec intérêt. Quand Garrett s'empara du combiné pour composer un numéro, le perroquet s'agita sur son perchoir et se mit à réciter :

— *Boomlay, boomlay, boomlay, boom…*

— Comment ? Il est au lit ? aboya Garrett dans le récepteur. Eh bien, dites-lui de se lever ! Debout, là-dedans ! Et que ça saute ! Dites-lui que le colonel Garrett veut lui parler sur-le-champ ! C'est vous, Hawkins ? Non ? Saperlipopette, je veux Hawkins ! Je me moque qu'il soit mort et enterré ! S'il n'est pas au bout du fil dans la minute, vous êtes viré, mon garçon. Allô ! Ah, c'est vous, Hawkins ? On vient de me dire que vous étiez mort. Bon, écoutez-moi…

Il lui énuméra sèchement quelques brèves instructions.

Patte levée, ongles rétractés, Ananias l'écoutait, éperdu d'admiration, tentant de mémoriser ce passionnant monologue pour en reproduire les sons.

Garrett raccrocha.

— Nous allons effectuer une descente de police, annonça-t-il à la cantonade. Je compte sur votre témoignage, Gilbert. J'espère que vous êtes certain de ce que vous affirmez. Rosalind, pourras-tu héberger la jeune fille si nous arrivons à la sortir de la maison ? Comment êtes-vous venus, tous les deux ? En voiture ?

— Mon taxi est garé en bas, répondit Gilbert. Ne vous ai-je pas dit que j'étais chauffeur de taxi ?

Tandis qu'il parlait, l'horloge de la cheminée sonna minuit.

XXXVIII

Jeremy pénétra sans difficulté dans la maison de Tilt Street. Il était environ minuit dix lorsqu'il émergea en catimini de la cage d'escalier montant du sous-sol. À peine avait-il fait trois pas dans le vestibule qu'il entendit un piétinement au-dessus de sa tête, au premier étage. Il s'immobilisa, attendit une minute ou deux, puis entreprit d'explorer la maison. Bruit ou pas, puisqu'il était venu chercher Rachel, Rachel il chercherait. Torche électrique en main, il fit le tour de la salle à manger, qui occupait toute la surface du rez-de-chaussée. Elle était déserte.

Il monta alors l'escalier jusqu'au palier où Phoebe Dart lui avait vendu une aquarelle, et ouvrit les portes du salon où Asphodel, assise derrière un rideau noir, avait fait semblant de lui lire les lignes de la main.

Quelqu'un arpentait la pièce. Jeremy tendit l'oreille et, au bout d'un moment, crut reconnaître le pas lourd de Bernard Mannister. L'homme s'arrêta devant la fenêtre qui donnait sur la rue. Il y eut un silence, un grognement, puis le piétinement reprit.

Jeremy monta au deuxième étage : les deux chambres étaient vides, la première parfaitement rangée, lit fait, armoire et commode débarrassées de leur contenu.

Il ne restait pas le moindre morceau de papier. Asphodel était partie, mais depuis peu ; dans le porte-savon, la savonnette était encore humide. La chambre de Phoebe Dart était également déserte, mais on devinait que son occupante avait plié bagage à la hâte.

Jeremy poursuivit son exploration. Il inspecta le grenier qui donnait sur la rue, puis la mansarde où dormait Rachel. Mais de Rachel, point. Pas une robe, pas un livre, pas même un mouchoir. Asphodel avait veillé à faire disparaître toute trace de la jeune fille. Jeremy resta là un moment, paralysé par l'angoissc. La conclusion s'imposait : Rachcl avait été enlevée.

Il ressortit sur le palier et découvrit l'échelle de meunier qui menait aux combles. Il gravit les barreaux et poussa la trappe ; le faisceau de sa torche troua l'obscurité, éclairant un bric-à-brac de vieux tubs et de pare-étincelles. Il appela Rachel mais seul le son de sa propre voix lui revint assourdi, en écho. La disparition de la jeune fille le plongeait dans une sorte d'engourdissement. Il souffrirait plus tard ; pour l'instant, il était comme anesthésié. Il n'aurait su dire combien de temps il resta immobile sur le palier sombre, la torche éclairant ses pieds.

Soudain, des coups répétés à la porte d'entrée le firent sursauter.

Gilbert Denny gara son taxi au coin de Marsh Street et de Tilt Street, afin de pouvoir surveiller en même temps la porte d'entrée de Bernard Mannister et celle d'Asphodel. Un taxi en stationnement n'attirait pas l'attention ; ses occupants attendaient en bavardant à voix basse.

Bientôt, un véhicule fit halte et se gara non loin d'eux. Quatre policiers en sortirent ; deux d'entre eux montèrent les marches du perron de Bernard Mannister ; les deux autres se dirigèrent vers le numéro 1, Tilt Street.

Garrett et Gilbert Denny bondirent hors du taxi. Soudain, Gilbert tira sur la manche de Garrett.

— Regardez, Frank, il y a une lumière allumée !

En effet, au premier étage de Tilt Street, une imposante silhouette se découpait derrière les tentures à moitié tirées. Sans attendre, Garrett se rua vers la porte, Gilbert sur les talons. Derrière eux, Mr. Smith sortit à son tour du taxi, offrit son bras à Rosalind pour traverser la rue.

Garrett et Denny rejoignirent les policiers qui se trouvaient devant le numéro 1. Ils actionnaient le heurtoir avec force quand l'imposte au-dessus de la porte s'illumina. Celle-ci s'ouvrit à la volée sur un Bernard Mannister méconnaissable : échevelé, épaules voûtées, yeux rougis, il s'appuyait lourdement contre le chambranle.

Pendant quelques instants, tout le monde demeura silencieux, puis les deux policiers s'écartèrent pour laisser passer Garrett. Mannister le reconnut, s'essuya les yeux et bredouilla d'un air hébété :

— Elle est partie… elle m'a quitté… elle s'est enfuie !

— Où est Rachel Carew ? fit Garrett d'un ton sévère.

À ce moment, il aperçut Jeremy Ware qui descendait l'escalier et réitéra sa question avec agressivité.

— Mr. Ware ! Où diable est passée Miss Carew ?

— Elle n'est plus là… murmura Jeremy, accablé.

Soudain, le monde se mit à tourner autour de lui. Là, devant lui, se tenait, tout souriant… non, c'était impossible… Gilbert Denny !

La main de Gilbert se posa sur son épaule.

— Tenez bon, mon vieux Jerry ! Je ne suis pas un fantôme !

La voix eut sur lui un effet apaisant. Jeremy s'ébroua et vit alors Mr. Smith et Rosalind émerger dans la lumière du vestibule. De la salle à manger leur parvenaient la voix sèche et dure de Garrett et celle, confuse, saccadée, parfois proche du sanglot, de Mannister. Mais tous ne pensaient qu'à Rachel, disparue, inaccessible, engluée dans une toile d'araignée diabolique.

Ils passèrent la maison au peigne fin, puis se rendirent chez Mannister. Le bruit sortit James d'un rêve délicieux : roi d'une île de cannibales, il passait ses journées à chasser des papillons géants aux ailes irisées, dont les couleurs lui rappelaient la boîte de peinture qu'on lui avait offerte pour Noël quand il était petit. Réveillé en sursaut, il descendit ouvrir la porte et se trouva nez à nez avec des policiers venus fouiller les lieux.

Les recherches demeurèrent vaines.

À une heure du matin, Jeremy rentra à Nym's Row, le cœur brisé. La police avait promis de retrouver Rachel, mais à cette minute, entre quelles mains était-elle ? Il prit sa clé dans sa poche et ouvrit la porte d'entrée. Le vestibule était plongé dans l'obscurité. Il fit un pas dans le noir ; sa main effleura quelque chose de doux. Il fut parcouru d'un frisson violent, et ressentit un curieux mélange de crainte et d'espérance.

Il alluma sa lampe de poche. L'escalier des Walker montait, très raide, devant lui. Il n'y avait qu'un tout petit espace entre la première marche et la porte. Rachel était là, assise sur la deuxième marche, profondément endormie, jambes repliées sous elle, tête appuyée contre la rampe, mains sur les genoux. Ses longs cils ombraient ses joues pâles et un très léger sourire entrouvrait ses lèvres. On eût dit une petite fille.

Jeremy éclaira son visage. Il la regardait, empli d'étonnement. La lumière illumina le rêve de Rachel. Elle marchait en sa compagnie et il disait : « Je t'aime, Rachel. Dis-moi que tu m'aimes aussi. »

La lumière éveilla la jeune fille. Elle cligna des paupières, ouvrit les yeux, le vit et lui dit :

— Je t'aime, Jeremy !

Patricia Wentworth

L'appel du danger

« Accepteriez-vous de mourir pour votre pays ? » Cette question, posée par un mystérieux inconnu au jeune Lindsay Trevor, va bouleverser la vie de ce gentleman, ancien agent secret, en passe de se marier. Lindsay se trouve alors chargé d'une mission classée secret d'état. De Londres à Paris, plongé au cœur de périlleuses aventures, il doit faire face à un ennemi aussi mystérieux que machiavélique. Pour sortir vivant de ce guépier, sauver l'Europe et sa fiancée des griffes de cet être néfaste, Lindsay Trevor aura besoin de tout son flegme britannique...

n° 4078 – 7,40 €

GRANDS DÉTECTIVES, DES POLARS HORS LA LOI DU GENRE